KB143659

악마의 형제들

상상 | 想像
서사 | 敍事
02

악마의 형제들

시와 대화로 된 이야기

로버트 펜 워런 지음

이영옥 옮김

출 성
판 균
부 관
 대
 학
 교

늙은 인디언은 무어 대령에게 백인들이 투쟁의 현장이었던 땅에서 살 수 있다는 사실에 크게 놀랐다고 말했다. 1800년 조셉 해밀턴 데이비스가 세인트루이스에서 만난 속* 부족의 늙은 전사도 이 비슷한 놀라움을 드러내며 이렇게 말했다. 켄터키는 살육당한 주민들의 유령으로 가득 찼는데, 백인은 어떻게 그런 곳에서 살 수 있단 말인가?
—W. H. 페린, 『기독교국가사』 중에서

. . . 그거이 지구를 흔들어대두 두려워 마시오, 아무런 해가 없을 테니.
메시아 워보카의 편지 — 아라파호 판
—『민속학위원회 제14차 연례보고서』, 제2부 중에서

아이들이 아무것도 보이지 않는 어둠 속에서 떨며 두려워하듯, 때로 우리는 빛 한가운데 있으면서도 어둠 속 아이들이 두려워하며 무슨 일이 일어날까 상상하는 것 이상으로, 두려워할 필요가 없는 것들을 두려워한다. 따라서 이 마음속 공포와 어둠은 태양광선이나 대낮의 밝은 빛줄기가 아니라 자연의 양상과 법칙에 의해 흩어져야만 한다.
—루크레티우스, 『사물의 본성에 대해』 제3부 중에서

---

* 미국 중부에 살던 아메리칸 인디언 부족으로, 원어 'Sac'은 'Sauk'과 같다.

✳ 일러두기

1. 이 책은 Robert Penn Warren, *Brother to Dragons : A Tale in Verse and Voices*(*A New Version*), Baton Rouge : Louisiana State University Press, 1979을 옮긴 것이다.

2. 원제 'Brother to Dragons'는 다음의 구약성서 욥기 30장 29절에서 인용한 것이다. "I am a brother to dragons, and a companion to owls."(King James Version)

3. 서문의 각주와 미주는 원저자의 것이다.

4. 본문 중 각주는 한국 독자의 이해를 돕기 위한 옮긴이의 주다.

5 이탤릭과 위 첨자 표기는 원저자의 것이다.

| 차례 |

서문 • 8
등장 순서에 따른 화자들 • 16

악마의 형제들
제1부 • 020
제2부 • 085
제3부 • 150
제4부 • 164
제5부 • 231
제6부 • 290
제7부 • 302

미주 • 318
작품 해설 • 336
지은이·옮긴이 소개 • 373

1807년 가을, 버지니아 주 앨버말 군(郡)의 귀족 농장주 찰스 루이스 대령*은 켄터키 주 서부로 이사하여 리빙톤 군 스미스랜드 서부 개척지에서 멀지 않은 땅에 정착했다. 이곳은 오하이오 강과 컴벌랜드 강이 합류하는 지점에서 가까운 파두카 강 상류 쪽이다. 이는 사실 가족 차원의 이주였다. 이 계획은 전적으로 루이스의 두 아들에 의해 개발되고 추진되었다. 랜돌프는 9천1백 달러를 주고 오하이오 강 유역의 땅 470여만 평(3,833$^{1/3}$에이커)을 샀으며, 릴번은 약간 하류 쪽이긴 해도 8천 달러를 주고 파두카 강 상류의 땅 180여만 평(1,500에이커)을 샀는데, 두 곳 다 대체로 미개척지였다. 한때 부유했으나 운이 다한 루이스 대령과 루시 부부(대령은 토머스 제퍼슨의 여동생 루시와 결혼했다)는 새로운 소유지에서 이따금 시간을 보냈다. 일정한 직업이 없고 무기력한 방랑객 같은 생활을 했다. 작품 속에서 작은 아들 이샴이 그

---

* 때로 의사로도 알려져 있던 루이스 대령은 동년 5월 군 소재 법원의 법정에서 아들 릴번의 유서 인증 과정에 등장한다.

랬듯이 물론 많은 노예들(제대로 토지 개간을 하는 데 충분치는 않았지만)이 있었고, 그중 십대 소년인 조지(본 작품에서는 존이라 한다)는 릴번의 몸종이자 심부름꾼이었다.

릴번은 오하이오 강이 내려다보이는 절벽 위에 주변과 비교해서 당시로서는 다소 웅장하게 보이는 '로키 힐'이라 불리는 저택과 부속 건물 그리고 별채들을 지었다. 루시가 세상을 떠난 뒤, 랜돌프의 땅에 아내를 묻은 루이스 대령은 로키 힐에서 지내는 기간이 점점 뜸해졌다. 그 즈음에 릴번의 첫 번째 아내가 죽었고, 릴번은 러터라고 하는 그 지역 출신 가문의 딸 리티샤와 재혼했다. 조지가 비극적 최후를 맞았던 1811년, 리티샤는 임신한 상태로 로키 힐에 있었다.

작품을 쓰면서 나는 활용 가능한 기록들의 개략적인 내용을 따랐으나, 어떤 세부 사항은 변경하기도 했다. 예컨대 작품에는 릴번의 첫 번째 부인은 나오지 않는다. 그리고 주제와 관련 없는 다수의 어린 아이들을 뺐다. 이샴의 재판 전, 즉 1812년 5월에 있었던 루이스 대령의 등장도 생략했고, 주제상의 이유로 릴번의 첫 번째 부인 대신 루시의 무덤을 로키 힐에 두었다. 나는 내러티브나 동기 부여 혹은 주제 차원에서 필요한 틈을 채워 넣었다. 예컨대 리티샤와 그 남편의 이야기를 만들어냈고, 등장인물 두 명도 지어냈다. 캐트 유모는 전적으로 꾸며낸 인물이며, 리티샤의 오빠도 기록에서는 희미한 존재일 뿐이다.

시적 영감은 사실 어린 시절에 들은 민담에서 비롯되었다. 한

두 건의 참고자료가 인쇄되어 나온 건 훗날의 일이었다. 시가 머릿속에서 형체를 갖추기 시작했을 즈음, 나는 스미스랜드를 찾았다. (기억하기로는) 일종의 반지하실의 침침한 먼지 틈바구니에서 작은 법정 기록 뭉치를 찾아냈었다. 눅눅한 상태로 방치되었으나 개중엔 색 바랜 빨간색 테이프와 끈으로 묶인 것도 있었다. 『악마의 형제들』의 초판은 1953년에 출간되었다. 1977년이 되어서야 보인튼 메릴 2세(현재 루이스 장원 대부분의 소유주)가 버지니아 시대와 선대의 가계도를 바탕으로 한 양심적인 학술서 『제퍼슨의 조카들』을 펴내었는데, 이 책의 내용은 흥미롭고 신뢰할 만하지만, 내 이야기의 기본적인 주제나 극적인 내용을 바꿀 필요는 없었다. 예컨대 루이스 대령은 경제적인 어려움을 겪은 뒤 켄터키에 자리잡게 되는데, 현실에서의 이러한 좌절이 오랜 궁금증을 풀어주기는 해도 시 속에서 대령이 겪게 되는, 보다 현실적인 패배감과 합쳐질 수 있는 내면의 패배감을 반드시 대체하지는 않는다. 제퍼슨 같은 영웅 처남과 자신을 매일같이 수년 동안 비교하며 지내는 일은 힘들었을 게 뻔하다. 무엇보다 제퍼슨은 그에게 별로 관심이 없어 보였다. 더구나 메릴의 기록에 의하면, 그는 제퍼슨을 상대로 횡령까지 저지른다.

시에서 제퍼슨의 역할은 달라진 점이 없다. 켄터키에서 벌어졌던 비극은 당시 언론에도 보도되었지만, 내가 원고 작업을 하고 있을 때 제퍼슨의 생애와 업적에 정통한 몇몇 연구자들은 이 비극에 대한 제퍼슨의 언급을 전혀 찾아볼 수 없었다고 확언해주었다. 심지어 어떤 학자는 제퍼슨이 편지에서 이 끔찍한 사연에 대해 논하거나 어쩌면 대면조차 할 수 없는 감정 상태였다고 언급하는 정도였다. 이것이 사실이라면(더 조사하면 사실이 아닌 것으로 밝혀질지도 모르지만) 내 작품으로서는 편리할 것이다. 그러나 시에서나 역사 속에서 제퍼슨의 역할이 이 때문에 살아나거나 죽는 것은 아니다. 그러나 그런 끔찍한 일이 바로 자기 가문 내에서 일어났다는 사실을 알았을 때 제퍼슨이 도의적으로 받았을 충격이 이 작품에 표현된 것보다 덜했다면, 그가 도와 세웠던 이 나라는 역사상 상당한 문제점을 내포하고 있는 셈이다.

릴번, 이샴 루이스와 사촌지간이자 제퍼슨과도 친족관계인 메리웨더 루이스는 작품에서 제퍼슨의 비서이자 아들로 표현되어 있는데 이는 『루이스와 클라크 탐험 일지』에서 가져온 것이다. 릴번과 메리웨더 루이스는 둘 다 문명의 전령이자 '빛의 전달자'로 황야에 들어섰다. 이 작품은 그 두 사람이 자신들의 역할을 어떻게 달리 수행하였는지, 또 그들의 비극적 결말은 어떠했는지에 대한 것이다. 메리웨더는 자살로 생을 마감한 것이 분명하다. 제퍼슨은 불행한 메리웨더의 전기를 쓰기도 했다. 메리웨더가 살해되었다는 증거가 제시되긴 하지만, 딱히 설득력이 있어 보이지 않는다. 그러나 릴번이 잘 드러내듯이 루이스 혈통에는 제퍼슨이 말하는 '우울증 증상'이 확실히 있었다. 어쨌든 제퍼슨은 그가 주로 승격되기 전의 루이지애나 준주(準州, Louisiana Territory)의 주지사로서 자신에게 제기된 혐의의 부당함에 절망을 느껴 자살한 것이라고 믿었다.

나는 이 시와 역사상의 자료들과의 관계에 대한 논의는 어떤 측면에선 아무런 가치도 없음을 잘 알고 있다. 역사로서는 완벽한 기록이 시로서는 일고의 가치도 없을 수 있다. 나는 역사가 아니라 시를 쓰고자 한다. 따라서 비본질적인 사실을 함부로 변경하는 것에 대해 나는 아무런 후회가 없다. 그러나 시는 판타지 이상이며, 비록 에둘러 말할지라도, 인간의 조건에 대해 무언가를 말하려 노력해야 할 책임을 지고 있다. 그러므로 역사를 다루는 시는 작가가 인간 심성의 본질이라고 여기는 것을 침범할 자유가 없는 것과 마찬가지로, 작가가 역사의 정신이라고 여기는 것을 침범할 자유도 갖고 있지 않다. 물론 작가가 이에 대해 무엇을 생각하든 그것은 궁극적으로 그의 도박이다.

이것이 바로 내가 작품의 주제선상에서 역사의식을 다루려 했다는 점을 다르게 설명하는 방식이다. 기꺼이 달리 전하려 했던 주제가 있다면 그것과 함께 말이다.

결국 역사성과 문학성은 서로 모순되어서는 안 된다. 시가 우리가 만들어내는 작은 신화라면, 역사는 우리가 살아내는 거대한 신화이자, 살면서 계속 다시 만들어나가는 것이기 때문이다.

전술했듯이 이 시의 초판은 1953년에 나왔고, 여러 번 쇄를 거듭했다. 이 늦은 시점에 또 하나의 매우 다른 개정판(1979)이 나와야 한다는 점은 틀림없이 이상해 보일 것이다. 그러나 이 새로운 개정판은 약 이십 년에 걸쳐 이루어진 때로는 매우 산발적인 작업의 결과로, 어떤 의미에서는 아예 새로운 작품이기도 하다. 우선 출판됐던 텍스트에 대해서는 다소 혼선이 있어 왔다. 그러나 내가 텍스트와 더불어 살기 시작하면서, 그리고 가끔은 작품을 무대에 올리기 위해 드문드문 준비 과정*도 거치면서 몇몇 요소들에 대하여 내 불만이 커져버렸다. 지금은 원본에서 많은 부분을 삭제했고, 약간의 보완도 거쳤다. 메리웨더에게는 좀 더 비중 있는 역할이 주어졌다. 크게 보면 리듬 상에 커다란 변화가 생겼고, 다수의 극적인 효과가 뚜렷해졌다. 기본적인 행위와 주제는 동일하지만, 전체적인 '느낌'에는 중요한 차이가 있다고 생각한다. 재작업이라고 단지 천천히 보수하는 작업은 아니었기 때문이다. 마치기 전까지 그것은 전 과정을 오랫동안 집중적으로 다시 체험하는 일이었다.

---

* 1950년대 중반 브로드웨이 공연을 위해 드라마 판본이 채택된 뒤 수개월의 원고 작업과 캐스팅 작업을 거쳤지만, 끝내 계약 당일 모두 무산돼버렸다. 이후 1964년 뉴욕의 아메리칸플레이스시어터(American Place Theater)에서 공연되었고, 프로비던스의 트리니티시어터(Trinity Theater)에서 애드리언 홀의 연출로 수차례 공연된 바 있다. 최근에는 원고와 연출을 상당 부분 수정해 순회공연을 치렀는데, 보스턴의 윌버시어터(Wilbur Theater)가 그 종착지였다.

이 시에서 파생된 희곡 버전에 대해 이야기한 적이 있다. 현재 버전이 등장인물들 간의 대화이기는 하지만, 이것은 분명 희곡은 아니며, 또 그렇게 보아서도 안 된다. 행위의 주축은 먼 과거에—오래 전에 사망한 인물들의 이승의 과거에—일어났으며, 그들은 이제 불특정한 장소와 불특정한 시간에 만나 자신들과 관련되는 행위를 이해하려고 한다. 우리는 그들의 논쟁의 절박성이 커지고 가라앉음에 따라 인물들이 나타나고 사라지게 할 것이다. 이 만남의 장소는 '특정한 곳도 아니'고, 시간은 '어느 때도 가능한' 것으로 상정해도 좋다. 이는 등장인물들이 여기서 논의하는 문제들이 적어도 내 견해로는 인간의 영원한 문제임을 언급하려는 하나의 방식에 불과하기 때문이다.

악마의 형제들

토머스 제퍼슨

나폴레옹으로부터 위대한 서부(The Great West)를 사들였던, 미합중국의 제3대 대통령. 그가 자신의 비문에 세 가지 자랑을 써넣을 때, 최후의 허영심 때문이었는지 한 가지 사실, 즉 자신이 대통령이었다는 사실은 언급하지 않았다. 비문은 현재 버지니아 주 앨버말 카운티에 있는 몬티첼로* 저택 기념비에 다음과 같이 새겨져 있다.

미국 독립선언서와
버지니아 주 종교 자유 법령의
저자이며
버지니아대학의 창립자

---

* 미국 버지니아 주 앨버말 카운티 샬롯스빌 시외에 있는 토머스 제퍼슨의 저택과 영지로, 그가 26세 되던 해 직접 설계한 것으로 유명하다. 그는 이곳에서 담배 등의 작물 수확을 위해 많은 노예들을 부렸다. 그와 가까운 곳에 위치한, 역시 그가 설립한 버지니아대학과 함께 세계문화유산에 등재되었다.

R.P.W.

이 시의 작가

메리웨더 루이스

토머스 제퍼슨의 친척으로 한때 그의 비서였다. 클라크와 함께 루이지애나 영토 개방과 태평양 활로 개척 등 대탐험*의 대장 임무를 완수하고 루이지애나 테리토리 주지사를 지냈다.

찰스 루이스 대령

대통령의 여동생 루시 제퍼슨의 남편

루시 제퍼슨 루이스

토머스 제퍼슨의 여동생

릴번 루이스

찰스와 루시 루이스 부부의 아들

---

* 1803년 프랑스로부터 루이지애나 땅을 매입한 후, 제퍼슨 대통령은 메리웨더 루이스 대위와 윌리엄 클라크 소위 지휘 하에 지원자들을 뽑아 개척지 탐험(1804년 5월~1806년 9월)을 명한다. 탐험대는 새로 얻은 영토를 탐험하면서 미대륙을 가로지르는 확실한 경로를 찾아내는 것을 목표로 삼았으며, 이를 통해 다른 나라에 이 땅이 미국의 영토임을 주장할 수 있었다. 또한 각 지역의 다양한 원주민들과 거래와 소통을 통해 탐험지의 생태계와 지리 그리고 천연자원들에 대한 정보를 획득함으로써 과학적·경제적 목표도 달성했다. 탐험이 끝난 뒤, 이 기간 동안 수집된 정보들을 바탕으로 완성된 지도, 그림 등의 여행 기록은 제퍼슨에게 전달되었다. 이 탐험의 역사적인 성공은 『루이스와 클라크 탐험 일지』(*Lewis & Clark Expedition Journal*)에 기록되어 있다.

리티샤 루이스

릴번 루이스의 아내

캐트 유모

찰스 루이스 집안의 노예이자 릴번의 흑인 유모

남자 형제

리티샤 루이스의 오빠

이샴 루이스

찰스와 루시 부부의 막내아들이자 릴번 루이스의 남동생

존

찰스 루이스 집안의 젊은 노예

† † †

장소

불특정

때

불특정

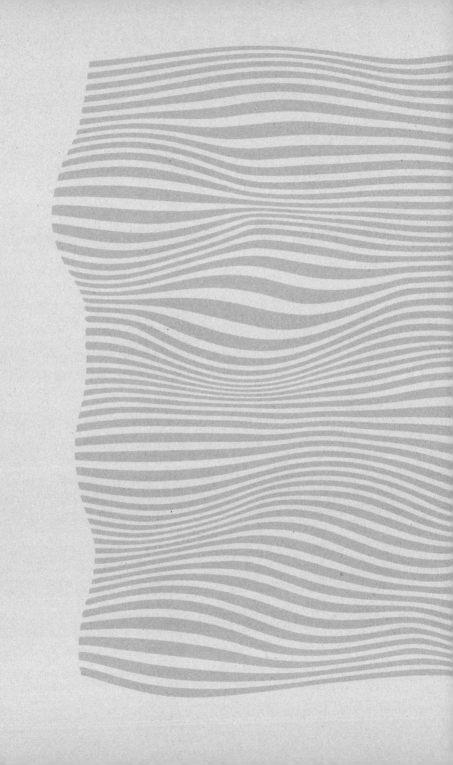

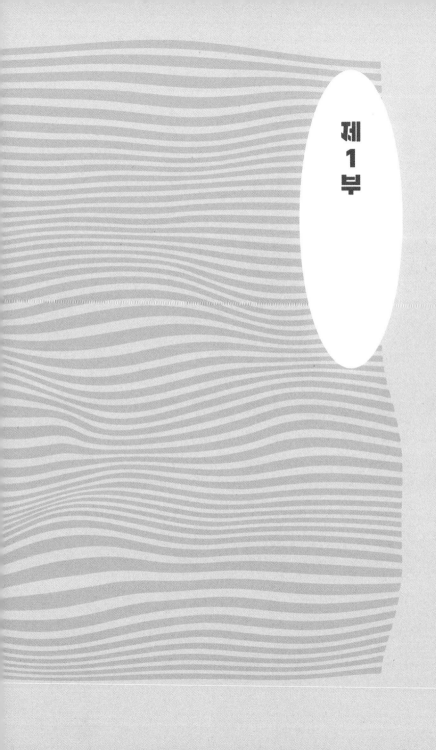

제 1 부

†

나는 제퍼슨*. 이름은 토머스. 나는
한 생을 살았고. 죽었네. 그러나
죽었어도 영면할 수 없네
어둠 속에. 죽어 있으나 시커먼 강물†에
내 입을 대고
내 속을 모두
털어버릴 수 없네. 못해. 그럴 수 없어. 그 마지막 갈증 속에
무릎을 꿇고 얼굴을 수그리면, 번득이며 떠오르는
하얀 무엇, 흑암의 저 깊은 곳에서 떠오르는 것이 있네.
그것은 내 얼굴. 인간에 불과해.

---

* 미국의 제3대 대통령이자 건국의 아버지(1743~1826)로 불린다. 남부 버지니아 주 출생으로, 17세기 미국의 동북부에 이주한 영국 청교도들과는 달리 인간의 타락성보다는 무한한 가능성을 깊이 신뢰했다. 미국 「독립선언서」를 작성했으며, 프랑스로부터 루이지애나 영토를 매입하고 서부 개척 등을 통해 국토 확장에 기여했다.

† 희랍어로 '레테(Lethe)'는 '망각' 혹은 '숨김'을 의미한다. 단테의 『신곡』에서는 레테 강이 지구의 중심부로 흐르며, 천국으로 들어가는 인간의 영(soul)들은 자신의 죄를 잊기 위해 이 강물을 마신다.

거울 속 그 얼굴에 입맞춤하려 한 적이 있는가?
혹은 — 하하 — 그 얼굴이 입 맞추려 하던가? 어쨌든,
우리는 인간에 불과해. 그게 자랑인가?

R.P.W.

네, 당신이 자랑한 것을 보았습니다.
멀리 버지니아 주, 산 위
바위에 새겨진 것들을요.

제퍼슨

늘그막에 그것 말고 무얼 붙들겠는가?
깨달음이 있었다 해도.
내가 말하고자 했던 것은
깨달음이란 지극히 작은 것이고, 희망이 전부라는 것이지,
희망은 마른 도토리 같아. 파란 싹이
언젠가 그걸 쪼개고 나와 기쁨이 되고 한 여름의 그늘이 된다네.
나이를 먹고 경험이 얽혔어도
나는 아직도 그런 생각이지.
아, 장대한 푸르름과 수런거리는 잎새 밑
그 그늘 아래 우리는 몸을 피하리라. 그래서 늘그막에
맘대로 주장하고 싶을 때
나의 오랜 인간관을 피력하리.

처음 그것은 필라델피아에서였네. 내 가슴은

떨렸고, 영광스런 자리에서 수줍어하며 나는 보았어. 정말이지.

그러니 내가 본 것을 차분하게 순서대로 이야기하려네.

보통 사람과 다를 바 없는 우리가 필라델피아에서 우연히 대표가

되었지.

망토 차림의 멍키, 장화 신은 짐승, 바지 입은 앵무새들,

말하자면 남자들이 모인 거지, 인간의 한계를 지닌 우리들이. 우

리들은

역사의 부산물이요,

심야의 열기인가 일요일 편안한 새벽 침상에선가

우리 조상의 안쓰러운 욕정으로 빚어진 존재들이지.

그 술 취한 영광이,

우리 탄생의 떨림과 숨참이 안쓰러운가?

이건 우리에게 꼭 맞는 말 아닌가?

아니면 그 말에 우리가? 온갖 일이 머리에 떠오르네.

생각의 고리를 끊어 나로 하여금 잊게 하려하네.

아이러니는 황혼녘에 비치는 빛의 장난에 불과한 거야, 항상

그렇지.

그러나 내가 말하고자 한 것은 우리는 그저 연약한 인간일 뿐

이기에

우리 자신의 욕정과 권태로 찌들고, 갈 바를 모른다는 거지.

페리스(Jean Leon Gerome Ferris, 1863~1930) 作
〈「독립선언서」 초안을 검토하고 있는 세 위인〉(1900)

좌로부터 벤자민 프랭클린, 존 애덤스 그리고 토머스 제퍼슨

우리 개개인 모두, 세월의,

또는 자아의

막다른 골목길, 눈 먼 땅에서,

구불구불 막힌 길, 협곡 아니 회랑 같은 길에서 길을 잃고.

그리고 그 어둠 속에, 길잡이 실도 없이,

아리아드네*의 정교한 손길로 비벼낸, 숨결만큼 가벼운

그런 길잡이 실도 없이 더듬더듬 다가가면 모퉁이 저쪽에 웅
크리고 있는 걸 보네.

칠흑 같은 어둠 속에, 무릎까지 똥에 빠져, 그 수염과

털은 더러운 딱지투성이, 그리고 발굽을 들썩하자—

가만! 오물이 갈라지며 진창같이 쩌억! 소리하네.

그는 기다리네. 크레타의 수치.

한밤중 어둠의 마왕. 그는

우리의 형제, 우리의 사랑하는 형제. 그리고 파시파에†여!

---

* 그리스 신화에 나오는 크레타 왕 미노스와 왕비 파시파에의 딸이다. 연인 테세우스가 미
궁 속 괴물 미노타우로스와 싸우러 갈 때 실타래를 함께 전해주었고, 테세우스는 풀린 실
타래를 따라 미궁을 빠져나올 수 있었다.

† 그리스 신화에 나오는 크레타 왕 미노스의 아내다. 바다의 신 포세이돈은 자신에게 흰 황
소를 제물로 바치지 않은 미노스에게 복수하기 위해, 그녀를 황소와 사랑에 빠지게 만들
어버린다. 정욕을 이기지 못한 그녀는 장인 다이달로스에게 방법을 구했고, 그러자 다이
달로스는 속이 빈 나무 암소를 만들어 소가죽을 씌우고, 그 안에 왕비가 들어가 엎드릴
수 있게 했다. 결국 그녀는 황소와 교미하는 데 성공한다. 포세이돈의 복수가 이루어진 것
이다.

사랑하는 어머니, 우리 모두의 어머니, 불쌍한 파시파에—
암소의 가죽 속에 웅크리고 들어앉아,
끈과 걸쇠와 가죽 끈에 묶여, 숨 가쁘게 엉덩이를 들썩였네
황홀한 애무를 위해.

그때 당신은 왜 침묵하였지?

비명을 지르기 전에?[*]

커튼이 찢어지는 고통의 순간에,
마음속에서 어린아이로 돌아가, 푸른 초원,
물소리 새소리 들리는 어린 시절 숨던 곳을 보았나?

황소가 달려들었어. 당신은 소녀처럼 비명을 질렀어. 그리고
버둥거렸어.
하지만 당신이 고안한 홀림 장치는 끄떡없었지.
나중에 그들이 당신을 들어내었고
캄캄한 궁전에서 당신 입술의 거품을 닦았어.

그렇다고 우리가 당신을 덜 사랑하지 않아, 가련한 파시파에.

---

[*] 이전 판본에는 "그후에 비명을 질렀어(And then the scream)?"라고 되어 있다(Burt, 470).

어쨌든 그것은 당신의 묘안이었지.

아니 아니 맙소사, 아니지! 내 어머니의 이름은 제인이었어,
제인 랜돌프,* 영국서 태어나,
런던의 섀드웰 교구에서 세례를 받으셨어.

그래, 내가 뭐라고 했지? 이걸 말하려 했던게 아닌데
언어는 진실을 말하지 못해.

처음으로 되돌아가지. 필라델피아에 갔을 때
나는 세상이 어떤 건지 알았어. 아, 내가 그 정도로
바보는 아니었어! 그때는 악행을 볼 때마다,
이성적으로 말했지, 이건 시간이 가면 스스로 해결될
일시적인 모순에 불과하다고. 아, 쉽게,
속 편하게!

필라델피아, 그래. 나는 우리가 인간에 불과함을 알았어,
착오와 이권의 틀에 갇힌. 그런데 나, 역시 인간인걸,
그래, 웃으려거든 웃어도 좋아. 숨 막힐 정도로 멋진 광경을

---

* 제인 랜돌프 제퍼슨(Jane Randolph Jefferson, 1720~1776). 토머스 제퍼슨의 모친. 런던 근교 섀드웰 교구 출생으로, 랜돌프 가문이 일찍이 이민하여 정착한 버지니아 식민지 앨버말에서 사망했다.

어쩌다 맞닥뜨렸어,

모든 얼굴에서, 이 얼굴에서도 저 얼굴에서도,

윤곽이 흐릿하건, 부어오르건, 홀쭉하건, 앙상하건, 모두,

모두에게서 광채가 타오르는걸 보았지.

그리고 나의 과거의 날들,

시간들, 희망들, 승마술, 동료의 칭찬

기쁨, 욕망, 그리고 나의 사랑조차도

불길에 던져질 지푸라기일 뿐이라는 것을 알았어.

그리고 격렬하게 타오르는 그 속에서 나는—

어, 나는 아무것도 아니었어. 오로지 기쁘기만 했어.

나는 감격해서, "아, 인간이란 이런 존재야!" 하고 소리쳤지.

그리고 이리하여 나의 미노타우로스*. 저어기 막다른

미로의 굽이 진 곳에서 나만의 시간에—

그걸 뭐라 하지? 맞아,

넬 메조 델 까민†. 길을 가다가, 만났어

아름다움으로 가장한 야수를. 내가 그를

만났을 때 그것은, 적어도, 지금 생각해보건대,

빠른 피의 흐름이 멈칫하는

---

* 파시파에가 욕정의 결과로 낳은 반인반수의 괴물.

† Nel mezzo del cammin. '여행 중에(Midway upon the journey)'라는 의미로 단테의 『신곡』
도입부에 나온다.

와츠(George Frederic Watts, 1817~1904) 作 〈미노타우로스〉(1885)

그 첫 순간

대자연은 모든 자연스런 기쁨을

죽음의 거울로만 바라본다구.*

그래서 기쁨을 지키기 위해서는 단순한 자연을 거부하고

인간의 자연적 한계와 제약을 뛰어넘어

자연 속에 설정된 목표에서 어떤 설명을 찾아야 하지.

그래 이렇게 기막히게 마주쳤지. 그러나

그때는 야수가 아니었어. 그것은 높이 솟아오르는

존재, 천사 같고, 오만하고, 추상적이고,

영광스럽고 빛이 나고, 이마는

밝아오는 새벽 같았지.

나는 그 눈을 볼 수 없었어.

펜을 틀어쥐고 다락방에서

흥분한 상태로,

내 자신이 바르게 고쳐지고 연단되어

내 과거는 소멸되고

---

* 모든 쾌락에는 필시 끝이 있으며, 대자연은 인간의 쾌락과 궁극적으로 양립할 수 없음을
의미한다.

운명은 정해진 것이라고 생각하며
써내려갔어. 그리고 멀리
어둠 속에서, 야경이 소리쳤지.

때가 되어, 우리는 서류에 서명하고 귀가했어.
나는 그 눈부신 유령의 눈을 보지 못했던 거야.
나는 빛으로 인해 눈이 멀었던 것이지.*

나는 그 눈이 멀었다는 것을 알지 못했던 거야.

사단이 벌어지게 되어 있었지.
모든 자유는 피로 대가를 치른다고
말한 적이 있던 나는 이제
모든 진실은 피로 대가를 치른다고, 그 피는 우리의 피라고,
그러나 오로지 진실만이 우리를 자유롭게 한다고,
어리석은 거짓으로부터 자유롭게† 한다고 말해야 해.
운명은 언제나 내부에서 기인하며, 운명은 고양이처럼 가르랑
소리를 내고

---

* 이전 판본에서는 여기서 연을 분리시키지 않았었다(Burt, 470). 하지만 개정판에서 연을
분리해 다음 문장을 독립시킴으로써 '장님이었음을 몰랐다'는 내용을 강조하려 했던 것
으로 보인다.
† '어리석은 거짓으로부터 자유롭게'라는 표현은 이전 판본에 없던 문구다(Burt, 470).

완전한 배신자는 핏줄 어느 아늑한 구석에 숨어 있어.*
그래서 내가 깨어 돌아다니는거지. 영면할 수 없어서
그렇지만 이야기해보겠네.

집이 한 채 있었어.

R.P.W.

네, 그 집을 본 적이 있습니다, 혹은 보았다고 할까요,
아니, 세월과 화재가
오래 전 친절을 베푼 뒤 잔재를 보았다고나 할까요. 그리고 그
범죄는
나나—혹은 옆 사람의†—마음에처럼 속 편한 양심 속에
아주 편하고 기분 좋게 깃들고 자리 잡을 거고
과거나 지금이나 검은 돌에 비가 내려,
역사적 상상력의 자비로운 무심함으로 비가 내려,
풀은, 아무것도 모르는 듯이, 모두를 손질하여 화평케 했지요.
자, 하여간, 나는 그 집을 보았어요.

---

* 즉, 피붙이를 뜻한다.

† 이전 판본에서는 제퍼슨을 힐책했으나 개정판에서는 독자로 그 대상을 바꾸었다(Burt,
471). 제퍼슨 개인보다 더 보편적인 인류의 죄악상으로 중심을 이동시킨 것이다.

제퍼슨

나는 본 적이 없어. 한 번도 대륙을 가로 질러
산을 넘어 켄터키로, 나의 서부로 가본 적이 없어.
그렇지만 나는 우리 메리워더를 그리로 보냈었지,
들판을 지나, 마지막 눈 덮인 산을 너머—

메리워더

어르신이 나를 보냈습니다. 그러자 내 마음은 벅차올랐죠!

제퍼슨

나의 혈육, 내 아들과 다름없는. 아들, 나는 아들이
없었어. 너는 균형 잡힌 시선과
반듯한 이마를 가진 차세대.
나는 말했지, 내가 갈 수는 없다고,
그러나 내 혈육이 가리라고,
가는 곳마다 명명하고, 지도를 그리고, 인간의 족적을 남기러.

메리워더

아, 그래요. 그 꿈을 이해했어요. 어르신에게서 배웠어요.
그리고 드높은 별들 아래서 어르신의 손힘을 기억했지요
내 양 어깨에 놓였던,

노인네의 앙상한 손힘,[*]

그러나 불같이 뜨거운. 그리고는—

아, 그리고는—단 한 번의, 처음이자 마지막으로, 유일한

키스. 우뚝 솟은 위대한 당신이 몸을 숙여

내 빰에 키스하셨습니다. 그리고 나는

제퍼슨

그때 나는

오래 마음속에 품었던 걸 말했지. 나는 너를 아들이라 불렀어.

나는 말했지.

"세상은 너를 믿는다, 내 아들아. 잘 가라"고.

메리웨더

저는 경례를 부쳤습니다, 그런데

당신의 얼굴—그 얼굴은 갑자기 저를 외면하셨어요.

제퍼슨

애정과 작별 눈물이 어린 너머로 나는

나의 서부를—내가 사서 주었으되,[†]

---

[*] 개정판에서 "손힘(the grip)"에 "노인네의 앙상한(Old and bony)"이란 표현이 추가돼 (Burt, 471), 제퍼슨의 노령과 강인함을 동시에 강조했다.

[†] 제퍼슨이 결행한 '루이지애나 매입(Louisiana Purchase, 1803)'을 가리킨다. 그는 나폴레

이스라엘 조상 모세[*]처럼,

한 번도 가보지 못한 서부의 땅을.

드높은 마음의 눈과 위태로운 바위 위에서, 보았어—

나는 모두 다 보았어.

습지와 대초원과

오월이 지나도록 영원히 꽃피우는 튤립나무,

산사나무와 그 열매

펼쳐진 골짜기와 한가로운 대초원과

급격하게 불타오르는 일몰을 향하여

서쪽으로 나른하게 뻗어가는 대지를

보았지.

메리웨더

슬픈 들소가 내민 손을 핥는 것을 보았습니다.

그리고 덩굴에 뒤덮인 해안가 바위에선

검은 바다표범이 울부짖으며 우리가 올 줄 알고 반깁니다.

옹으로부터 미시시피 강에서 로키산맥에 이르는 루이지애나 영토를 사들임으로써 미국의 영토를 두 배로 확장시켰다. 이로써 미연방에 13개의 주가 추가되었고, 활발한 서부 개척이 가능해졌다. 매입 이후 제퍼슨은 이곳 통치를 위한 정보들을 얻고자 메리워더와 클라크의 지휘 아래 서부 탐험대를 조직해 파견했다.

[*] 모세는 유대민족을 이집트 포로 생활로부터 구해내지만 하나님이 약속한 낙원의 땅 가나안은 가보지 못하고 죽는다. 자신을 이런 모세에게 견주며 제퍼슨은 켄터키 너머 서부 땅을 낙원과 동일시하고 있다.

제퍼슨

그것은 위대한 가나안보다 장엄한 모사품이었지.

모험에 찬 루이지애나,

그것은 내 영혼의 육지였다.

아니 그때는 그래 보였지.

R.P.W.

그런데

제퍼슨

그 집은 ―

찰스

내가 지은 집입니다. 나는 알아요,

어떤 이들은, 아마 형님도 그러겠죠, 그 집에서 일어난 게 모두

내가 조상에게서 물려받아*

루시 제퍼슨의 자궁에 심어

임신하도록 한

숨겨진 광기와 흉악한 분노의 표징이라고

---

* 이전 판본에서 "I took from my fathers"이었던 것을 개정판에서는 "I from my fathers took"라고 도치시킴으로써(Burt, 471), 조상의 죄와의 연관성을 강조했다.

하는 걸. 그런데 그 옛날 그 아이의 첫 울음소리는 내 마음에
꿀 같았지.

그런데 내가 광기를
품은 보균자이자 유포자였던가? 혹은 그건 내 아내였던가?
어느 경우든, 말하고 싶은 것은
광기는 진리의 암세포일 뿐이며, 진리의
오만이 핏속에서 미쳐 부푼 것이라는 겁니다.

광기란 온전한 사람이 어느 날 깨어나 대면하는 것이죠.

내가 집을 지었습니다.
앨버말*의 편한 생활을 버리고 떠났죠.
아내와, 아들들, 노예들, 가재도구, 가축들, 물건들,
나의 지위와 직업의 징표들, 모든
유형과 무형의 모든 것들,
아주 나쁜
방향으로 바람이 불어, 한기가 스며들 때
인간들이

---

* 버지니아의 한 카운티로 토머스 제퍼슨의 누이인 릴번 루이스의 어머니가 태어나 자란 고
  향이다.

겉옷처럼 여미는 것들.
저는 이런 것들을 챙겼습니다. 이것들은 마치
갑각류가 미끌미끌한 점액으로 껍질을 만들어내듯이,
자신을 녹여
그 자신과, 어둠 속에 갇혀 있는 연약한 맥박을 보호하는 거나
같은 거죠.

갑각류나 인간은 똑같습니다. 나도 역시 그렇죠. 나는
내 자신과 내 것들을 챙겼습니다.
내 것들은 내 자신이니까요.
그리고 도망쳤습니다.

도망쳤다구요 —딱 그거죠. 견딜 수 없어서
내가 만든 세상이자 나를 만든 세상을.
그 세상과 나,
두 개의 거울
영원히 그리고 정확하게 마주 놓여,
짝이되 서로 더 깊이 응시하기에,
그 실패를 하나하나, 속으로, 속으로,
더해가는 겁니다.

그래 도망쳤습니다.

새로운 세계, 새로운 탄생, 긴장과 시험, 아마도 공포를 찾아서.
한 순간만이라도, 되찾겠노라고,
인간의 노력과, 희망의 일부라도,
젊어서 잃어버린 귀중한 환상을.
또 이랬습니다, 거친 땅을 구하겠노라고, 바윗돌 옆에 꽃을 심
겠노라고.
그렇지만 그게 환상임을 알았죠. 내가
구속자(救贖者)가 아닌 죄인으로
도망친 것임을 알았죠.

아, 제가 단신으로, 도망쳤더라면 더더욱 좋았겠죠.
혼자서 이스마엘*같이 사막이 울부짖고
나무들이 야만인의 추악함을 숨겨주는 곳으로.
그리고 미개한 인간들의 더러움을 품었더라면 ─
그랬더라면 정직했을 걸, 그런데 나는 대신
내가 살아온 거짓 생활, 거짓의 나를 가려줄 집,
내 공허의 장신구들을 지었습니다.

---

* 「창세기」 16장 참조. 늙도록 자식이 없던 아브라함이 아내 사라의 청을 받아들여 이집트
출신 노예 하갈을 취해 낳은 아들. 못된 성격 탓에 쫓겨나 광야에서 험난한 생활을 하게
된다.

R.P.W.

이제 그 집은 없습니다.

제퍼슨

없어지진 않았어. 내가 그 집을 본 적은 없지만,

지금 눈앞에 보고 있어. 그리고 펼쳐지는 어둠 속에서

나무가 삐걱거리고, 인적 없는 계단이 신음하는 소리가 들려.

대지 자체는 인간 발길 때문에 신음하는데

내 발엔 이제 체중이 안 실리니 다행이지,

실체가 없다고 무죄일 수는 없지만.

집은 없지만 없어지지는 않았어. 그런데 ―

R.P.W.

확실히 집은 없습니다. 그곳을 알거든요.

홉킨스빌에서 109번 고속도로를 타고 가다가,

도슨 스프링스로, 그리고 62번 도로에서 서쪽으로,

병목지점에서 켄터키를 가로질러

우리는 넓적한 콩크리트 도로에 눈부신 칠월을 찢으며 내달렸습니다.

1946년 7월, 햇볕에 달궈진 대지를 뚫고.

거친 언덕들은 벗겨져 벌겋고, 왜소한 참나무와 자투리 매화나무,

폐광된 석탄 선별장과 병든 도시
그리고 더 가서는, 태양 볕에 시들은 들판가 산쑥 풀밭 가운데
버려진 오두막 그늘에서
얼굴 하나가 우리를 노려보는데 그 충혈된 눈은 용서라곤 없이,
그리고 앞으로도 용서하지 않을 듯이, 번득였습니다.

그러나 페달을 밟으면 순식간에 지나갑니다.
용서와 동정과 희망과 증오와 사랑 너머로.
그래서 우리는 계속 내달렸습니다. 나중에 길이
텅 비고, 딱 한 번 방광을 비우려고 멈췄을 때,
그리고 타이어의 싱싱 소리를 뒤이은 갑작스런 정적 가운데
매미가 미친 듯이 비명을 질렀고,
그러자 무수한 매미들이
그 일을 이어받아, 그 동시적인 분노 속에
햇빛이 비명을 지르고, 소변은 타들어가는 흙바닥에 후드득
떨어졌습니다.

파두카*를 지나, 동으로 십오륙 마일
강 상류 저기, 스미스랜드라고 하지요.
그 동네 말입니다. 그리 개발되지는 못했지요,

---

* 켄터키 주 서부 오하이오 강가의 도시.

천칠백구십 년 즈음에, 처음 오두막을 지으려고
사람들이 통나무를 베고
토대를 맞추고, 틈새 진흙을 섞고, 널빤지를 가를 때,
스미스라는 이름의 ― 어느 집구석 작자였는지는 몰라도 ―
그 자의
맘속에 그날 아침
허영심은 확실히 없었습니다.
희망을 품을 권리는 있었죠, 그 스미스란 친구,
희망과, 서부를 향한 마음의 사치가 절정이던 시절에
'땅따먹기'가 암호이고 대지는 벌릴 수 있을 만큼 넓게,
다리를 벌리고, 들뜬 매춘부나
건강한 젊은 계집이
부흥회나 농촌 계절 행사가 끝나고
저 덤불숲에서 벌리듯이,
"어서 가지삼, 이보라요, 그대 꺼니, 거 깊이 박으라요."

그리고 매일 새벽은 노래했지요, "영광이로다!"
노래하기를, "따먹기에 영광이, 어서 가지삼!"
노래하기를, "이보라요, 그대 꺼니, 거 깊이 박으라요."

글쎄 스미스에게 그럴 권리가 있었다구요. 마을은

컴벌랜드 강*이 오하이오 강의 수수한 장엄함을 만나는 곳에

근사하게 자리했고,

그 강물로 테네시 상류부터의 퇴적과 폐물이 쏟아져 들어가는데,

벼랑도 근사하고, 그 곳의 너도밤나무는

그 장엄한 합류를 지키는데,

배들은 조수처럼 서쪽으로 흔들흔들 움직였습니다.

거룻배와 화물선과

깽깽이는 깽깽, 물살을 뒤흔드는 사공의 외침소리.

피와 땀과 정액을 쏟아내는

말의 형상, 악어의 형상 같은 타락한 세상의 탕자†

노에 얹은 털북숭이 손, 노래하려 내민 털북숭이 입술,

그리고 건강한 심장은 종말을 예지하고

머지않음을, 머지않음을 압니다.

여정은 여정일 뿐이고 세월은 오랜 법

그리고 강은 물일 뿐, 세월만이 언제나 흐를 것입니다.

저 멀리 스와니타운까지,

그 옛날에.

---

* 미국 켄터키 주 동남부에서 테네시 주 북부를 흘러 켄터키 주의 파두카 근처에서 오하이오 강으로 흘러들어가는 강.

† 육체적인 쾌락에 빠졌다가 돌아오는 탕자.

이것이 바로 짧고 굵은 목의 사공이 부른 노래였습니다,
햇빛은 부서지고 푸른 벼랑도 울렸습니다,
저 멀리 스와니타운까지, 그 옛날에.

마지막 화물선이 지나고 이제 밤.
늘어진 도토리 잎은 내일의 날씨를 말합니다.
마지막 노래 가락이 이제 곶과 벼랑머리를 지나
모호하고 불투명한 역사 속으로 사라집니다.
여울과 장애물을 지나고, 거룻배와 싸움꾼은 가고 없고.
그들은 노래를 하며 사라집니다. 그 옛날에.
그들은 노래를 하며 사라졌습니다.
스미스랜드는 남아 잠이 듭니다.

그 옛날에. 그리 개발되지는 않았습니다.
루이빌엔 강 상류에 폭포가 있었고,
그에 걸맞게 블루그래스* 민요도 있었습니다.
그런데 스미스랜드에는 아무것도, 등나무 덤불과 회색빛 진흙
밖에는,
부엉부엉 부엉이는 소중한 새도 아니고,

---

* 미국 남부 기원의 민요. 밴조와 기타 반주에 맞춰 빠른 템포로 진행되는 재즈 식 즉흥곡
이다.

지금도 어떤 기관차가 와도 꿈쩍 않지요.

백년이 뒤진 1946년[*]에도,

딕시극장과 가스 펌프만 있을 뿐입니다.

그땐 샘 클레멘스[†]가 자랐을 법한, 촌 비스름하니

더 못할 것도 없었습니다.

강에는 메기, 그늘에는 검둥이,

한 주먹에 구멍 낼 작은 벽돌 감옥,

읍내 건달들은 편안한 나머지 태평한 게,

자기집으로 여기는 듯 하고, 귀염둥이 딸아이는

그가 좋아하는 갓 구운 팬케이크를 가져오고,

단풍나무 아래, 법원 펌프

물을 길어 아빠에게 가져와요. 딸아이는 여덟 살입니다.

그렇다고 스미스랜드에 뭔가 있다는 걸 부인하는 건 아닙니다.

빼앗긴 사랑이나 격화된 욕정으로

묵살된 야망의

고통으로 한밤중 물어뜯긴 베개

망가진 야망과

은밀한 상처처럼 피 흘리는 자아

---

[*] R.P.W.는 1946년에 아버지를 따라 켄터키의 뿌리를 찾으러 처음으로 스미스랜드에 갔었다.

[†] 작가 마크 트웨인(Mark Twain, 1835~1910)을 가리킨다.

곪은 냄새가 납니다.

여기서 세월은 가장 희망찬 가슴조차도 위축시킵니다,

그리고 악의와 속임수는

칠월에 상해버린 우유처럼 꿈속에서 상합니다.

그래요, 사람들이 지금도 여기서 살고, 심지어

구토에 찌든 새벽.

갑자기 눈을 뜬 시끄러운 건달조차

우리의 운명, 옛 부터의 고뇌를 소리 내어 외칩니다.

"아무도 날 사랑하지 않아, 내겐 도무지 기회가 없었단 거야!"

그리고 귀염둥이 딸애도 곧 아빠를 미워할 테지. 왜 안 그러겠
습니까?

그러나 이 모두가 사실이라 해도, 그 곳은 지금도

이타카의 거짓말쟁이 방랑자*가

자신의 험난한 항해목표에 대해 말하듯이

"대단한 곳은 아니지만, 사내아이들 키우기는 좋지"라고 말했
을 법합니다.

---

* 호머의 서사시 『오디세이아』의 주인공인 오디세우스를 가리킨다. 그는 트로이 전쟁을 끝
내고 고향 이타카로 돌아가기 위해 10년간 방황하면서 수많은 역경과 고초를 이겨내는
영웅적 면모를 과시하면서도, 가는 곳곳 상황마다 탁월한 거짓말과 속임수에 능한 인간
적 면모를 보여주기도 한다.

물론 바위도 올리브도, 황홀한 깊이도 없습니다.
거기서 그 옛날 포세이돈*이 그의 수정궁과,
청록의 진주와 거무번질한 현무암의 뒤얽힌 통로에서 몸을 일
으켜,
시커먼 해초더미 너머로 새하얗게 눈부신 파도의
에메랄드 물빛 위로 시선을 들고,
태양을 맞이하며,
새벽을 향해 거품을 갈기 삼아 그의 머리칼을 흔들었습니다.

아니, 내 고향 토드 카운티에도 그런 건 없습니다.
그러나 열두 살짜리에겐 강이면 족하지,
그리고 망가진 제재소나 시골이 없는,
그런 도시는 없습니다.
작은 저수지와 약간의 나무숲, 또 여우굴이면
족하지요. 혹은 어느 가을날 길을 잃고
찾아온 기러기 한 마리면 족합니다.
별처럼 자랑스럽고 한결같게
장엄하고 차가운 고도로 날던
새 무리는 남쪽으로 이동했는데.

---

* 바다의 신. 『오디세이아』에서 아들인 폴리페모스의 눈을 멀게 한 오디세우스를 미워하여
그의 귀향을 끝끝내 방해하며 괴롭혔다.

길 잃고, 병들고, 늙어, 기러기는 저수지에 내려 앉아,
당당하던 울음소리도 어둠에 잦아드는 걸 들으며,
잠이 들었습니다.

켄트였습니다 ― 동틀 무렵 그걸 쏘아 맞힌 소년은, 총을 내던지고,
살얼음을 깨고, 새를 집어선 품에 안고 달렸습니다,
시내로 3마일을, 그리고 기뻐 외치며, 한 발짝
마다 아기처럼 울었는데 이유는 몰랐지요.
그런데 이발소에서 패거리들이
노획물에 감탄하며 말없이 보는데, 누군가 말했습니다,
"캐너디(캐나다)에서 왔네이, 그 먼 길을, 어허 대단해."

기러기 때문이 아니라도, 당신이 마흔이 되어,
공기총 대신 12구경 총을 들었을 때,
배워야할 단 하나 남은 교훈을 얻으려면
필요한 상징들을 찾았을 겁니다.
바로 인생의
유일한 가치는 영광이라는 걸. 그것은 깨닫기도
어렵고, 인정하기도 어려운 점입니다.

왜냐면 세상적 가치가 초라해지거든요,[*]

하여간 그 정도로.

한 가지 인간이 두려워하는 것은

구원이 주는 공포와 영광의

얼굴이지요. 그런데 그게 다예요. 그래요,

반기든지 아니면 참든지, 대가를 치르고

그것을 인정하도록 해야죠, 어쩌다

계기가 되면. 아, 기억하세요

이제 당신이 퍼뜨린 씨와 세상의 장엄함을,

할 수 있으면 당신 심장이 답해야 할 겁니다.

만일 할 수 없으면,

당신의 일상 업무를 정리하고

간경화의 배양에나 신경 써야겠습니다.

너저분하긴 해도 음주도 일종의 멋이고, 인간은 결국

보잘것없는 거라도

약간의 멋없이는 살 수 없기 때문입니다.

스미스랜드 역시,

대단한 곳은 아니었다 해도, 한 세기 반 동안

---

[*] 원문은 "For it knocks society's values to a cocked hat"으로, 'knock into a cocked hat'은 여기서는 'to beat severely'란 의미로 쓰였다. 'cocked hat'은 18세기에 남자들이 쓰던 넓은 챙의 삼각모를 뜻하기도 한다.

시민들이 중요하다기 보다 필요한 기록물로
법정을 채워놓은 곳입니다.
순회 재판소와 카운티 재판소 등
지방법원의 잡다한 문서들이
창문 없는 곰팡내 나는 지하실에 쌓였습니다.
토지 양도, 허가, 기소, 검시, 고소,
소동과 살인, 명예훼손,
소송과 상해 등,
하나뿐인 난로는 바다소금으로 울긋불긋 타오르고, 밤이 오면
알 수 없는 친족의 잔치 끝에 남은
부엌 쓰레기가 산더미같이 쌓인
엉망진창 인생의 혼돈의 모습은 —
바다가 핥고 간 해안가에 남겨진
해물껍질 잔재들과, 시커매진 뼈와 사금파리들입니다.
그리고 바다는 세월이었습니다.

루이빌 길 스미스랜드 외곽에서
당신은 기념비를 볼 것입니다. D.A.R.* 지회가,
켄터키를 영예롭게 한 루시 루이스를 위해

---

* 1890년에 결성된 D.A.R.(Daughters of the American Revolution)은 독립전쟁 참전자의
후손으로 구성된 부인 애국단이다.

쑥갓과 등골나무 우엉 밭 가운데
1924년에 세운 단일 기념탑입니다.
켄터키에 묻히기로 한 그녀의 훌륭한 취향을
기리기 위해 세운 기념탑에는
그녀가 대통령의 누이라고 적고는 있지만,
으뜸가는 명성은 사뭇 소홀히 하고 있습니다. 루시가
두 명의 흉측한 살인자들을 젖 먹여 키웠다는 거죠.
루시에 대해서는 별로 알려진 게 없습니다.

루시
알려지긴요. 나는 앨버말의 나뭇잎에 햇빛이
어떻게 비쳤는지를 알 뿐이니까요.
그 옛날 앨버말에서. 나는 다만
젖꼭지를 당기는 입술, 그리고 그 작은 당김이
나의 존재 저 깊은 구석구석까지
기쁨의 달 아래 고요한 물처럼
잠잠하게 만들었는지를 알 뿐이지요.

나는 내 아이들을 사랑했어요. 그 애들을 사랑하지요. 그러나
또한,
깊은 잠에 빠진 내 남편의 얼굴도 알지요.
밤중 꺼진 등불 아래 들여다보며

나는 말했지요. "내가 남편을 사랑한다면,
저 어둔 곳에 머물고 있는 저 사람에게
손을 내밀어야 해"라고 말이죠.
하지만 그사람에게 다가가지 않았어요.

단지 켄터키로 왔을 뿐이야, 내 사랑 때문에,
난 내가 할 수 있는 건 다했어. 아니지, 그건 거짓말이야.
난 내 최선을 다하지 않았어. 나는 죽어버렸어. 알아요,
당신에게 사랑이 가득하면, 누군가 당신을 필요로 하는 한 어떤 죽음도
당신을 찾아올 수 없다는 걸.

맞아, 내가 살았더라면,
나의 사랑이 어찌해서든지 내 아들을 지켰을 거야.
그 사랑이 그 아이 앞에 뻗쳐진 손과 같았을 거야.
그리고 나의 이샴—아, 이시*—사랑은
어두운 땅에서부터 불어오는 무지한 무기력을
어떻게든 이기는 빛이 되었을 거야. 그래요,
만일 내가 사랑했다면,
살아갈 만큼 사랑했다면, 살금살금 공포가

---

* 이샴의 애칭.

은밀하게 와서 나의 아들, 릴번에게 내 이름으로
그렇게 사주하지는 않았을 거야

나는 어둠의 세계가 내 집 안으로 뻗쳐오는 걸 보았지.
나는 어둠의 밤이 내 침대 안으로 뻗쳐오는 걸 보았지.
나는 어둠의 강이 내 컵 안에서 헤엄치는 걸 보았지.
올빼미가 웃었고 내가 죽었다고 말해주었지.
나는 그걸 믿었고, 그래서 죽어 있었지.
그렇지만 죽을 수 없어요. 그리고
그저 사랑하고 때론 제대로 사랑하는 것이 인간에게 내린 저
주라는 걸 모른다할 수도 없어요.

그러나 제대로 사랑한 적은 한 번도 없었어요. 그게 그렇게 간단
한 거죠.

R.P.W.
당신의 기념탑에 그런 내용은 없습니다.
그렇지만 나는 당신의 이름이 어원상 빛을 의미한다는 걸 압
니다.
그 어둠의 집에 빛이 좀 필요했어요.

릴번

그놈들이 껐어! 그놈들이
그걸 껐어. 그리고는

제퍼슨

저 봐! 저거야,
저 피 묻은 형제와 그의 두 손—

루시

아, 릴번, 아, 내 아들!

릴번

—그리고는, 깜깜했어요.
가만,
어머니가 잠드신 때를 기억하세요? 등불이 있었죠.
하지만 단 한 개, 한 개의 촛불, 그리고 온
사방이 깜깜했어요, 그리고 어둠이 문 틈 밖에서 킹킹거렸지요?
돌풍이 차디찼어요.
그리고 촛불이 툭하고 꺼졌죠. 툭 했어요
마치 바람의 엄지 밑에 머릿니처럼.
그리고 깜깜해졌죠.

루시

아, 내 아들! 이 엄마를 용서하고 나를 죽게 두어다오!

제퍼슨

우리가 인간이라고 해서 용서되는 건 아니지.

그건 깨버릴 수 없는* 착각이야.

사랑하는 동생아, 그것이 바로 최고로 교활한 계략을 세우면서

우리가 간과한 거야.

그리고 전에는 그렇게 자신만만하게 계략을 세우던 내가 이제

야 그걸 알게 되다니.

아니, 내가 안다고? 이제 알긴 아는 건가?

예전의 고통이 살아나는 걸. 늙은 신경은

바람이 바뀌고, 발작이 진정될 때마다 움찔해, 한 순간이긴 해도,

마음의 저 달콤한 구석에서, 거기엔 한때—

아니다, 루시,

우리는 배신을 당한거야. 그리고 늘 그렇듯이

집 안에서!

---

* 원문 "(the) inexpungable (error)"는 "inexpugnable"의 오식으로 보인다.

R.P.W.

찰스 루이스가 지은 집을 말씀하시는 거라면

거기서 더 이상의 배신은 없을 겁니다.

도깨비가 도깨비를 배신하지 않는 한. 그것도 도깨비 집에서

말입니다.

돌무더기 뿐, 하여간

그 낭떠러지를 오르는 일은

건장한 도깨비도 겁먹을 일입니다.

내가 올라가봐서 알지요. 7월이었어요.

루시의 기념탑이 향방을 알리지요.

기념비의 남면 돌에 새겨져서

우리에게 멀리 보이는 산을 1마일 하고도

반마일을 더 북쪽으로

오르라고 합니다. 버드빌 길을 따라.

소유주의 이름은 보일, 잭 보일이었죠.

희게 바랜 울타리 밖 우편함에 그렇게 쓰여 있습니다.

집은 흰색이었죠, 산뜻한 방갈로.

지붕은 주석으로 햇빛 속에 불타고,

백일초는 꽃밭에서 불타고 있었습니다.

뚱뚱한 늙은 콜리개가 그늘에서 헐떡였어요.

나는 문을 두드리고 거기 서서 보일씨가

나와서 내가 그의 산을 올라도 좋다고 말해주기를 기다렸습니다.
"물론 되지요" 그가 말했어요. "제 정신이 아니라면 말이죠"
이런 날에, 그리고 저 많은 덤불들을 헤쳐야 하는데.

이건 무례한 거 같죠. 시골 예절로선 그렇지 않아요.
유일하게 남은 거죠, 허식이 아닌 예절로.
그런데 보일 씨는 딱 예의를 지킨 겁니다.
그렇게 예의바른 사람이어서, 처음 만난 사람을 바보라고
부르려고 생각지는 않았던 거죠.
그래서 그는 그걸 부인하듯이 싱긋 웃었습니다.
그리고 다시 말하길, 더 힘주어, "물론 되지요,
그런데 저 꼭대기에 가설랑
꼭 한 가지, 제발, 부탁이요, 가서
가을에 쓰려고 살찌우고 있는 내 방울뱀들을 건들지 말아요."

아, 그 사람은 별났습니다, 보일씨는요.
혹은 그렇게 보였을 수도 있지요.
그러나 그의 조상들 식으로 말하고 그 예절을 아직 지킨다 해서
보일씨가 별스러운 건 아닙니다.
그가 별나다면, 그건 그가
점잖은 야망과 수수한 희망을
가진 사람이어서 그렇습니다.

그는 최선을 다 했습니다.

저당 건이며 날씨,

또 인간이면 누구나 겪을 사소한 괴로움들을 감안한다면.

그리고 그는 죽을 때까지 분명히 최선을 다할 겁니다.

감기에 걸려서, 혹은

파두카 장사 길에

심장발작으로

이미 사망하지 않았다면.

살아있든 죽었든, 잭 보일은 내게서 떠났고

그가 만든 모든 세상을 다 가져갔습니다.

그는 전문가적인 눈으로 관대한 대기의 공중에 온통

명암과 광채를 뿌렸습니다.

그가 죽고 한 세상도 그렇게 죽어 떠나 버렸습니다.

그리고 죽어버린 세상의 일부는 나 자신입니다.

나도 그의 창조물이었기 때문이지요. 스치는 그 순간에

나는 그의 문간에 막아섰고, 그는 나를 빤히 쳐다보았습니다.

사십 세의 남자, 낯선 얼굴, 바보,

빨간 머리에 주근깨, 홀쭉하고 약간 허리가 굽은,

상대방의 이해를 구하고, 소통하고,

오후라는 거창한 아이러니에 의미를 부여하고자 열망했던 그,

태양은 아는 것 전부를 미친 듯이 외칩니다.

한 마디로 거칠게,

빛, 빛, 빛을 줘!

그러면 모든 존재는 그 진동에 사정없이 흔들거렸습니다.[*]

하여간, 결국, 나는 이제 허락도 받았겠다. 그래 가까이
제일 좋은 그늘에 차를 세우고
나의 아버지는 졸고 계신 채로 두었습니다.
아버지는 나이가 드셨어요, 벌써 팔십을 바라보십니다.
그에게는 더 이상 산상의 진리도,
타오르되 타버리지 않는 덤불숲[†]의 신기함도,
그래요, 아버지는 오래 전에 당신의 산을 오르셨고,
만나셨죠, 어떤 얼굴을? 아, 알 수 없죠.
아버지는 얘기 안 하실 거고.
희망과 야심과, 절망도 어느 정도 맛보며,
정직성과 우러나는 동정심으로
세월의 궤적을 채운
아버지가 어떤 얼굴을 만나셨는지 나는 모릅니다, 그러나
한 번은 파리의 어느 카페에서, 오랜 친구가
"자네 선친에 대해 말해주게" 했을 때, 갑자기 나는

---

[*] 빛 속에서는 모든 것이 달라지고 정체성을 잃는다.

[†] 「출애굽기」 3장 2절~4절 참조. 여호와의 사자가 떨기나무 가운데로부터 나오는 불꽃 안
에서 그에게 나타나시니라. 그가 보니 떨기나무에 불이 붙었으나 그 떨기나무가 사라지
지 아니 하는지라. 이에 모세가 이르되 내가 돌이켜 가서 이 큰 광경을 보리라. 떨기나무
가 어찌하여 타지 아니 하는가 하니

부르동(Sébastien Bourdon, 1616~1671) 作 〈불타는 덤불숲〉

말문이 막혔고, 주눅이 들어 성찰하는 가운데,

깊디깊은 숲속의 빈 터를 밝히는 광선과 같이

빛줄기 하나가 던져지더군요.

그래서 나는 아버지의 일생을

영광과 비난이 녹아난

하나의 이야기로 보게 되었습니다.

우리 조상들의 실패는 앞으로 우리가 저지르게 될 실패요,

조상들의 승리는 우리가 결코 누리지 못할 것입니다.

그러나 그분들의 실패를 기억하면서, 우리는 그조차 찬양하지 않을 수 없고,

미덕을 찬양하면서 그분들을 미워합니다.

그리고 찬양하면서, 갑자기 신랄한 억측의 눈초리로

의심합니다.

찢기고 공포에 사로잡혀

어둠만이 유일하게 위안이 될 곳에

폭탄을 쏟아 붓는 적의 로켓처럼.

조상들의 미덕을 생각하면서도, 우리는 이상히 여깁니다.

지혜가 무엇이고 재능의 쇠잔은 무엇인지?

친절함은 무엇이고 욕망의 표출은 무엇인지?

철학적 체념은 무엇이고 이완된 신경의 피로는 무엇인지?

그렇지만 아직은, 모든 자연주의적인 고찰에도 불구하고,

혹은 종국적으로 자연주의적인 고찰로 인하여

우리는 미덕의 개념을 믿어야 합니다. 달리

저 바위투성이에, 거품이 성가신 곳에는

돌아가는 내륙의 소로도 없습니다. 모든 식욕과 변명을

너머, 갖가지 당신의 연구와 합리적인 야망,

배신과 상습적인 자기기만을

너머,

그리고 여인의 음부 향내와 같은

밤바람에 실린 햇건초의 냄새 너머,

당신은 삼단논법처럼 고통스럽게, 미덕이

파란 잎새 위에서 기도하는, 독을 품은 사마귀처럼

기다리고 앞으로도 기다릴 것임을 압니다.

그리고 큰 못이 박힌 고딕 건축물처럼, 갈고리가 달리어

하늘의 새파란 여름을 아치 모양으로 만들고자 높이 맞잡은
그 큰 손 아래로*

제철을 만난 개미나 진디처럼,

당신은 지나갑니다, 그리고 그 짐승,

사랑스런 푸른 세상의 그 푸른 미친 악몽은,

하루 종일, 하루 종일 해와 그늘에서

그의 살인적인 헌신을 유지합니다.

---

* 사마귀가 낫처럼 구부러지고 긴 앞다리를 치켜든 모양을 기도하는 모습으로 묘사하고 있다.

당신이 와서,

당신의 교활함이 지어내거나 심장이 꾸며낼 수 있는

모든 고뇌의 돌이킬 수 없는 논리를

갈고리 아치 아래서 만날 테니까.

아니면 어떤 답이고 그만큼 완벽한가요?

누가 그 자체로 완전한 인간의 모습을 보았습니까?

이런 생각들이 쏟아져 나오게 된 것은 아버지를 기억했기 때문입니다.

그러나 이제 생각은

바람이 그치면 먼지가 가라앉듯

가라앉고 그리고 해 비치는 공간의 거대한 고요만이 남습니다.

어느 일요일 오후를 기억하기 때문입니다.

신문 만화를 보며, 그리고 세계의 재난에 대한 주요 기사를 보며,

닭고기와 아이스크림으로 저녁식사를 한 후에

아버지는 진지하게 인내심을 가지고

손녀에게 라틴어 몇 마디라도 더 가르치려 하셨습니다.

다섯살 된 내 동생의 딸, 그 아이가

황당한 단어들을 따라 하고 웃곤 했지. 정말 황당했습니다.

나중에

당신의 훌륭한 마지막 선물, 당신의 희망을 담은

화병 조각을 아이에게 주는 것보다
더 억지였던 겁니다.
그리고 그 아이는 황당한 장난감을 받고 웃었습니다.

이 장면이 왜 이렇게 달콤하게 기억되는지 말해주면 좋겠습니다.

나는 졸고 계신 아버지를 자동차에 두고
언덕을 올라갔습니다.
보일이 말했듯이, 내가 바보였습니다.
지독한 멍청이, 그 엄청난 풀들을 헤쳐야 했으니.
톱날바인*과 사사프라스†, 패션바인‡, 들장미
그러나 장미들은 졌고 만발한 패션바인,
사람 키만 한 게, 찔려 피나기 쉬운 블랙베리,
낭떠러지 위, 삼나무가 바위를 오른 곳에는,
비뚤고 잔금은 있으나 높다란
참나무와 박달나무**의 높고 뜨거운 짙은 그늘이
그리고 그 가지에서

---

* 잎이 톱날처럼 날카로운 식물.

† 북미 동부에서 자라는 녹나무과 낙엽수. 십미터 이상 자라며 향기가 있어 향료로 쓰임.

‡ 플로리다가 원산지인 포도넝쿨 식물. 멋진 보라색 꽃을 피우는 덩굴식물. 예수의 수난
(Passion)을 상징한다고도 함.

** 까치박달 등 재질이 단단한 각종의 수목.

일백 년은 된 포도넝쿨이 무서운 정글 속에 매달려,

덩굴투성이로 원초적인 희열 속에 흔들거렸어요.

그 무너진 언덕의 썩어버린 돛대처럼,

가지에서 가지로, 상하 밧줄, 가로돛 줄, 돌리는 돛 줄들이 얽혀 있었습니다.

그러나 나는 계속 올라갔습니다. 그리고

루이스 어르신의 검둥이들이 땅 속에 박힌 바위를

쳐내 만든 마찻길을 만났습니다.

나는 검은 손들이 수고하고 검은 땀을 흘렸던 게

칠월이 아니었기를 신에게 소망했습니다.

그러나 검둥이들은 더위를 상관하지 않아요. 적어도, 크게 상관하지 않습니다.

그리고 물론, 누군가 도로를 닦아야겠지요.

내가 도로라고 했나요? 어, 그건 과한 표현이군요.

쓰러진 버팀벽이 보이시죠. 그게 전부입니다.

검둥이가 돌로 축조한데다, 몇 세대나 지났지요.

그리고 비 많은 겨울과 참나무 뿌리가 뻗어나가

작업을 한 거죠. 그래서

나는 톱니 찔레를 저주하고, 망할 놈의 벌을 후려쳤습니다.

계속 올라가는데, 그런데 마지막 푸른 덩굴에서 그게 갑자기 나타났습니다.

66

고요하고 높은 초지가 있었습니다.

파란 잔디가 호젓한 너도밤나무들로 둘러싸여 있었어요.

공기는, 선선한 느낌이 있으면서, 갑자기 달콤하고,

그리고 나는 새로운 침묵 속에 서서 내 심장소리를 들었습니다.

저거였구나. 아무렇게나 쌓아올린 폐허의 돌 더미,

그저 주춧돌과 무너진 굴뚝이 남아,

인간이 여기에 머물다 갔으며,

다시는 돌아오지 않으리라고 말하는 듯 했습니다. 밝은 별들이

지치지도 않고 정해진 대로 망보며

넓은 오하이오 강이 열심히 바다를 찾아 흐른다 해도 말입니다.

나는 폐허를 보려고 더 가까이 갔습니다. 그때에

그 일이 일어났습니다. 알다시피

힘겹게 오른 데다 풀숲과 씨름한 연후라

숨은 짧아졌고 양 허파엔 숨이 마르고,

셔츠는 젖어 엉덩이에 풀처럼 들러붙고,

열기는 개미처럼 핏속에서 따끔따끔 흐르고 ─

그럴 때 딱 멈추면, 타오르는 햇볕 속에 서 있어도,

말라리아가 몸속의 뼈를 주사위처럼 흔들어댄 것 같을 겁니다.

하여튼, 거기 서서, 나는 아마도

그 자연스런 냉기의 희미한 첫 전율을 느꼈던 것 같습니다. 그

러나 그때,

돌무더기 가운데 깊은 구멍 속에

두 눈이 어둠 속에 번득이는데,

갑자기 머리를 불쑥 내밀고, 살찐 까만

몸체가 액체처럼 흘러나왔습니다. 마치 그 바위들이

대지의 내면의 어둠을 대낮으로 피흘려내듯이,

마치 마개가 그 내향성을 더 견디지 못하고 터진 듯이,

원초적 지구의 결합된 암층 밑을 괴롭히는 것을

이렇게 집약하고 축약해서 이제 드러낸 듯이,

이렇게 그것은 미끄러져 갔습니다. 그리고 혐오스런 비늘 덮인 배는

바윗돌을 스쳐 곧추 섰습니다,

제왕의 여유로움과 흔들거림 속에.

나는 희끄무레한 배가 부풀고

그리고 근육이 이완되면서 양쪽의 검은 비늘들이

희미한 노란 테두리와 흰 곡선 무늬를 드러냄을 보았습니다.

그것은 곧추서면서 빛을 정지시켰고 시간은 멈추었습니다.

거기 돌무더기 위에, 내 키보다 더 높이,

그 어느 누구보다 더 높이,

부풀은 머리는

빛 가운데 높이 후광을 베고 있었습니다. 그리고는 그 광채 나는

후광 속에 돼지 납작코를 벌렸고, 계집애처럼
수줍은 듯 희미한 혀를 햇빛 가운데서 우아한 체 휘돌렸습니다.

그 수줍음은 공포의 증상이었던 거죠.
그리고 피로에서 오는 자연스러운 전율은
정신적 오한으로 바뀌었고, 나의 영혼은
내 손 바닥에 앉은 채 움직일 수가 없었습니다.

그러나, 그것의 출현은 자연스러웠습니다.
이집트가 두려워했고, 태양의 신 라˙가 매일 새벽 죽였으나 죽
일 수 없었던
　어둠의 악마 아포피스 뱀도 아니고,
　귀찮은 똬리와 차가운 똥으로
　이 세상 나무들의 뿌리를 시들게 하는
　니드호그 뱀†도 아니었으며 더구나,
　에덴동산 가지 곁의 이브의 말상대‡도
아니었습니다.
　이런 것들은 아니었지요, 순수하게 말해서 켄터키의

---

* 이집트의 태양신, 창조주.
† 스칸디나비아 신화에서 상록수인 물푸레나무의 맨 아래 뿌리를 갉아먹는 뱀.
‡ 「창세기」에서 에덴동산의 이브를 속여 선악과를 따먹게 한 뱀.

시인 블레이크(William Blake, 1757~1827) 作 〈유혹과 이브의 타락〉

그 폐허의 악의 본질이라 할 수도 없고,

고통으로 밤하늘을 수놓았던

흑인 소년 존의 영혼도 아니고,

모든 남자들이 두려워하면서도 갈구하는 그 시커먼 욕정의 상

징도 아니었습니다.

이런 것들은 다 아니었습니다. 어떤 영혼도, 상징도, 신도,

혹은 프로이트의 이론도 아니고 그저 뱀일 뿐이었습니다.

검은 뱀, 검은 파일럿뱀, 검은 산(山) 뱀,

돼지 코 쥐잡이뱀*, 그러나 책에서는

엘라페 옵솔레타 옵솔레타라고 합니다.†

그리고 검은 색 레이서,‡

구렁이와 혼동해서는 안 됩니다 — 아, 어린 시절에 이정도야

알았지요.

누구나 그렇듯이 세상은 내맘대로 되는거라고 좋게만 생각했

습니다.

뱀, 독수리, 여우, 개미, 밤이며 낮이

모두 장엄하고 우아한 무용곡을 따라 기쁘게 움직이고

---

* 미국 남부에서 주로 발견되는 줄무늬 쥐잡이뱀을 말한다. 보통 1~2미터 정도로 자라며,
   집안으로 들어와 쥐나 닭을 잡아먹기도 한다.

† 쥐잡이뱀의 학술명

‡ 미국 동부에 주로 서식하는 거무스름한 몸빛의 뱀으로, 보통 2미터까지 자란다.

이스라엘 왕처럼 벌거벗고 불가촉의 언약궤 앞에서 춤을 추어도*
아무도 죽지 않았던 걸 기억합니다.
그러나 소년기를 벗어나면 한 가지를 알게 됩니다.
손에 넣은 것에 만족하라는 그걸 알게 됩니다.
그러나 그게 다라고 여긴다면, 당신은 죽은 거나 매한가지입니다.

뱀 이야기로 돌아가자면, 늙은 옵솔레타는 거대합니다.
때론 2미터가 넘는데, 이 녀석은 커요. 그리고 곧추 일어섰어요
높이, 사실 나를 겁먹게 했습니다. 그런데
부풀어 커진 머리가 약간 내려앉았어요, 혀도 움츠렸고,
그리고 그 단단한 버팀대 위에 머리가
천천히, 자비롭고 슬프고 현명하게 흔들흔들했어요.
마치 그가 우리 인간의 한계를 이해하고
모두를 용서했으며 또한 용서를 구하기라도 하듯이 말입니다.

천천히 뱀은 가버렸습니다.
실제 일어난 일입니다. 크고 시커먼 그 빌어먹을 녀석이

---

* 「사무엘 하」 6장 14절~17절 참조: 다윗이 여호와 앞에서 힘을 다하여 춤을 추는데 그때 다윗이 베 에봇을 입었더라/ 다윗과 온 이스라엘 족속이 즐거이 환호하며 나팔을 불고 여호와의 궤를 메어오니라/ 여호와의 궤가 다윗 성으로 들어올 때에 사울의 딸 미갈이 창으로 내다보다가 다윗 왕이 여호와 앞에서 뛰놀며 춤추는 것을 보고 심중에 그를 업신여기니라/ 여호와의 궤를 메고 들어가서 다윗이 그것을 위하여 친 장막 가운데 그 준비한 자리에 그것을 두매 다윗이 번제와 화목제를 여호와 앞에 드리니라.

바위틈에서 나와 사실 나를 겁주었어요.

해를 끼치지는 않드라도. 그놈들은 쥐를 잡아먹습니다.

제퍼슨

그래요, 쥐를 잡아먹지. 나도 농사를 지은 적이 있어서

알아. 그리고 남자로 살다보니,

지구상의 괴물들이 실은 다 순수하다는 걸 알게 되지요.

그러나 저 한 놈, 저 괴물 중의 상괴물은 달라, 한때는

그놈도 순수한 줄 알았지만.

R.P.W.

순수하다고요?

제퍼슨

나는 바보가 아니야.

나는 삶의 모습들을 보았어.

교양이 있건 없건, 아군이건 적군이건 할 것 없이

인간들이 하는 짓들을 보았어.

동기가 아무리 사향처럼 향기로워도 못된 행위의 냄새가 항상

향기로운 것은 아니고,

또 아무리 선행이라도, 동기의 악취가 달라지지는 않아.

밤늦게 약한 불가에 앉아 있었지,

바람은 앨버말을 스쳐지나가고,
진눈깨비는 창문에 싯싯거리고, 심장의 피는
미약하게 박동할 때, 나는 오로지 의지력을 동원하여
참혹한 페이지에 눈을 고정시키고 있었지.

R.P.W.
그런데 만사 불구하고 —

제퍼슨
정말이지 나는 절대로 바보가 아니어서
역사는 어둠 속에서 방울방울 떨어진다는 걸 알았어.
조용! 언제나 방은 저 멀리에 있어,
깜깜하고, 바닥은
미끄럽지. 그리고
벽장문을 열면 나무 제비꽃과 매독, 똥과 목련이 나란히 있다
는 것을
알고 있었지.
대자연에는
버리는 것이 없고 만물이 유익하게 쓰이며,
그리고 죽음과 생명이
같은 입이 달콤하게 뱉어내는 쌍둥이 단어라면,
장미를 키우며 명상을 해봤자

방금 똥을 밟은 사람에게 그것이 큰 위안이 되지는 않아.

그리고 철학을 열심히 해봤자

낫으로 벗겨버린 머리에

머리카락 한 올도 소생시키지 못해.

나는 깊고 어두운 숲속에서 태어났어.

아주 어릴 때, 검둥이 노예가 나를 비단 강보에 싸서

그 어두운 섀드웰에서 터카호로 빼내왔지만, 나는 언제나

숲의 그림자를 지고 다녔어. 그렇기 때문에

인간은 결국 자연에 보답해야 한다고 생각했어.

나는 인간의 순수성을 믿었지만

인간 모두가 순수하다고는 생각하지 않았지.

원숭이의 간질임과 돼지의 군침, 그리고

늙은 나무들의 그림자의 모습으로,

모두 다 자유롭지 않다는 것을 알고 있었어.

왜냐면, 내가 서부 해안 멀리 야만 세상을 구하기 위해

보낸 나의 아들이나 한 가지인 메리웨더가 기록에 남겨―

메리웨더

예, 야만인들이 흉악한 흙집*에서 뒹구는 것하며,

---

*북미 원주민 인디언 부족인 나바호족(Navajo)의 흙집 '호간(hogan)'을 말한다.

흙집 호간 앞에 앉아 있는 나바호족(1900년경)

어둠침침한 처소에서 정욕이 공동체 의식으로 행해지는 것하며,
시큼한 몸 냄새와 짐승 같은 얼굴의 일그러짐이 어찌 심했든지
동정심으로 내 신체 일부가 움찔할 때조차
내장에서는 구토감이 일었는지를 기록했습니다.

예, 비웃으려거든 그러십시오,
우리는 모두 인간이고, 자아는
자아일 뿐이지
자아가 꿈꾸는 그런 자아는 아니거든요. 그리고 제가 한 번은

제퍼슨
아냐, 모든 게 이상한 건 아니지, 전체라고 할
수도 없어, 자세히 본다면 말야,
나는 아름다운 프랑스를 오래 둘러본 적이 있었어,
햇빛과 햇빛 정신의 나라.
한때, 우리 모두의 얼굴에, 그리고 그 따뜻한 빛을 향해 쳐들고 있는
감수성 깊은 우리들 얼굴에,
빛을 비추었었지.
그런데 거기서, 거기서조차,
마치 혼돈이 구토를 뿜어내 바위를 만들고,
고대의 야만적인 돌무더기에 열광케하듯,
나는 나쁜 기운이 나쁜 세월에

뽑어 올려 새겨놓은 태산 같은 바위로 된 혐오스러운 유물들
을 보았지.
　　모든 현관과 기둥과 문턱에서
　　부리를 가진 형언할 수 없는 악한 얼굴이 보여.
　　살진 뱀들은 여성의 성기에
　　그들의 독니를 박고,
　　여자들의 멍한 눈은 불거져 나와 주위에 멍한 시선을 던지고
　　난도질당한 입은 오랜 세월 아무런 비명도 지르지 못해.
　　인간의 사악한 패러디와 사이비 쇼는
　　짐승들이나 할 짓 같지만 사실은 인간들의 모습이지.
　　나귀 귀에, 돼지 무릎, 그리고 독수리 부리지만,
　　느슨하고 바보 같은 저주를 담은 인간의 얼굴을 하고
　　서성이며,
　　세계의 통치를
　　인정했으니
　　우리들의 운명을 알았던 거고, 그게 우리들의 운명이었던 거지.

　　내가 한 가지 비밀을 일러주지, 거리에서 저들을 만났어.
　　저들은
　　숫자상으로 줄지도 않고
　　자기 시대에 영향력을 발휘하는 면에서두
　　줄지 않는 그런 종자야. 그렇고말고, 저 봐.

저들이 걷고 있지. 악수도 하네!

메리웨더
네, 아시는 분들이죠!

제퍼슨
비웃지마라. 우리는 각자
자기 시대의 자궁에서 태어난 거야.
그런데 당시에 나는, 내 관념에 빠져서,
거리에 다니는 그런 종자들을
돌에 새겨진 타락한 솜씨,
그저 오랜 음란과 괴기스러운 밤의 음영에 불과한,
소란함이 세월의 조류에 밀려나가
거품으로 얼어붙은 허접쓰레기
이상으로 보지 않았지.
아파서 어둠에 대고 비명을 지르는 아이의 악몽일 뿐인데,
아무도 와주지 않아. 전설적 동물을 굴복시킨
무슨 이상한 그리스도의 위안*도 없어
(이 조각상은 아미엥 시에 있을 걸.) 그리고 한때는

---

* 프랑스 북부 솜(Somme) 강가의 도시 아미엥. 아미엥 대성당의 중앙 출입구에 위치한 그리스도 조각상은 두 발로 각각 사자와 용의 형상을 밟고 서 있다. 받침대에는 "그리스도에 정복당한 악한(Evil One Vanquished by Christ)"이라는 문장이 새겨져 있다.

인간이 만들어내는 모든 괴물들이

천사들에 의해 밟히고, 성자들에 의해 승리의 대상이 되기를

희미하게나마 바랐지.

그러나 그 아이는 여전히 비명을 질렀어.

그런데 그때 나는 님*에 왔고, 저 스퀘어하우스†에—

R.P.W.

님에 가봤어요. 오래전, 몇 년 되었지?

포도주가 좋지요, 까만,

잉크처럼 까만, 아시죠, 거기서 전에 포도주 하셨잖아요.

한 병에 3프랑 냈다고 쓰셨어요.

지금은 훨씬 비싸요, 그러나 역시 그 값은 합니다.

포도주를 하고, 괜찮은 침대에서 잤습니다.

다음 날 아침 금빛 해가 비치는 바로 그곳에 서 있었어요.

거기 서서 당신의 "메종 카레"‡를 똑똑히 보았지요.

제퍼슨

바로 거기 서서 보았지.

---

* 프랑스 남부의 도시로 로마시대의 유적이 많이 남아 있다.

† 다음 연에 나오는 '메종 카레'를 지칭한다.

‡ 님에 위치한 로마시대 가장 아름다운 신전 가운데 하나.

말로는 그 권위적인 침묵과 영광스러운 검약을 설명할

방도가 없어.

나는 거기 서서 로마법과

공평한 분배와 마음의 조화라는 영원한 빛을 보았어.

그리고 나는 말했지. "저렇게 오차 하나 없는 지붕을 하고 자

연의 이치대로 자리한 아름다운 건물이 서 있으니,

우리는 여기서 들이쉬는 공기 같은 자유를 찾을 것이요, 마음

은 곧

풀무 아래 석탄처럼 빛을 발하리."

R.P.W.

그래서 당신은

(지나치게 계산적이고 냉철해 보이는)

체계화된 잔해더미에서

열망의 증거를 찾으십니까?

반도에서 온

강인한 약탈자들이 외국 땅에 묶여 살면서 쏟아놓은 것에서요?

제퍼슨

로마인들이 어떠했는지 알 것 같아,

아마도 당신보다 잘 알지 몰라. 훗날

침략자들의 염소가 아름다운 모자이크 로마제국에 작고 까만

똥을 탁 떨구고,
　박쥐들이 건포도처럼 주렁주렁
　지진대에 세워진 로마 온천장*의 갈라진 둥근 천장에 매달렸
을 때,
　그때 로마는 로마의 대가를 치렀지.† 그리고

R.P.W.
그러면 당신이 찾는 순수함은 어찌된 겁니까?

제퍼슨
이보게, 내가 그걸 찾았던 그때를 말하는 걸세.
스퀘어하우스는 로마의 세금 강탈 시대, 그리고 제국의
방탕, 그리고 암흑의 고딕시대를 너머 호시절에 대해
내게 말해주었지, 또한
앞으로 올 시절에 대해서도 말해주었어
우리가 사람의 손을 맞잡고 차꼬를 풀고
그 자신의 악몽에서 벗어나게 한다면,
　그러면 그의 본래의 순수함이 지평 너머 기뻐하는 햇살같이
춤추겠지.

---

* 고대 로마의 대중목욕탕을 가리키며, 이곳은 휴식과 사교를 위한 공간이기도 했다.
† 로마문명이 쇠락하여짐을 말함.

그렇다면 인간은 괴물을 다스릴 성인도 천사도 필요 없고

인간 자신의 자유로운 발이

압착기의 포도주같이 괴물을 밟을 거고.

그리고 버건디* 사람보다 더 요란한 웃음소리가

밝은 하늘의 추녀며 모퉁잇돌이며 돌출부 할 것 없이 주위를

흔들겠지.

그러나

R.P.W.

그러나?

제퍼슨

그러나 그건

그 당시 얘기지, 지금이 아니야. 이제는 모든 것이

내게 분명해졌고, 이제 나는

순수한 괴물들이 살해되었음을 알게 되었지—히드라†도,

---

* 게르만계의 부르고뉴 공국을 가리킨다. 이른바 '버건디식 생활양식(Burgundian lifestyle)'
  이란 좋은 음식과 호화로운 구경거리를 즐기는, 여유로운 삶의 향유 방식을 뜻한다.

† 그리스 신화에 나오는 아홉 개의 머리가 달린 뱀으로, 영웅 헤라클레스가 바로 이 괴물을
  퇴치한다.

모든 히포그리프*와 용들도, 그렌델†과 그렌델의 어미도,

순수해. 그리고 영웅들로 말하면, 모두가,

허벅지에 털이 많은 헤라클레스도, 날아가는 돌팔매 소리에

맞추어

사춘기 미뉴에트 춤을 춘 저 다윗 왕도‡,

카파도키아§의 멧돼지 사냥꾼도,

그리고 저 연회장 만큼 높은 헤럿 궁의 자랑꾼 베오울프와

콩나무 잭¶—성자들과 천사들까지도—

슬픈 어린이 게임을 해요,

샤레이드로 악을 대상화하여 내려놓고 기분 좋아하며 놀지.

하! 사디스트 소극으로 세상을 정화하는거지.

한데 저 아래

마음 속의 누추한 구석 깊은 곳에 '그것'이 자리하여

강철무기 따윈 경멸하듯 결코 자신을 드러내지 않지.

거기 집이 있었어, 그 이야기를 하지.

---

* 말 몸뚱이에 독수리의 머리와 날개가 있는 괴물.

† 고대 영웅 서사시 『베오울프』에 나오는 괴물이다. 덴마크의 왕자 베오울프가 이 괴물과 어미를 처치하고, 덴마크의 왕이 된다.

‡ 골리앗을 죽인 영웅.

§ 오늘날 터키에 위치한 고대 도시. 돼지가 경제적인 의미를 가짐.

¶ 영국 잉글란드 지방의 대표적 민담.

제
2
부

†

R.P.W.

그래요, 기록을 보았습니다. 심지어는

그 소재로 발라드를 쓸까도 했습니다, 오래전 일이지만요.

두 형제가 스러져가는 불가에 앉았네,

불가에 앉았네, 릴번과 이샴.

날이 스산했거든.

"이샴아," 릴번이 말했네, "그 술병 좀 이리 다오,

날씨가 쓸쓸해.

켄터키 날씨는 쓸쓸해,

엄마는 세상을 떠나셨지, 장작불은 잦아들어.

바람은 사납고 눈이 오려는지

숲은 가까이 다가오는데 고향 버지니아는 멀어

그런데 밤은 어둡고 별조차 없구나…"

이 비슷하게 시작했지요, 그러나 형식이
적합하지 않았습니다. 민요의 단순성을
쉽게 모방하는 것은 거의 맞지 않겠죠,
첫째, 민요에서 우리가 취하는 기쁨은
속물적 우월감 혹은 신경증적 갈망의 기쁨입니다.
둘째, 발라드식 행위는 설명이 안 되지요.
혹 설명이 가능하다고 해도, 어떤 행위로든 설명이 되질 않아요.
혹 그렇다 해도, 보다 복합적인 형식이나 우리의
공범의식, 우리의 슬픈 미덕을 통해서라야 합니다.

그래서 이 이야기를 발라드에 담는 것은
새빨갛게 달아오른 다량의 석탄을 삽으로
삼베 자루에 담아 길로 운반해서
이웃의 난로에 불을 지피는 것과 같을 겁니다.
그걸 지고 멀리는 못 갑니다, 당신이 뛴다 해도.
그래요, 형식이 자료에 적합하지 않았습니다.

제퍼슨
현실의 견딜 수 없는 비타협적인 내용을
담을 형식은 없어.
알아, 나도 한때 담아내려고 했지,
순수한 인간 희망을 담기에 적합한 형식을.

그러나 뜨거운 석탄을 그 삼베 자루에 쓸어 담았을 뿐이지

불이 타들어가고, 피가 배어나오고, 연민 따윈 없이

내장은 찔리고 터져, 사악함이

배어 나왔어. 아니, 이전의 은유로 돌아가지.

만일 그때 내가 지금 내가 아는 것을 알았더라면.

맨손에,

인간의 정의라는 뜨거운 석탄을 움켜쥐고,

비명을 지르며, 몇 걸음

있는 대로 뛰다가 넘어지는 게

훨씬 낫다고 생각했었지.

그러면, 불에 그을려 격자 모양으로 검어진 살에

손뼈가 하얗게 드러나리라.

R.P.W.

그들 형제를

곤경에 빠뜨린 것은

불로 까매진, 흑인의 까만, 까만 살을 뚫고 드러난 하얀 뼈였
습니다.

하얀 뼈, 그리고 그걸 갉아먹은 개.

어떤 개인지는 모릅니다.

숲 주변을 어슬렁거리는 변방의 들개나,

곰 사냥을 위해 키운 곰 덩치만한 커다란 짐승이나,

릴번의 사냥개 중 하나일지도 모릅니다. 혹은

그가 마지막 날 유서에 덧붙여 쓰며 아버지에게 맡긴다고 한

버지니아 산 애견 네로일 수도 있습니다. 유서를 쓰고 나서 그는

어머니의 산소 떼를 움켜쥐고 울부짖었습니다.

우리는 우리에게 맞는 개를 머릿속에 그려내야 합니다.

황갈색 반점에, 벨벳 귀, 그리고

충정이 갸륵한 현명한 눈초리를 하고,

봄날 파란 풀밭, 발자국 옆에 쭈그리고 앉은

그런 개를 떠올리는 겁니다.

때는 3월입니다. 황금빛 얼룩의 아라베스크 잎새들은

기쁨으로 들떠 안달하며

어두운 숲 가장자리를 달구는데

숲은 보잘것없는 인간이 상상하는 이상으로 광대하게 뻗어 있

습니다.

그런데 여기 흔적에다, 사냥개까지

숭고한 전령관처럼 머리를 높이 들고 웅크리고 앉았는데,

발 앞에 불에 그을린 약간의 까만 살점 뿐, 거의 말끔한

사람의 뼈가 놓여 있습니다.

*

무슨 뼈냐구요? 길 가던 사람이
사람 뼈인 줄 알아보고 주워들고 읍내로 갈 그런 뼈입니다.
불쌍한 존의 턱뼈라고들 하지요.
그래요, 불쌍한 존의 턱뼈를
저 사냥개의 발치에 놓아요.

제퍼슨

상징성이
냉소적이긴해도 적절해. 사냥개야말로
릴번이 사랑했던, 살아 있는 유일한 사랑의 대상이었지.
그의 어머니이자 내 여동생은 세상을 떠나 없었으니.

R.P.W.

릴번이 정말 어머니를 사랑했다고 생각하십니까? 제가 보기엔
그의 사악한 욕구는 다르게 표현해야할 것 같습니다만.

제퍼슨

사랑이라!
별 생각 없이 구태의연한
그 단어를 써 미안하구려.
아니, 지금 내가 당신을 빈정대고 있는 건가.
아니, 그 시늉을 하고있는 건가 — 말하자면

뭘 말하려는 거지?

자, 여하튼, 말해보겠소.

나는 오래 전에
사랑은, 어떤 것이든,
사실이라는 끔찍한 얼굴을 감추려는 가면에 불과하다는
사려 깊은 결론에 도달했지.
그리고 그 사실이란 근절 불가능한 자아의 포악성이지. 심지어
확실한 기쁨이 처음 싹틀 때 당신 얼굴 바로 아래 있는
사랑의 얼굴도 ― 그것조차도 ―
당신 자신의 포악성의
거울에 불과한거야. 숨결로 뿌예진,
사랑으로 매끄럽고 미끄럽게 된 거울에 불과한거지.
게다가, 곧 사라질 물기의 틈새와 방울을 통해서도
차가운 눈이 차가운 거울의 마음으로부터 살펴보는 거야. 이
런 식으로,
여름이 없는 북극 같은 인간의 운명 속에
자아가 자아를 염탐하는거지.

R.P.W.
조금 전에 당신은 충동적이고 구태의연한 의미로

히에로니무스 보스(Hieronymus Bosch, 1450~1516) 作
〈죽음과 수전노〉(1485~1490, 부분)

사랑이란 말을 사용했다고 하셨습니다.
헌데, 당신의 지금 생각도
기이하게 악의적이고
그만큼 또 구식이네요.
그리고 죄송합니다만, 당신에게는
실용적인 시각이 조금 부족합니다.

제퍼슨

이보게, 내게 부족한 것은,
내가 한때 누렸던
기쁨의 꿈이네. 그런데 보아하니,
자네는 그걸 누린 적이 없겠군,

R.P.W.

그렇다고 칩시다. 그게
제 시대를 휩쓴 환상이라고는 할 수 없거든요. 그리고 저는,
그래요 저는 그걸 누린 적이 전혀 없습니다.

제퍼슨

나는 누렸지,
그리고 그건 기쁨이었지. 헌데 말이지

메리웨더

헌데 뭐요, 어르신?

제퍼슨

아, 메리웨더, 아, 내 아들!

R.P.W.

헌데 조카 릴번 때문에?

제퍼슨

그렇지.

메리웨더

그 비슷한 다른 악마들도 있었어요, 그리고 어르신은
어린애가 아니시고―

제퍼슨

내 핏줄엔 없었어!
이봐, 항상
배신하는 건 가장 아끼던 사람이야.

R.P.W.

아, 그렇습니다, 그 사냥개!

상징적으로 적절하다고 하셨습니다.

제퍼슨

맞아. 적절하지,

우리는 항상 가장 가까운 자로부터 배신을 당하니까.

가장 가까운 존재가 사냥개에 불과하긴 하지만.

＊

메리웨더

(노래하며)

　지금 이런 말씀을 하시는 건가요—

　회색 외투의 쾌활한 주인?[*]

　아, 희뿌연 회색빛 방앗간 주인,

　외투도 회색,

　안색도 회색,

　주인장 키스도 회색!

---

[*] '쾌활한 방앗간 주인'이란 제목의 동요에 빗대 제퍼슨의 평생에 걸친 낙관주의를 풍자하고 있다. 방앗간 주인은 자부심이 강한 사람이어서 가난해도 갚을 빚이 없어 겁날 것 없고, 남이 자기를 무시해도 상관하지 않고 늘 즐겁게 살아가는 모습을 보인다는 것이다.

제퍼슨

내가 늘 말했던 것처럼, 주여 도우소서,

배신하는 게 옳은지도 모르지, 사랑받는 자는

우리 사랑의 본성을 잘 알아,

성의 없는 사랑 표현이나 손가락 신호에 복수하는 거지,

깜깜한 데서 그러지 말라고 꼬집는 것과

예민한 혀끝의 애무와

관대한 용서로 앙갚음하는 거지.

그래요, 대부분 그런 식으로. 그 행위는

기름 속의 칼처럼 단맛이 돋우어진

마지막 남은 자아의 횡포니까.

R.P.W.

그래서 릴번은 아내를 용서했습니다.

어머니의 무덤 위 시체 옆에서

발견된 유서 부기에 보면

"저 아름다운 그러나 몰인정한 리티샤에게,

모두가 아내의 냉정함 때문이야"라고 적혀 있습니다.

제퍼슨

아내도 탓하려고 용서한 거구먼!

R.P.W.

아, 불쌍한 리티샤! 그 이름이 "기쁨"이라니*

우스운 일 아닙니까.

그 이름의 뜻을 전혀 몰랐기 쉽지만서두요.

어두운 집 이층에 힘없이 누운 환자가

아래층에서의 취중 언쟁을 알아듣고자 애를 쓰니 말입니다.

거기선 이샴과 릴번이,

여름이고 겨울이고 술통 옆에 웅크려 앉았고, 숲은

어둠 속에서 귀 기울여 엿듣고. 잎새는 하나도 꼼짝하지 않았
습니다.

허구한 밤에, 그러다 —

제퍼슨

12월의 어느날 밤이었지.

R.P.W.

비명소리가 들렸습니다.

　　　　　*

---

* 리티샤(Letitia, Laetitia)는 라틴어로 '기쁨', '행복'을 의미한다.

제퍼슨

비명소리가 방안에 가득 했지.

리티샤

그리고 온 세상이 아주 깜깜했어요!

그렇지만 크게 들리지는 않았어요,

멀었으니까요. 저 아래 고깃간에서 그랬다는군요.

허지만 들렸어요, 그리곤 세상도

비명을 지르기 시작한 것 같았어요, 스스로. 이 날이

오기를 내가 오랫동안 기다려왔던 것 같았지요. 그리곤

숲속의 죽은 잎새 하나하나가 혀가 된 듯이 막 비명을 질러댔
어요.

나뭇잎 한 개의 소리는 작지만, 전체가

하나의 큰 비명이 되어

크고 공허한 메아리 같이 내 머리를 채우고

세상과, 모든 별들을, 비명을 질러대는 별들도 다 품을만큼 큰,

불쌍한 내 머리를 꽉 채웠어요,

R.P.W.

그래, 비명을 지르려고 했나요?

리티샤

그래도 사람은 때론 비명을 지르지 못해요. 그런데 어디서
지금이야!하고 말했죠. 행동이 두려웠었는데
이제 행동해야 하는 순간이 된 것처럼요.
전에도 내 머릿속에서 들었던 적이 있었던 말이에요.
릴번이 나에게 처음 다가왔을 때였죠,
전에는 남자가 나에게 다가온 적이 한 번도 없었거든요,
가슴이 뭉클해서 무서웠어요. 그런데 지금,
이번의 지금은 순전히 무서웠기 때문에 무서웠던 거에요.
그 다음 순간
나는 층계에 나와 있었죠, 그리고 막
쓰러질 듯했어요. 그런데, 갑자기
행복해졌어요, 왜냐면 쓰러지면
비명 지를 일이 무엇이었든 곧 끝나게 되잖아요.

그래서 나는 쓰러졌어요.

R.P.W.

그러나 다음 날 떠났습니다.
그래요, 그게 수수께끼입니다. 당신은 환자였고,
혹은 그 비슷했는데 말입니다. 릴번이
당신이 가서 그 말을 퍼뜨리게 두었을 리는 없고.

리티샤

검둥이들이 어떤지 아시잖아요, 꼭 애들같아요.

잘해주면, 그들도 잘해주지요.

나는 그 크고 오래된 집에서 외로웠어요,

그 크고 오래된 침대에서요. 그래서 캐트 유모에게 말을 걸었
지요.

외로워서. 맘 좋은 할멈이에요.

릴번의 검둥이 유모이기도 했구요.

그이에게 젖꼭지도 빨리고, 아직도 "울 애기"라 하지요.

그리고 내 증상이 나빠지자, 할멈은

내 이마에 식초를 바르고 내 손목을 문지르곤 했어요.

캐트 유모가 날 떠나보냈지요.

다음 날 아침 깨어보니 침대에 있더라구요,

남편이 눕혀 놓은 거죠. 내가 계단에 있더래요.

처음 눈을 떴을 때 캐트 유모가 침대 곁에 있었어요,

그래서 내가 말했죠, "하나님, 아, 하나님"하고, 크지는 않게.

보니 방은 달라진 게 없는데, 그런데 달랐어요.

그래서 말했죠, "하나님, 전 정말 견딜 수 없습니다, 하나님."

그렇지만 내가 견딜 수 없는 것이 무엇인지는 몰랐어요.

그런데 캐트 유모, 그가 몸을 어찌 가까이 기대었는지, 나는

그 늙은 누런 눈동자에 핏줄이 선 것을, 늙어 부러진

누런 이빨들을

볼 수 있었죠. 그런데 그 순간

나는 할멈을 몰라봤어요. 할멈이 숨 쉬는 게 느껴졌어요. 숨으로

말하기를 "지가 말 가져올 꺼니께요."

그리고 나는 말했죠. "뭐라고?"

누런 눈이 가까이 왔고, 나는 무서웠어요. 뭐가 그리 무서웠는지는

몰랐지만요. 다만 숨소리가

말했어요. "떠나서요"

나는 말했죠. "몸이 아파." 그러나 그 숨소리가,

　말하길, "하느님 주신 딱 한 번 기횐데. 어젯밤 내한테 말하셨

지. 땅이 마구 흔들리는데 하느님이

　구원이 있으리 하시던데."

그리곤 갑자기, 토할 것 같으면서,

내가 무언가 기억해내는 것 같았어요. 그래서 말했지요,

"어젯밤—땅이 흔들렸어?—정말로 흔들렸어?"

그리고 할멈이 말하길, "굴뚝이 무너지고, 물이,

그게 강에서 휘청대고 우렛소릴 냈구면요. 그리고 하느님이."

R.P.W.

이건 물론, 1811년 12월 15일,*

대지진의 밤이었습니다,

미시시피 강이 사흘 동안 북쪽으로 역류하고

땅은 갈라져 넓게 벌어지고 송아지를 밴 암소처럼 신음했습니다.

릴풋 호수가† 생성되었고, 뉴마드리드‡는

파괴되었고 참나무들은 뱀가죽 회초리처럼 두 동강 났습니다.

캐트 유모

강이 일렁이고 울부짖었지요. 그리고 하느님 말씀이—

리티샤

난 기억을 되찾으면서 서서히 놀라움이 커졌어요.

"그럼 내 머리 문제만이 아니었구먼—땅이,

그게 흔들려서 나를 넘어뜨린 거네."

가까이의 그 얼굴은 무서웠어 . 숨소리로 말하기를, "떠나서요!"

그리고 내 목소리가 멀리서, 말했다. "알았어."

캐트 유모였어요. 나를 사랑했어요. 그가 말했죠.
"말 안장해놨네요, 지가요. 후딱 가세요,
사람들 아라채기 전에. 사람들 알구 나면
어쩌겠어요, 나를 때리기밖에 더 하겠어요?" 그러고 나서,
갑자기, "오, 하느님, 하느님, 그저 그자들이
날 때리게만 해요, 다른 짓일랑 말구요!"
나는 낡은 큰 오래된 침대에서
벌떡 일어나 유모 얼굴을 보았어요.
그리고 말했지요. "어젯밤—어젯밤에
누군가 비명을 질렀어?"

검둥이 눈들이 그렇듯이 유모의 눈이 대굴대굴했어요.
유모는 재빨리 주위를 둘러보고 말했어요. "쉿!"
"그런데 누군가 비명을 질렀어!"하고 말했어요. 유모는 말했
어요. "쉿!
내가 왜 그걸 말해, 도련님, 우리 애긴데."

유모가 나 떠나는 걸 도왔어요, 날 끔찍이 여겼거든요.

R.P.W.

당신을 그토록 아꼈다고요, 그렇게 말할 수도 있겠습니다.
또는 그들을 증오했겠지요, 달리 말하자면 말입니다.
거기에 이상할 건 없어요. 모든 행위는
두 방 사이에 난 문일 뿐이지요. 똑같은 문설주에 달려
어느 한쪽으로, 어느 한 방으로 열리거든요.
그리고 행위가 행위로 인정되려면 모든 행위는
가능성의 본질적 양극성을 해결해야만 하는 겁니다.
그러나 행위 속에
다 자란 열매 속 희미한 사과 꽃처럼
양극성은 숨어 있지요.
그러나 우리가 오로지 갈망하는 것은
단순성이라는 값비싼 보상입니다.

인간이 지식 이상을 바랄 수 있을까?
한밤중 빛이 번득이고, 갑자기,
어둠이 저 멀리 공중에서 발끝으로 춤추며
거대한 머리칼의 물결치는 묵시적 공포를
찢어내고,
폭풍치는 숲처럼 이 세상이
찢어지는 하늘의 파란 광선 아래
부풀어 오르는 걸

보았을 때

저 불쌍한 릴번은 그 이상을 바랐던가?

나는 그

지진뿐 아니라,

드디어, 정말 드디어, 순수한 행동에서 비롯된

떨리는 절대성을 릴번이 알게 된

그 전율의 순간을 말하는 겁니다. 해마다,

개념으로서의 평화를 갈망해 왔는데. 결국은 이거였습니다.

혹은 거의 그렇습니다.

릴번에 대해선 이제 그만하지요, 이제는 꼼짝없이

캐트 유모 차례입니다. 사랑 때문인지, 미움 때문인지, 혹은 둘 다인지,

캐트는 리티샤를 보냈습니다. 사랑했으니까요, 그렇습니다.

그렇지만 릴번도 사랑했습니다.

그래요, 캐트는 리티샤가 자신에게 쓸모 있는

확실한 도구인 것을 알았습니다.

그래서, 병들고, 모를 말이나 주절대는,

겁이 나서 사실이 아닌 것을 주절대는

리티샤를 오빠에게 보낸 겁니다.

그러나, 캐트 유모가 알듯이. 공포심은 사실보다 무서운 것입니다.

그래서 리티샤를 보낸 겁니다. 덫을 놓고, 구덩이를 팠습니다.

그리고는 여우 꼬리에 홰를 달아 블레셋 사람의 곡식밭으로 몰았습니다.[*]

캐트는 단순하고 고전적인 수법을 알았습니다.

백인들을 갈라놓고 느긋하게 앉아 기다리라.

그렇지만 캐트 유모는 여전히 릴번을 사랑했습니다, 그래요.

릴번에 젖을 먹였고,

아직도 그의 흑인 유모였죠.

캐트 유모

나는 조용히 흔들어주었어, 건장하고 기운 좋은 아이,

배가 단단하면 좋이 토닥여주고,

아주 동그랗고 쬐끄만 배에 뽀뽀를 하고,

노래했지, "릴, 나의 릴리, 엄마의 애기 곰둥이."

그리고 막 웃으면 내가 뽀하고 노래하지,

바람이 불어오라고 노래하고 조용히 흔들어주지,

달에게 도깨비 혼내키라 노래해,

---

[*] 「사사기」 15장 4~5절 참조. "삼손이 가서 여우 삼백을 붙들어서 그 꼬리와 꼬리를 매고 홰를 취하고 그 두 꼬리 사이에 한 홰를 달고 홰에 불을 켜고 그것을 블레셋 사람의 곡식밭으로 몰아 들여서 곡식단과 아직 베지 아니한 곡식과 감람원을 사른지라."

치어키 토인*이 절대 가까이 못오게,

해골 도깨비 한 놈도,

내 귀연 작은 애기 곰둥이 놀래키러 못 오게

"도깨비야, 도깨비야, 내 이쁜 애기 가까이 오지마라."

그쯤 되면 릴은 잠들고, 내가 얼마나 이뻐하는지 알지요.

멀고 먼 버지니아에서, 애기 고이 잠자고.

R.P.W.

그래 이제, 내가 말했듯이,

그리고 캐트가 증거했듯, 이야기를 퍼뜨린 건

캐트는 아닐거고.

그저 "쉬", "쉿" 소리뿐, 누가

캐트 유모를 탓하리

리티샤가 아무것도 모르고 두려움으로 주절대면서

릴번에 대한 증오심을 풀어낼 수 있을까?

리티샤

잠깐!

나는 지금도 그이를 사랑해요.

그런 것 같아요. 적어도, 내가 그이를 처음 어떻게 만났는지를

---

* 북미 원주민의 한 종족인 '체로키(Cherokee)'의 잘못된 발음.

생각하면,

　모든 감정이 되살아나서

　내 몸에서 무언가가 모두 흐늘흐늘해져요.

　일종의 아픔인데, 아주 달콤한 아픔이죠.

　그래요, 바로 이 순간에 지금

　내가 그이를 처음 보았을 때를 기억하면 말이죠.

　대법정의 날이었어요.

　사람들이 전부 모여들어 개척지를 메웠어요.

　온갖 사람들이. 옥수수 밭을 개간한 사람들,

　어둔 숲에서 온 삼림 족들,

　모두 마르고 여위고 사슴가죽 셔츠를 입었어요,

　총을 둘러메고 교활하게도 걷네요.

　인디언도 있지만, 겁먹을 필욘 없고요

　그저 가난하고 더럽지요. 머리를 긁적여요.

　그리고 습지 사람들과 강가 사람들,

　목에 빨간 수건을 두르고 사나운 검은 구레나룻을 하고.

　사람들은 술마시고 노래했어요,

　"바비 앨런"도, "버팔로 사냥"† 같은 노래요.

　그리고 재미로 소리 지르고 자랑도 해대고 웃었지요,

　몇은 그늘에서 싸우고 있었어요.

누구였는지, 나는 지금도 몰라요, 하지만 외마디가 들렸어요.

그 소리가 우리를 떨게 한 걸요, 하도 슬프고 사나워서요.

사람들이 말했어요,

한 작자의 두 눈이 파였다고,

싸우다가 사람들이 엄지로 파내듯이 말이죠.

미쳤든 재미든 사람들은 그런 식으로 싸우거든요.

누구였든지, 사람들은 그가 자랑해대고 재미로 싸웠다고 했어요.

나는 참 별난 외마디라고 이상해했지요,

설레이도록 크고 달콤한 외마디에 울고 싶어지는거지요.

그 사람은 이제 예쁜 햇빛은 못 보겠지요,

이제 봄이 다 됐고, 겨울은 지나가 버렸지요.

그리고 나는, 나는 해가 너무 예뻐서 울고 싶었어요.

그때에 나는 릴번을 보았어요, 이름은 몰랐어요.

무리 저 건너에, 그냥 암말을 타고 있었어요.

아주 편하게 말이죠, 포차처럼,

몸을 기울이고 애기하며 그냥 옆으로 앉았는데,

---

* 영국 민요 '슬픈 사랑의 노래(Tne Ballad of Barbara Allen)'를 의미한다. 한 청년이 한 여인을 연모하다가 죽자, 냉담했던 그녀도 뒤이어 죽고, 이뤄지지 못한 그 사랑이 꽃으로 피어난다는 내용이다.

† "Shoot the Buffalo": 젊은 여성에게 일어나 함께 손잡고 고향을 떠나 버팔로가 있는 먼 곳으로 가서 재밌게 살자는 구애의 내용이 담긴 경쾌한 노래다.

그의 왼손은 허리에 그리고 오른손은 그냥

암말의 둥근 목에 얹고, 갈기를 만지작거리고 있었죠.

그리고 말이 안정을 잃고 춤추듯 하자,

릴번의 허리는 유연하게 그에 맞추어 움직였죠,

그런데 그의 얼굴은 거무스름하고 아름답고 평온했어요.

그런데 말이 너무 움직거리자, 그가 손에 힘을 주었어요,

갑자기 말의 목에다 힘을, 그리고

나는 바로 나의 목에 그 손길을 느끼게 되었고, 나는 가만히

있었어요.

햇빛 속에 나는 그냥 힘없이 떨며 서 있었어요.

그렇지만 나는 쓰러지진 않았어요. 그냥 거기 서서 그를 사랑

하게 되었죠.

이름도 몰랐어요, 거기 내 옆에 서 있던 수디 퍼슬리에게

아무렇지 않은 듯 말했어요,

우리 여자들은 그냥 예의바르게 같이 서 있는 거거든요.

내가 말했지요. "수디야, 저 우스운 사람 좀 봐,

저기 말에 올라탄 남자, 까무잡잡한 게 이상하지?"

나는 그저 수디를 속이려고 그렇게 말했어요,

내 감정을 그 친구가 눈치채면 죽을 것 같았기 때문에요.

그런데 수디는 눈치가 멀쩡했어요. 내 팔을 꼬집으며 말했어

요, "바보 같으니, 꿈도 야무지네!

저 사람은 로키 힐에 사는 릴번 루이스야.

있잖아, 톰 제퍼슨 어르신의 친 혈육이라구."

제퍼슨

그렇지, 그 사실이 속으로부터의 충격으로

내 마음을 뒤흔들지.

내 피를 나눈 내 누이의 몸에서 태어났는데,

그 지경이야. 내 누이의 몸이 뱉어내고, 짜내고, 떨어뜨린

살덩이였네.

사람들이 그 살덩이의 탯줄과 태반을 잘랐지만,

산모의 마음과 형체가 미숙한 살덩이를 묶은 탯줄은

자를 수 없었지. 소리치면 돼지들이 모여드는 저 밖에다 돼지

뜨물과 함께 그것을 버렸어야 했어.

아니, 레이스 베개에 눕혀 놓은 아기를 처음 보았을 때

내가 했었어야 할 일을 말하지.

어린 아기들 얼굴을 아시지요, 쭈글쭈글하고 주름이 있어

이쁜 데라고는 찾아볼 수 없어. 하지만 그 살덩이가

레이스 베개에 놓여 있으면, 가슴이 설레이지.

인간의 가능성이라는 새로운 의미에 가슴이 설레이지

그때는 그것이 내가 의지하고 살고자 기도했던 약속을 확인하

는 듯했어요.

하지만, 쭈글쭈글한 형상과 주름은
새로운 가능성의 표시가 아니라, 단지
사악한 시대의 원래 모습이라네.
주름 하나하나는
실컷 시간을 쓰고 우리를 인간으로 낙인찍는
오랜 방종의 악의적 필적일 뿐이야.

맞아, 진리는 고약한 질병처럼 얼굴에 마마자국을 남겨.
내 얼굴을 봐.
여기 어떤 취향의 비뚤어진 발꿈치가 돌리고 경멸하고
그리고 지나가면서 진창같이 살을 훼손했는지.
그래, 늙었기 때문에 나는 내 실패의 기록이야.
나의 얼굴을, 나의 실패를, 당신들이 어떻게 이해하든,
그래도 나는 릴번의 피를
거부하고, 부인하고,
내 혈통으로부터 짜내버리겠어.

루시

오빠, 제발
오빠 자신의 영혼과 구원을 생각해서 —

112

제퍼슨

그렇지만 적어도 영혼이라도 지켜야지,
구원까진 아니더라도.

루시

오빠, 그 애가 얼마나 포근하게 내 품에 안겼는지!

제퍼슨

이봐라, 포로가 된 불쌍한 개척자 애기 엄마가
아이를 먹이느라 길에 뒤처지면, 인디안은 그 뒤꿈치를 잡아채서
채찍 휘두르듯, 그 머리를 나무에 탕하고 부딪지.
그러면 머리는 계란처럼 터지지. 그런데,
나무가 없었어, 실내였으니까, 대신 굴뚝의 벽돌이 제격이었는데.

그런데 정말이지, 내가 그랬어야 하는 거였지?

루시

맙소사—

제퍼슨

글쎄, 그 흑인 아이 존이

너의 생각과 같으리라곤 생각지 않아.

혹은 따지고 보면 아픈 몸을 떨면서 말을 타고 도망친

리티샤도 그렇지,

리티샤

저는 그냥 매달렸어요, 죽어라고 매달려갔죠.

마을로요, 제 오빠가 왔어요.

그때 땅이 다시 흔들렸고, 사람들이 시간의 종말이라 했지요.

사람들이 기도했어요. 그렇지만 저는 그저 종말을 위해서 기

도했어요.

R.P.W.

시간의 종말을 불러오려면

당신의 고깃간에서 로마 경기장보다 더한 사건을

벌여야 합니다.

지금 이 사건은 인간이 경험을 쌓아가는 긴 항해 중 하나의 이

야기로 기록될 뿐입니다,

그 몰지각한 행동이

매우 인상적입니다.

인간의 공통된 의식은 두터운 습지대처럼 독기를 발생하여

언제고 가브리엘의 큰 나팔소리가

울려도 이상할 게 없는 것 같습니다.

예컨대, 사람들은

길가에서 바로 무릎 꿇고 기도했지만,

고깃간에서 무슨 일이 일어나고 있는지는

전혀 알 수 없었던 겁니다. 인간은

언제나 각자 둘러대는 이유 보따리를 가지고 있어

하나님의 분노를 확실하게 사지요.

만일 지금 당장 지구가 흔들리고 하늘이 어두워진다면

누구라도 그리 여길 겁니다.

말하자면, 하나님께서 분노하실까 걱정하지 않아도 될 정도로

우리가 나아지지 않았다면 말입니다.

리티샤

하나님이 어떻게 하실지는 두렵지 않았어요.

하나님이 하시지 않을 것이 두려웠지요.

거기 베개에 머리를 굴리며 기도했어요

시간의 종말을 위해 ― 결국 그것이 내게 일어났던 거니까요.

R.P.W.

이제 내가 이해하지 못하는 것은

어떤 일이 릴번에게 곧 바로 일어나지 않았는가 하는 겁니다.

당신 오빠가 틀림없이 뭔가 짐작했었지요,

그리고 루이스가가 아무리 훌륭하다고 해도 말입니다.

마틴(John Martin, 1789~1854) 作 〈최후의 심판〉(1854)

남자형제

이봐요, 그런 이야길랑 하지 마소.

어떤 놈도 내가 겁먹을 상대는 없어요, 루이스건 뭐건,

어떤 놈이든

해서는 안 될 짓을 내 동생에게 하기만 해요,

내가 이유를 밝혀내고야 말거요, 그리고 별 거 아닌 것들이.

내게 이유를 대봐요.

그러면 그가 예수라 해도, 당장 십자가에서 끌어내려

그놈 애비가 나름 대단한 작자라 해도

그놈으로 하여금 솔직하게 털어놓도록 만들겠소.

루이스, 좋아하시네. 루이스라고 해봤자

여느 사내처럼 똑같은 데 불알 둘밖에 더 있어.

아, 그 친구는 예의바르고 잘난 척은 결코 안 했지.

한 번은 작자가 내게 난 척을 합디다.

날더러 파이처럼 달콤하게 "동생"하는 겁니다.

그런데 그에겐, 뭔지 모르는, 무엇이 있었어요.

그 얼굴에 무언가 있었어요.

리티샤

아, 그이 얼굴은 평온하고 아름다웠어요!

남자형제

글쎄, 그건 좀 과장이군.

때로 그의 눈은

일종의 광채를 내며 아주 환하게 상대방을 빤히 쳐다보았죠.

마치 사람을 꿰뚫어 보듯이.

리티샤

아, 그래요, 그이 눈이. 나는 그냥 쓰러질 것 같았어요.

적어도 내가 그이를 처음 만났을 때 그랬어요.

우리가 처음 이야기를 나눈 건 퍼슬리 집에서였죠.

수디 결혼식에서 피로연 전에.

깽깽이들이 높고 맑은 소리를 내어

현기증 나게 하고 사람들을 모두 즐겁게 하고,

음악은 불길처럼 온통 불꽃 튀듯 밝았고,

내 가슴은 어둠 속에서 반짝이며 타들어가고

릴번이 내 손을 잡았을 때 내 숨이 가빠졌어요.

남자형제

그는 마치

사람이 거기 없는 듯이 보는 버릇이 있었지,

누구든지 건방지게 굴었다가는 ―

리티샤

아, 나는 아무 존재도 아니었어요.

그이가 쳐다보면 그냥 아무것도 아니었죠, 나는

그냥 아무것도 아니고 그가 전부이기를 원했어요, 나는

그의 아무것도 아니면서 어쨌든

그이의 포근한 각 부분의 일부가 되기를 원했고,

그이가 호흡하면서도 의식하지도 개의치도 않는 공기같이,

혹은 그이가 헤엄치는 그 물이 되어

내가 그냥 그이를 들어올리고, 그이 주위 어디에든지 존재하

고자 했어요.

R.P.W.

그런데요,

리티샤

어떻게 시작되었는지 나도 몰라요. 그건

이름을 붙일 성질이 아니었어요. 그리고 나는

가장 사악한 것에 붙일 이름 따위는 없다고 생각해요.

　　　　　　*

그러나 최악이 어떤 건지 모르는 건 너무해요,

그걸 모르면

아무것도 모르는 거잖아요.

그러면, 정말이지,

내 삶이 완전히 아무것도 아닌 거라구요, 맙소사.

아, 당신이 하나님이라구

민들레 솜털을 부는 소년이 하듯이

후우 하고 큰 숨을 불어

하늘에 달과 별을 흩뜨리고 싶고,

혹은 해를 잡아 당신 손아귀에 놓고 꽉 눌러서

하늘을 영원히 완전 캄캄하게 만들고 싶다고 해도요.

아, 하나님, 당신이 아무리 하나님이라 해도,

나를 아무것도 아닌,

그 의미하는 바와 이유를 모르는 사람으로 만들 권리는 없으십니다.

아무것도 아닌 사람으로, 하나님,

많이 요구하지 않을게요, 그저 이게 다 무슨 의미인지만요, 하나님.

R.P.W.

많이 요구하지 않는다. 그런데 그게 다인걸,

아니 그건 하나님이 줄 수 없는 바로 그 한 가지야.

혹은 누구라도 말이지.

리티샤 당신이 요구하는 건 개념이기도 해.

불쌍한 릴번이 그랬던 것 같이. 이렇게 생각해보면 그를 덜 미
워하게 되나요?

리티샤

아, 그이를 미워하지 않아요!

R.P.W.

내가 말했던 것처럼, 릴번도 당신처럼 선이란 게 뭔지

알고자 했을 수도 있다고

생각해보면 그를 덜 미워하게 되지요? 그런데

그걸 알 수가 없게 되자, 그가 최악을 저질렀다면?

그가 당신에게 한 제일 못된 짓이 무엇이었건 말이요?

리티샤

아, 제일 못된 짓이 무엇이었는지 몰라요,

그 사람에게도 그런 일이 그냥 일어난 것인지두 몰라요.

그이는 그렇게 친절하기도 해요, 그래요! 말하자면, 때로는요.

우리가 숲에서 말을 탔을 때같이, 가을에요.

햇빛이 밝고 나무는 빛나고,

소합향나무 한 그루는 태양보다 황금빛을 띄었었죠.

그이가 다가가 등자에 높이 서서
가지를 당겨 칼로 자르더니
손에 쥐고 나를 보았어요.
소합향을 아시지요, 잎새가 별같이 생겼어요.
그가 온통 황금별들 같은, 가지를 손에 쥐었어요.

그리고는 "잠깐!" 하고는 나의 망토 머리쓰개를 젖히고
천천히 조심스럽게, 별같은 잎새 하나씩을
내 머리에 빙 둘러 꽂았어요.
그리고는 몸을 뒤로 젖히고 보더니,
"당신 머리가 온통 황금빛이야, 리티샤, 금빛, 그리고 이제
별들이, 황금별들이 있어. 내가 거기에 꽂았지."

나는 금발이 아니에요, 그냥 빛바랜 누런색 비슷하죠.
그러나 그이가 황금빛이라고 하는 걸 들으니,
그리고 "아, 당신은 하늘서 온 천사야!"하는 게 좋았어요.

그리고 그이는 내가 본 적이 없는 그런 미소를 지었지요.
그러나 후우! 하니 촛불이 꺼졌고,
그이 얼굴이 어두운데, 내 두 손목을 꽉 잡더니,
내 얼굴에 가까이 숙이면서 말했어요. "당신이 천사라면,
그러면 내가 한 마디 충고를 주겠소.

떠나요!"

그리고는 내 얼굴을 바라보고 짤막하게 웃더니,

말하길, "갈 수 있으면 천국으로 돌아가시오.

그리 못하겠거든 저승을 가봐요,

왜냐" 그리곤 내 손을 아래로 세게 떨치고는,

"지옥도 이 구럭보다는 나을 테니 말이요."

그리고는 말을 타고 가며 한 마디도 안했어요.

그리고 밤이 왔지요, 나는 어둠 속에 혼자 누웠어요

릴번은 저녁식사도 않고 가버렸어요.

그리고 자정쯤, 나는 그가

마을 저쪽에, 거기 주막에서 돌아오는 소리를 들었죠.

R.P.W.

그래 그것이 제일 못된 짓이라는 거요?

*

리티샤

아, 아뇨! 다른 거예요. 더 심해요.

그게 생각날까봐 이 얘기를 시작한 거 같아요. 그저

그 얘기까지 해야 한다는 게 싫어서요.

할 말이 머릿속에서 불어나며 고통을 주어요.
잊어버릴 수가 없지요. 눈앞에서 벌어진 일을.
잊어버린다는 건 또 하나의 기억이니까요.
아냐, 바보 같은 소리. 미쳤다고 하겠지만 진짜에요.
나쁜 일이 닥치면 소리를 치지요.
"아, 아냐, 이건 내가 아니야! 나는 리티샤니까.
나는 이쁜 티시야." 그리고 나는 강가에서 놀고
강물이 흐르도록 노래를 하고
엄마 말씀을 잘 듣고, 해가 지면,
엄마가 부르실 때, 나는 내 인형을 가지고 들어갔지요.

사람들이 나를 티시라고 했어요. 그때 나는 작았거든요.

사건의 당사자가 나라는 걸 어떻게 믿을 수가 있겠어요?
그런데 나는 릴번이
층계에 나와 있는 소리를 들었어요, 그리고 그이가
주막에서 왜 돌아오곤 했는지 알았어요.
어머니 루이스가 살아계셨을 때
릴번은 우울감이 찾아들면 주막에서 그냥 마셔댔지요.
그러나 그리고 나서 집에 왔어요.
효자였지요, 언제나.

루시

그래, 내 아들은 내게 항상 그랬지.

그리고 사랑이란 게 도대체 존재했다면, 아, 얘야,

밀알 만해도, 상관없지,

종류나 모양 따위도, 그건 귀한 거란다.

그런데 나는 거부했어. 나는 죽었던 거지.

리티샤

그런데 그건 다른 날 밤이었어요. 그리고 이제

릴이 어둠 속 층계에 있는 소리가 들렸어요.

무언지는 몰라도, 하여간 어떤 일이 벌어지려 했어요.

밤에, 숲속에서, 길을 잃고

당신은 그것의 숨소리를 들으려하고,

그 발이 움직이길 기다리지요.

                    *

그런데 그이가 숨소리를 냈어요. 말하기를,

"나를 사랑해, 리티샤?"

저는 속삭였어요, "네."

그러나 내 목소리는 가늘었어요, 마치 멀리 있는 사람처럼.

그의 목소리가 어둠 속에서 말했어요, "아!"

그런데 그이가 그짓을 했어요.

그건 끔찍한 거였어요
그 이름이 무언지도, 혹은 들어본 적도 없는,
깡그리 잊고 싶을 만큼 —
사람이 그렇게 끔찍한 짓을 한다는 게 끔찍했어요.
그런데 그이가 그랬을 때, 들은 적은 없는데두,
그건 마치 전에 들은 걸 기억하듯 끔찍하게 여겨졌어요.
마치, 지금 벌어진 건 아니지, 아니야,
그래 저는 "그만 해!"라고 소리치고 싶었지요. 허지만 못했어요.
왜냐하면 뭔가 끔찍한 기억 같은 것은
저 깊은 속에서 나오는 것이어서, "그만 해!"하고 말할 수 없
지요.
일은 이미 벌어졌고, 그건 바로 자신이니까.

그리고 릴번은 — 내가 사랑했던 거 아시죠,
아무리 끔찍해도, 사람이 아무리 끔찍한 짓을 할 수 있다 해도.
그리고 저는, 아, 저는 —

남자 형제
이거 봐, 내게 얘기만 해줬어도,
그놈 명줄을 끊어버렸을 텐데, 어떤 놈도, 그 누구라도,

내 여동생에게 더러운 짓은 못하지, 그 어떤
방식의 더럽고 ―

R.P.W.
그래 그게 제일 못된 짓이었소, 리티샤?

리티샤
아, 아뇨. 다음 날이었죠.
다음 날, 해질 무렵 우리는 난롯가에 앉았어요,
밤이 오고 있었고, 대지에 회색빛이 드리웠죠,
그날 구름이 끼었었으니까,
햇빛이 소합향나무를 다 금빛으로 만들었을 때와는
다르게,
그리고 그 일이 일어났던 거예요.

이제 더 할 말이 없네요. 창밖을 보았어요.
낭떠러지 아래로 평지 너머를. 멀리
강은 그늘의 칼처럼 차가운 빛을 던지고, 칼날은
어스레한 빛을 발하는데, 아주 고요하고 차요.
그리고 저는 아무 생각도 않고 그냥 가만히 있으려 했어요.
대지와 회색의 빛처럼요.

그런데 릴번이 말했어요. "나를 사랑하지 않소, 리티샤?"

아, 제가 뭐라 하겠어요? 그를 사랑했지요, 사랑했어요, 어찌 되었든.

그래서 사랑한다고 했어요. 그랬더니 그이가 의자를 가까이 끌고 와서

내 손을 잡아 키스하고 또 키스했어요. 그리고 말했죠.

"나의 가련한 리티샤, 사랑해요." 그러니 제가 뭐라 하겠어요?

이제껏 일어난 모든 일들은 이제 하나의 꿈에 불과하고

이건 실제잖아요. 실제는 제 손에 닿은 그의 입

그리고 어둑한 방에서 그리고 예쁘게 춤추는 불꽃이요.

그렇지만 내 입술은 움직이려하지 않았어요.

그러자 그이는 일어섰고, 저 높이 서서, 내려다보았어요.

미동도 없이, 내가 아무것도 아닐 때까지.

오로지 상냥함으로 미소 짓는 그이의 얼굴을 향해,

그이는 늘 상냥함을 끌어내는 그런 미소를 지으면서,

낮은 목소리로 속삭였어요.

"어젯밤—기억해?"

그 말에, 제 심장이, 딱 멈췄어요.

어둠 속으로 발을 디뎠는데 허공을 디딘듯이,

제 머리 속에서 그 현상이 또 일어났어요. 아마 영원히 그럴 거예요.

그렇지만 저는 "네"라고 했어요.

그이는 "아"했지요. "아"라고 했어요.
하더니 "리티샤, 뭘 했는지 그대로 나한테 말해 봐요"
그러면서 내 옆에 쭈그리고 앉았어요.

그렇지만 말이 되어 나오지 않았고 제 답답한 가슴은 커지더니
무언가 터지는 것같이 아파서 소리쳤어요.
"난 말 못해요, 못해!"
그이는 얼굴을 홱 돌리고 말했어요.
"아, 당신은 나를 사랑한 적이 없었군, 한 번도!"
그리고 일어나면서 두 팔을 쫙 펼쳤어요.
세상을 쓸어버리는 듯이.

그래서 제가 소리쳤어요. "아, 여보, 사랑해요!"

그이가 나를 내려다보고는 딱 한 마디를 했어요. "사랑이라."

마치 그가 입에서 뱉듯이 한 단어,

헛기침을 하여 혀에 차갑게 된 침 같은 것을 뱉듯이,
땅바닥에 내뱉어진 그 단어를 보았어요,
판자에서 바르르 떨고 반딧불처럼 번득이는 방울처럼요,

그리고 그 단어, 그건 사랑이었어요.

나는 거기서, 아주 미끄럽고 차가운, 그 단어를 보았어요.
소리쳤지요, 내 심장이 터지기 전에
"아, 여보, 말할게요!"

그리고 그이가 "아" 하더니

내 손목을 아프도록 비틀었어요. 그이는 힘이 세요.
거기 쭈그리고 앉았어요, 불길이 나지막해졌고,
그이는 "아"하고는 몸을 숙였고, 마지막 불꽃이 그이 얼굴을
비추었어요.
그리고 내 가슴속에 있는 커다란 무엇이 나를 어찌나 아프게
하던지
말이 되질 않았는데, 이젠 말이 되네요, 이처럼요,
어떤 말은 내가 전에 알지도 못하던 거예요.
정말 끔찍한, 들어보지도 못한 말이요—

그런데 말이 나와 버렸어요,
비도 바람도 그쳤어요. 이제 나도 자볼까.
전날 밤이고, 언제고, 일어났던 모든 것이
아주 멀게만, 별거 아닌 듯이, 그리고 슬프게 여겨졌어요.
나는 릴번의 어깨에 기대어 영원히 잠들어요.
영원히 어둡고 고요하고 밝은 날은 오지 않아요.

그런데 그가 가까이 몸을 숙이고, 눈에
매우 깊은 빛을 띠고 말하길, "천사야."
"천사야, 내게 다 말했는데
하지만 한 마디 더
그때 당신 좋았지?
지금 내게 말하면서두?"

                    *

내 뺨이 뜨거워지고, 내 숨은
죽은 듯이 잠잠했는데, 멀리서
어떤 목소리가 "네" 했어요 ― 아주 작고 낯설게.

아 나는 잠들고 싶었어요.

"그런데, 천사여," 릴번이 말했어요. "바로 어제,

당신은 천사였고 머리칼은 황금색에,
황금별이 있었지, 내가 달아놓았어.
그런데 지금 ― ”

그리고 갑자기 내 옆에서 일어나,
방을 가득 채울 듯이
아마도 집안을 채울 듯이, 벽을 가를 듯이,
키만큼 높이 일어섰어요.
그리고 밤이 홍수처럼 밀어닥치겠죠.
아, 그이는 컸어요, 저만큼 높이
마치 끔찍한 하늘의 어둠과도 같이,
그의 눈은 빛났지만 그리도 어둡게 빛이 났어요.

들어봐요, 메뚜기가 다 자라 떠나면
그 껍데기, 그 작은 외형만 남는데,
무척이나 얇고 바싹 말라서 작은 유령 같아,
빛이 통과하고, 텅 비어
완전히 비어 아무것도 없는 거 아시죠. 그게 나였어요.

그리고 저 높이, 릴의 얼굴이, 홱 돌아보더니,
목소리가, “이제 보니 천사들도
지구에 내려오면 우리처럼 똥을 밟고,

또 그 짓을 좋아하는구먼."

그러더니 크게 오래 웃었어요.

그리고 가버렸지요. 나만 남기고,

불은 꺼져갔고, 나는

무척이나 얇고 바싹 말라, 나의 텅 빈 속을

어둠과 공기가 채우고, 다 없어진 채

나만 남았네요, 텅 빈 내 속에 아무것도 아닌 나만.

남자형제

하나님 맙소사, 너는 한 번도 내게 말하지 않았어.

그놈은 너를 학대했고 너는 빌어먹을 일 년 가까이나 엎드려 있다가

폭발 직전에 떠났구나. 그렇지만, 젠장,

너는 신음하고 주절대며 말도 안 되는 걸 떠들었어.

그놈이 너를 잠자리에서 어찌 학대했는지는 절대 말하지 않았어.

말했더라면, 내가 그놈의 명줄을 끊었을 텐데.

루이스 집안, 좋아하시네! 루이스라고

남이 안 가즌 거 있당가, 그리구 그 눔이 남자 새끼면, 나─

제길, 나두

어느 불알 깐 루이스만큼이나 사내구,

나로 말하면─빌리 러터라구─제길, 어떤 놈두

내 여동생에게 못된 짓 못해.

리티샤

아, 오빠의 여동생이라!
오빠가 걱정하는 건, 동생인 내가 아니지요!
그야, 오빠가 알았으면 나의 릴번을 죽이려들었겠지,
주막에서 루이스란 놈을 죽였다고 자랑해대고,
그리고 어떤 놈도 자기 여동생에게 못된 짓을 못할 거라고.
자기 여동생!—뭐, 나를 사랑해서가 아니잖아요
내 사랑하는 릴을 해치려는 게.

그런데 릴, 아 하나님!
그이가 내 머리칼에 별을 붙이고 나를 천사라고 했어요
그리고 나를 사랑한다고 했어요,
그런데 사랑이란 입술 움직이는 방식이고 내용은 끔찍해요.
사람들은 자기 하고 싶은 대로 하고는, 그걸 사랑이라고 해요.

그이는 우뚝 일어섰어요, 얼굴을 숙이고.
나는 집이 두 쪽이 나고 밤이 덮쳐 들어오는 줄 알았어요.
그이가 그런 말을 했어요, 천사들이 똥을 밟느니 어쩌니.
그리고는 부락에서 사흘을 내리 취했어요
그리고는 시어머님이 그이를 모셔오라고 보낸
그 아이를 때렸어요 — 존이라는 흑인 아이를.

불쌍하게도 존이 돌아와서, 저기 문 기둥에 기대 섰어요.

얼굴에 피가, 흑인 피

그건 백인의 피보다 선명해요.

시어머니가 소리치셨어요, "아이고!"

그렇지만 존은 한 마디도 없었어요, 넋이 나간 거죠.

시어머니는, 뚫어져라 봤어요. 그리고는 손가락 하나를 뻗었어요, 천천히,

흐르는 피에 손을 대보려고.

루시

피에 손을 대보려고 했지, 안다는 건 끔찍한 거예요. 마음으로는

순수하고 단순한 걸 말하고 있었어,

삶의 원칙이나 좋은 하루가 어떻고 등.

맘속에서 말하고 있었어. "애가 다쳤구나,

물을 가져와라, 피를 씻어, 상처를 싸매"

그런데 좋은 뜻을 실천하려는 데 몸이 움직여지지 않았어.

그것 참 이상하지 ─ 기능이 마비된다는 게,

아, 내가 물을 가져와서 상처를 씻었더라면,

그랬으면 모든 게 아, 그 작은 책무가

행해졌다면 세상의 무게 중심을 움직였을건데.

나는 선 채로 그 검은 얼굴이 고통으로 부푼 걸 보았어.

내게 꽂힌 시선이 돌이킬 수 없음을 보았지.
나의 손이, 힘없이, 생각 없이, 천천히, 뻗어나가,
짙어가는 어둠 속에서 하얗게 번득이는 것을 보았어.
내 맘 속에 다른 건 아무것도 남은 게 없었지.
마치 젖은 스펀지로 아이의 얼굴을 말끔히 닦은 것처럼.

제퍼슨

그래, 루시, 손을 뻗어
새빨간 상처의 피를 만지려고 했는데, 그 순간에
모든 가치가 지워져 백지로 남게되었어.
아이의 얼굴이 말끔히 닦여지듯이.

루시

그 피, 아니, 난 그게 꿈일 뿐이라고 생각했어요!

메리웨더

그냥 가장 사악한 꿈.

리티샤

그 손가락이, 아주 천천히 움직여서
상처에 닿지 않으리라 생각했어요 ―

루시

내가 손을 대어본다 해도
허공일 뿐이리라 했지.

R.P.W.

그렇지만 그게 아니었습니다.

제퍼슨

왜 그 아이를 때리질 않았어? 그래,
그 고통은 비난이자 모욕인데 그 얼굴을 때리지?
주먹이 살에 닿으면
거친 기쁨이 솟구치는 걸 알 터인데.
주먹은 뭐에 쓰나? 그리고 너는,
너는 인간에 불과해.
릴번의 엄마잖아?

루시

쉿, 오빠, 조용. 그건 그냥
나는 그냥 꿈이기를 기도했어요.

제퍼슨

그렇지만 만져보려 했잖아?

루시

그리고 소리쳤어요. "하나님!" 그리고 갑자기,

시간이 거꾸로 흘렀어요.

거꾸로 뒤로 흘렀어요. 홍수처럼 나를 핑 돌렸어요.

리티샤

그래서 어머니는 그냥 바닥에 납작 쓰러지셨어요.

우리가 침대에 눕혀드리고 이샴을 부락에 보내서

릴을 집에 데려오라고 했지요.

그이가 와서 침대 발치에 조용히 섰어요,

이때는 취하지 않았고, 약하고 창백하게. 시어머니가 눈을 뜨
셨는데,

아무 말씀도 안하셨어요.

루시

남편의 얼굴을 보았어

그러나 계곡만큼이나 넓은 세상이 우리 사이에 있었지.

그리고 그의 얼굴은 거리 때문에 작아보였어,

그 사이로 비가 계속 내렸지,

겨우 침대 발치까지의 거리가 영원만큼이나 멀었어,

그리고 그 얼굴은 계곡을 건너 내게 향했어,

그리고 내 가슴은 소리쳤지. "아, 하나님이여!

제가 돌아가서 새로이 노력하겠습니다,
인간의 의무는 축복인 것을."

그러나 비가 계속 내렸어. 그리고
지속적인 소근거림이 멈추었을 때
나는 내가 죽어 있음을
알았지.

리티샤
맞아요, 어머니는 돌아가셨어요. 그런데 우리는,
우리는 몰랐어요. 릴번만 알았어요. 그의 숨이
몰아쉬듯 들렸죠. 마치 어머니가 마지막으로
내쉰 숨을 그가 막 들이마신 것처럼.

나는 그이를 보았어요. 그 얼굴에서
달이 질 때 어두움처럼 무언가가 커지고 있었어요.
나는 보았지요, 냉정하게 저이는 어머니가 임종하신걸 알아.
그런데 우리는 모르고 있어, 저이가 그걸 아는 건 어머니의 임종이
곧 자기 자신의 임종이기 때문이야. 저 봐요! 저이도 죽었어요.

그리고 소리치고 싶었어요. *아, 제발, 아, 여보, 죽지 말아요!*

그런데 아버님이 침대 위로 몸을 기울여

그 엄지와 손가락으로, 교활하고 날쌔게,

마치 핀을 집어 올리듯이, 천천히

어머니의 눈꺼풀 주위를 들추고 초를 가까이 대었지요.

눈동자는 촛불 속에서 흰자위를 드러냈어요.

그는 눈꺼풀을 다시 놓았는데, 그 작은 행동이

내겐 끔찍해 보였어요. 끔찍하게, 마치

그의 손가락의 작은 움직임 하나로

그가 어머니를 쓰러지게 한 것처럼, 어머니는 영원히

별들도 오지 않고, 하나님도 두려워할 곳에 쓰러지셨죠.

아버님은 책을 다 읽고 나면 덮듯이

눈꺼풀을 놓고 초를 옆에 놓았어요.

저는 그 얼굴에 가라앉은 돌처럼 조용하게 자리한

그의 입이 떠는 것을 보았어요,

그런데 그 입에서 소리가 났어요. 소리였죠, 그건, "돌아가셨다!"

"맞아요," 릴번이 말했어요. "바로 아버지가 — "

그이는 말을 멈추고 자기 아버지 얼굴을 쏘아보았어요.

바람이 갑자기 멈출 때 고요함을 들으셨지요.

총성을 들으셨지요, 그러면

총구에 드리운 얇은 연기와 함께 얼마나 고요하든가요,

바람도 흩뜨리지 않지요, 그 공중에 퍼지는 푸르스름한 예쁜
연기를.

방은 고요했어요. 나는 그이 아버지의 얼굴을 보고 생각했어요.

여기 우리 모두는 죽은 거에요, 살았다고 할 의미가 없어요.

시아버님이 손을 들어 올렸어요. 손은 떨렸지요.

애원하듯 손을 내미셨어요. 말하길,

"얘야, 얘야." 그게 다였죠.

*

그러나 릴번은, "그래요. 아버지가 엄마를 죽였어요. 아버지가요.

아, 엄마는 앨버말을 좋아했는데. 아버지가 이리로 엄마를 끌
고 왔어요.

나무숲도 꺼멓고 강물도 여름 내 냄새나는,

세상의 돼지우리 같은 곳으로. 온통 악취가 나고 들끓어요.

아 엄마는 앨버말을 좋아하셨어요, 나의 어머니께선."

그리고 릴은 울고 있었어요, 그때. 눈물이 흘러내렸지요.

나는 그이가 우는 것을 보았어요, 하지만 움직이거나 옴짝할

수도 없었어요,

그이가 아주 작아 보였어요, 그렇게 컸었는데.

그이가 아주 약해 보였어요, 그렇게 강하고 건장했던 그이가.

나는 눈물을 보았어요.

허지만 옴짝할 수가 없었어요.

그냥 그이에게 손만 대었어도, 손가락만이라도.

혹은 그이의 이름을, "릴"하고 아주 따스하고 작은 소리로 불

렀더라면.

그랬으면 모든 게 달라졌을 것을, 그리고 내내

밤이 깊도록 그이는 내 품 안에 누워 잠들어,

옆에서 따스하게 숨을 쉴 텐데, 그리고 결코

수탉이 비열하게, 혹은, 악의로 울어대어

내가 그이 머리카락 냄새를 맡을 어둠을 몰아내겐 안 할 걸.

그렇지만 나는 옴짝할 수가 없었어요.

R.P.W.

다시 말해, 당신이,

솔직히 말해서, 릴번을 용서할 수 없었단 거죠.

리티샤

용서요? 용서? 용서해주고 말고가 아니었어요.

그냥 내가 옴짝할 수가 없었다는 거죠. 세상이 얼음이었어요.
캐트 유모가 —

R.P.W.

캐트 유모가 뭘요?

리티샤

유모가 릴의 눈물이 흘러내리는 걸 보았어요.
유모가 그이의 손을 잡고 말했죠. "아, 릴아, 우리 아가."
마치 그이가 아기인 듯이, 그 옛날처럼
그이가 어려서 유모가 아기로 젖 먹였던 때처럼.

캐트 유모

내가 잘 먹였어요, 내 아가, 귀염이.
찌찔 먹였어요, 젖을. 그리구 끔찍이 이뻐했지요.

                    *

리티샤

눈물이 흘러내리니까, 캐트 유모가 그이 손을 잡고는,
"릴, 올 아가, 자, 코-하러 가자." 하고,
"아가" 그리고, "아가" 했어요. 그이는 아주 맥 풀린 듯 느릿느릿.
문 가까이 까지. 유모가 말했어요. "아가, 니 엄마가 돌아갔지.

그치만 나두 니 엄마지. 내가 니 젖두 멕이구."

릴이 멈췄어요, 그리곤 확 몸을 돌려,
섰어요. 그리고는 유모의 얼굴에 맞대고
"그래, 내가 유모 젖을 빨았지, 그렇지만 지금은 —"

그리고 멈추었어요.
그리고 유모는 "아가."

"그렇지만 지금은," 그이가 말했어요. "내가 그 꺼먼 젖 마지
막 방울까지 토해낼 거야.
싹 토해내겠어. 아, 하나님, 내 어머니가 돌아가셨어요!"

그이가 방바닥에 침을 뱉었어요.
방은 아주 고요하고, 죽은 사람은 침대 위에.
유모는 울었어요. 눈물을 흘리더라구요.

R.P.W.
그래요, 그건 고약했어요, 그가 한 짓은, 사실.
그렇지만 묘하게도 다소 변명은 돼요.
아니, 그런 본질적인 잔인성은 무엇으로도 설명이 되지 않지요.

리티샤

유모는 그일 사랑했어요, 그 뿐이에요.

R.P.W.

사랑했지, 물론,

그러나 그게 다가 아니지요. 사랑도 무기니까요.

상황을 봅시다.

자, 남부에서 자란 사람은

상황이 어떤 것인 줄 뼛속까지 알겁니다.

예, 유모는

릴번의 사랑을 얻으려고 몸부림하겠죠, 자기의 "아가"를 차지

하려고.

그렇지만 적이자 경쟁자인 루시 루이스는 어떻고.

경쟁자는 무기와 힘이 있어요.

친엄마고, 따뜻하고 친절하고 — 그리고 백인이고.

아주 효과적인 상대방의 무기는

백인의 사랑과 흑인의 사랑 사이에는

어떤 투쟁도 없으며—있을 수도 없다는 — 온화한 가설이라는

거죠.

어둡고 무서운 권력에 대한 암투는

공허하고 추상적인 권력이긴 하나,

그러나 역시, 결국은

투쟁할 가치가 있는 유일한 것입니다.

이 정도는 유모가 압니다.

*

그리고 자기는 무기 하나, 단 하나를 가지고 있다는 걸 압니다.
그건 사랑이죠. 그래서 친어머니가 임종했을 때,
유모의 사랑은 쓰러진 적에 대한
선언이자 승리지요. 그러니
릴번이 분노하고 격분해서 받아치는 거죠.

그래도 여전히 유모는 릴을 사랑했고, 그 사랑은 정당합니다.
루시도 인정하듯, 존중되어야죠.
이건 냉소적인 농담이 아닙니다, 정말입니다.
그리고 릴번은 ―

리티샤

남편은 숲속을 걸었어요. 어두웠지요.
우리가 부르고 불렀지만 그이의 개는 저 먼데서 짖었어요.
아주, 정말, 늦게까지 나는 침대에 누워 기다렸어요.
그리고 시간이 어떻게 흘러가고
우리의 이름 따위는 알지도 못하며, 우리를 알아보지도 않는지를 어둠 속에서 느꼈어요.

그런데 숲의 어두움 속에서 릴이 나타났어요,
머리를 어둡게 숙이고요.
"그런데, 아" 그이가 말하길, "어머니가 돌아가셨어!"
눈물이 떨어져 나의 잠옷을 적셨어요.
나는 무언가를 같이 느끼고 싶었지만, 그렇게 되질 않았어요.
아니 너무 여러 가지, 모두 다른 느낌을 가졌어요.
그러나 나의 손이, 저절로 움직이듯 어둠 속에서 그의 머리를
토닥이려 했어요.

내가 왜 도무지 아무 느낌이 없었을까요?

R.P.W.
감정의 분출이 무얼 바꿀 수 있었겠소?
당신하고 루시는
말투나 몸짓을 바꾸면 무언가 달라졌으리라 하며,
그 문제로 고뇌하려 하는데─

                    *

루시
아, 아니에요.

마음이죠, 마음의 변화요.

제퍼슨

아무것도 무엇이든 바꾸지 못해!
릴번이 게걸스레 모두 받아서,
세상이 주려는 모든 것, 모든 희망, 모든 마음 등을
저 쥐구멍 아래로 대가를 치렀으니까.

아무것도 변하지 않아.

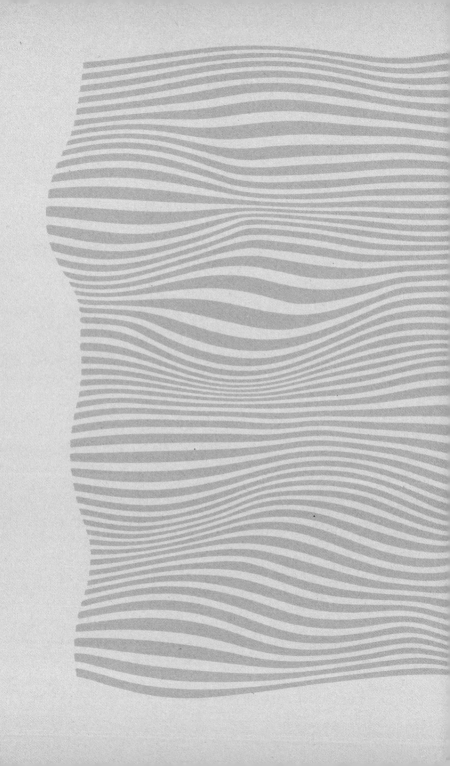

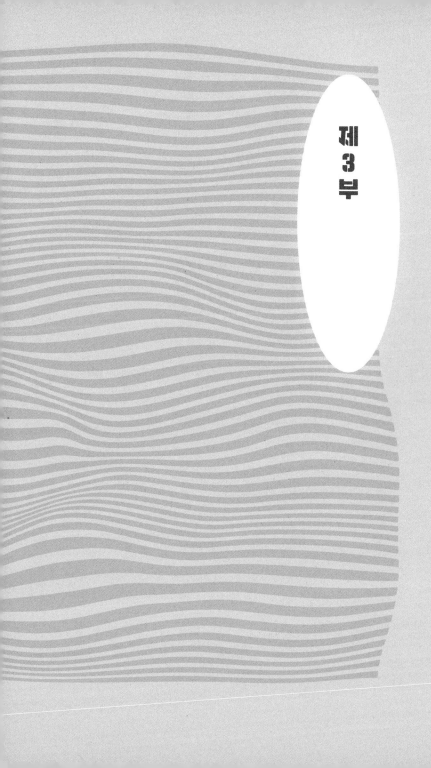

제
3
부

†

R.P.W.

릴번의 일상은 이전 그대로 그렇게 세월이 흘러갔습니다.

그들은 루시 루이스를 땅에 묻었습니다.

겨울입니다.

다코타 주에서 불어오는

바람은 반짝이는 얼음으로 무장하고

어둠의 별빛으로 휘몰아치며,

골짜기를 긴 숨으로 쓸고 지나갔습니다.

일천 마일이나 되는

멋진 강은 별빛 속에 차가운 얼음판입니다.

얼음은 한 발 두께요, 바로 아래,

저 생명의 맥박이 없는 어둠과

오싹한 영하의 강물 속에서 눈꺼풀 없는 커다란 메기가

하얀 배를

기분 좋게 차가운 꺼먼 진흙에 문지르며

매달려 있습니다.

그러나 아무런 감각도 없습니다. 완벽한 적응이 있는 곳에 어떻게

감각이 있겠는지? 생명체의

피는 지속적인 흐름의 온도입니다.

메기는 미시시피 강에서 살고

미시시피 강은 메기 안에 있고

얼음 밑에서 그 둘은

신과 하나입니다.

우리도 그렇다면!

바람이 일어납니다. 덤불 속 깊숙이

내밀한 곳까지 떨립니다. 밤나무에 달라붙어 있던

마지막 옹이도 항복합니다, 마지막 산사나무 열매,

주머니쥐가 남긴 층층나무 새빨간 열매도

고통이 지나가고 힘줄이 늘어지면 떨어집니다.

저 북쪽 커다란 침엽수는 엄숙하게 가지를 숙여

눈의 위엄을 내려놓습니다. 뿌득 소리가 그

고뇌를 말합니다. 참나무는

휘도는 강줄기 위 곳에 서 있습니다.

이백 년을 버틴 나무, 몸통은 단단한 쇳덩이.

참나무의 의견은 고뇌, 그러나

밤새도록, 야곱*처럼

대기라는 야멸찬 천사와 씨름합니다. 별들은 차갑고,

그 어스레한 빛은 지구 쪽으로

무수한 광년동안 경멸을 쏟으며,

대륙은 커다란 얼음의 죽은 눈동자처럼 하얗게 별빛 속에

반짝입니다.

바람은 그치지 않고 별들도 그러합니다.

왜 우리는 이 장면에서 지체할 필요를 느끼는가?

대답은, 내가 장담하건대, 모순적입니다.

지금 릴번을 재촉하는 힘은

다름 아닌 자연이 방출하는 불경한† 힘입니다.

생각 없고, 비타협적이고, 절대적인 힘입니다.

그런데 우리는 또한

곶에 있는 그 집에서 나와

눈을 들어

야생성이 수평선을 향해 다스릴,

얼음같이 순수하며,

---

* 「창세기」 인물인 이삭의 차남으로, 아버지를 속여 형의 축복을 가로챘다. 노여움을 피해
  도망치던 야곱은 밤새도록 천사와 씨름하게 되고, 결국 하나님의 축복을 받아낸다.

† 'the unhouseled force of Nature'에서 'housel'은 고어(古語)로 성찬집례를 뜻함.

렘브란트(Rembrandt, 1606~1669) 作 〈천사와 씨름하고 있는 야곱〉(1659)

무엇이든 자유롭게 하는 시선으로 바라보고자 합니다.
그래서 무수한 별빛 아래
명멸하는 야경이
순수한 얼음의 매혹적인 반짝임처럼
치명적 순수함을 나타냅니다.

그것은 인간의 트라우마로부터 우리를 자유롭게 하는 이미지입니다.

그 집의 벽들은 모서리가 깊습니다. 그런데도
촛불은 심지에서 떨고 있습니다. 바람은
굴뚝을 찾았고, 불꽃은
난로에 회오리칩니다. "이삼아,"
릴번이 말합니다. "그 빌어먹을 술병 좀 이리 다고."

술병이 우아한 디캔터*와 마데이라† 백포도주를 대신한지 오래입니다.

리티샤는 이층에 누워 있습니다. 노예들은

---

* 병에서 직접 잔에 따르는 대신 포도주를 일단 옮겨 담는 마개 유리병. 시각적으로 멋이 있고 향도 돋운다.
† 아프리카에 가까운 대서양상의 포르투갈령 제도.

그들의 오두막거처에서 들짐승들처럼 서로 붙어있지요,
존만 빼고. 존은 부엌 불가에서 졸며
주인의 침상 시중을 들려고 기다리고 있습니다.
아버지 루이스는 집에 없어요.
버지니아로 갔지요.

찰스

텅 빈 대기가 어디로 떠돌든
그것이 문제인가?
내가 아직 세금을 내고
사업 거래를 하고, 배를 채우고 비우고
세속적인 기준이 사람됨을 판단하고 하던 시절에도,
그때에도, 돌이켜 생각건대, 나는 때로
내 부츠가 흙길이나 젖은 땅에 남기는 자국을 보고
놀랐었지.
켄터키로 나는 나의 실체를 찾아온 것이야.
그런데 켄터키에서 나는
오로지 내가 살아가는 이유였던
단 한 사람을 잃었던 거지.
그러나 고백컨대, 그 상실감은
모호한 것이었어. 물론 슬펐지.
그런데 안도감 역시 있었어. 내가 더 이상

아내의 사랑에 걸맞는 사람이 되려고 노력할 필요가 없다는
데서 오는 안도였지.

아, 엄청난 사랑의 부담!

우리는 그 사람을 묻었지
거친 대지에 홀로. 내 마음속으로 나는 아, 여보,
나의 루시, 썩어서 무존재가 되어요, 들어가요
무존재의 깊은 세계로, 썩어서 잊혀져요
예정된 망각의 세계로,
무존재로 우리는 마침내
합당한 상호관계 속에서 사랑할거요, 무존재가
무존재에게.

그리고 뒤돌아서 먼 길을 취해 집으로 왔지요.
산을 넘어, 저 멀리,
그 행동으로도 똑같은 말을 한 거지요.
나의 씨와 당신 자궁의 열매가 썩어지기를.
이들을 어둠과 어둔 대지에 남기오.
내 아들의 눈에서
어둠의 장면과 밤의 나라를 보았소.
그더러 나의 운명을 완성하라 하시오. 안녕히.

그리고 나는 떠났습니다. 종말을 기다렸지요.

R.P.W.

그래서 릴번은 이제 혼자로군요. 가족들이 이제 그를 떠났으니,

아버지와 어머니, 아내, 그리고 늙은 캐트 유모.

아내와 유모가 집에 있어도,

그들은 외면하고 지나간 그림자처럼 떠다니니,

릴번은 자기가 배척당하고 있다는 것을 아는 겁니다.

저기 이샵이네요—저기 있어요, 내가 잊어버릴 뻔했네.

릴의 외로움을 비치는 거울일 뿐입니다.

그러니 릴번이 우리 앞에 처음 나타나,

외롭다고 소리소리 지르거나

어둠 속에 버려졌다고 불평하는 것엔 이유가 있는 겁니다.

그렇지만, 논리적으로

그들 모두를 쫓아내며 거부한 쪽은,

바로 그였다고

우린 말할 수 있습니다. 사실입니다. 그런데 그렇다고 해도,

진정 사랑이 필요한 자는

언제나 파괴자임을 기억해야 합니다. 그래서 파괴하는 거죠.

그리고 생명의 단일 체계에서

파괴란 단지 일탈된 창조임을 기억하세요.

생과 사는 모두 상처에 의해 일어난다는 것입니다.

그리고 태고의 의식을 통해 보면
영원한 권력의 패러독스 가운데
신은 격정을 넘긴 후에 슬픈 모습으로 등장하고 있음을
우리에게 가르치지요.
나는 사악한 사람이 그 사악함 중에도
결국은 하나님을 찾는다고
클레어보의 수도사 버나드*가 쓴 글에서 읽은 적이 있습니다.

제퍼슨

그렇지만 사실은 언제나 사실인데 —

R.P.W.

그리고 세월이 흐릅니다.
지금은 단단한 철의 시간입니다. 의무를 받아들여요,
그러면 연민이라는 수액은
가장 내밀한 곳으로 숨어들어
그 존재의 비밀스런 방에서 자려고 합니다.
그 방은 어디에 있냐고요? 세월은 흘러갑니다.

---

* 클레르보의 베르나르두스(Bernard of Clairvaux, 1090~1153)를 가리킨다. 신비 신학자이
자 시토회의 수도사였다. 스콜라적 문화에 반대해 성서나 교부의 권위와 기도를 강조함
으로써 수도원적 문화를 대표했다.

이제 새해입니다, 1811년.

"경이로운 해"*입니다. 징조가 나타날 겁니다.

땅의 문들이 흔들리고, 걸어 닫은

심장들은 큰 충격을 받을 겁니다.

남자들은 잠결에 말하고, 음산한 잠꼬대는

신부의 사랑을 시들게 하고, 그 정열은

질병처럼 근질거릴 뿐, 욕망의 딱지라.

때 아닌 흰서리가 밝은 햇살 아래 두껍게 앉아

늑대의 털처럼 경련합니다.

부엉이 울음 소리가 새로운 음역을 찾아내고

얼음이 깨지면 강물은 저절로 홍수를 이루고,

길 잃은 숫여우는 작은 언덕에 발이 묶인 채,

개암나무 줄기 사이에서 신경질적으로 울어댑니다.

그러다가 울음 소리는 똑딱똑딱 정확성을 띱니다.

첫 물살의 손길이 차갑게

여우의 배를 스칩니다. 그리곤 조용해집니다. 그는 부르르 떨고,

엉덩이를 차디찬 물길 아래로 늘어뜨립니다.

그러나 머리는 높이 듭니다. 단호한

주둥이는 장엄한 달과 삼각을 이룹니다.

---

* 원문에는 라틴어로 'annus mirabilis'로 표기돼 있다.

경련이 날 때까지, 그 짐승은
철학자 같은 괴로운 당혹감으로 달을 응시합니다.

샐쭉하여, 물이 움츠러듭니다. 진흙이 높다란
플라타너스의 하얀 가지에 딱지를 씌웁니다. 진흙이
냇가 바닥을 딱딱하게 굳힙니다.
벨벳처럼 파랗습니다. 질병은 6월에 시작합니다.
건강한 남자들은 기꺼이 죽습니다.
쉬는 숨에 텐트가 흔들립니다.
삼복 무더위, 별들이 떨어지고, 기도 소리가 그쳤습니다.
사람들은 희망을 안고 서부에 왔었던 것인데 이것이 서부입니다.

그러니, 더 이상 무엇을 희망하겠습니까?

건방진 혜성이 오랜 별자리를 밀어냅니다.
혜성이 너무 늦게 나타나서 사람들은 이제 두려워하거나 놀라
지 않습니다.
간척지나 화물선에서, 둔한 눈에나 보입니다.
밤이면 밤마다 그것은
거대한 숲 위에 떨리는 초록빛으로 황혼을 드리우고, 숲의
짐승들은 이 기이한 혼란스러운 현상에 참여합니다.
유사한 습관과 용기,

때 지난 욕망과,

이상한 음식에 대한 욕망 등은 달라집니다.

아우구스티누스˙가 말하듯이,

로마가 여론 갈등으로 혼란스러웠을 때,

그 와장창 시끄러운 불협화음이 만물에 반향되어, 들짐승들이

질서를 지키지 않았던 때나 같습니다.

다람쥐들은 남쪽으로 달아나지만, 오하이오 강을 건널 수 없습
니다.

수천 마리가 거기서 익사하며 시체가 모래톱 위에 수북이 쌓
입니다.

야생 비둘기는 올해 일찌감치 이동합니다.

그들의 똥에서는 이상한 냄새가 나서, 사람들은

구토하며 한때 귀하게 여기던 이 새를 거부합니다.

최악의 상황은 아직 오지 않았습니다, 그때에는 땅이 흔들릴
것입니다.

---

* 초대 그리스도교 교회가 낳은 위대한 철학자이자 사상가(354~430).

제
4
부

†

R.P.W.

헌데 아직은 아니지, 로키 힐에서는 일상이 진행되고.

절벽 끝머리에서 보면 봄 내내

고인 물이 잦아들고 있습니다. 옥수수는 글렀고. 그러나 잔디는

드문드문 엉성한 대로,

루시 무덤의 맨흙에 가지를 칩니다. 릴번이 집에서 나옵니다.

그는, 환한 대낮에, 조용히,

호색가나 도적처럼, 발소리도 없이 옵니다.

왼쪽 사타구니에 왜 성가신 통증이 있는 거지?

마을에서 술집 여자와 무리한 게야.

그는 취해 있었다, 그리고

분명히 기억하지 못한다.

리티샤가 그를 거부했던 거지. 뭐, 그게 그거야.

이제 그는 맨흙의 새 무덤을 응시합니다, 고통이 가슴 속을 후
빕니다.

사월. 여기 이 무덤은 이제 여섯 달이 되었고, 잔디는
이제야 초록으로 자리 잡은 모습을 보입니다.
둔덕 위는, 겨울에 조금 깎여 나가,
잔디 잎새 하나하나는
창백한 사월을 완벽하도록 창백하게 만들어버리면서
맨흙을 견딜 수 없다는 듯 갈 바를 모르고 비죽 순을 내밀고
있습니다.

그는 견딜 수 없습니다,
잔디의 모습도. 봄이 찾아와
진정이 되면,
그는 무언가를, 어떤 본질적 실재를
빼앗기리라는 걸 잘 알고 있습니다,
상처 난 흙의 모습을
그는 갈망합니다.
고통을, 비탄을, 숨찬 호흡을 갈망합니다.
아, 그게 현실이다!

잔디가 살아나면, 그러면, 남는 건 도대체 무얼까?
그의 심장은
황량함으로 황망하게 홍수를 이룹니다.
왜 고통스러운지 왜 아무것도 이해할 수 없는지?

이 순간, 바로 지금, 가장 아끼는 사냥개가 가까이 옵니다.
꼬리를 내리고, 혹은 조금씩 흔들면서, 느릿느릿.
네로는 주인 옆에 섭니다. 슬픈
머리를 들어 하염없이 연민에 찬 눈으로 올려다 봅니다.
사냥개는 힘없이 드리워진 주인의 손을 핥아 봅니다.
그러나 혀에 닿는 살의 달콤함과
짐승의 애정 어린 시선은
주인의 마음 저 구석으로부터 무언가를, 반사적으로 어떤 절
망감을 일으킵니다.
릴번은 사냥개 옆구리를 사납게 걷어찹니다.

그 행동에 그 자신마저 놀랍니다. 사냥개는
옆으로 나동그라졌습니다. 녀석은 달아나지 않습니다. 녀석은
풀밭에 배를 깔고, 릴번에게로 기어갑니다.
녀석은 뭔가 끔찍한 착오가 있었음을 압니다.
그러나 착오가 아니었습니다.
이번에는, 아주 고의적으로, 걷어찹니다.
사냥개는 눈을 감고 부르르 떱니다, 얻어맞습니다.
그리고는 달아납니다. 그리고 릴번은 그냥 그렇게 서 있습니다.
망연자실, 다사다난한 해

4월의 햇빛 속에.

얼마 후, 계면쩍어진 그는 사냥개를 찾습니다. 녀석은
그를 용서하고, 그의 손을 핥습니다. 그런데 릴번은
기쁘지 않습니다. 그는
영혼의 회복 같은 말할 수 없는 기쁨을 느끼고 싶습니다.

그날 밤 그는 노예를 때립니다. 잘못은
대단한 게 아니었습니다. 컵이 깨졌습니다
루시 루이스가
아침에 차 마실 때 항상 쓰던 것이었습니다.
그 자체로 대단한 가치가 있는 것도 아니고.
깨뜨림 역시, 우발적 사고였습니다.
노예는 반발합니다, 루이스의 집에서는
모든 기율이
그날그날 관대한 처벌로 다스려왔기 때문입니다. 반발하다니,
그게 그의 실수입니다.
　다음 날 아침 채찍을 맞고, 그것도 릴번이 지키고 서서
　매의 숫자를 세고, 적절한 세기였는지를 평가합니다.
　또 존입니다, 방금 열여섯 살이 된 소년.
　그리곤 릴번은 술을 마시러
　말을 타고 마을에 내려갑니다. 길모퉁이를 돌아서는데

존이 도망칩니다. 그의 세상이 온통 뒤집어진 겁니다.

참을 수 없어. 숲을 향해 질주합니다. 두 번째 실수입니다.

당시 검둥이가 도망할 곳이 어디란 말인가?

굶어죽기 아니면 머리 가죽 벗기우기, 그게 전부다입니다.

그래서 배에서 꼬르륵 소리가 나거나

머리 꼭대기 상투가 별거냐는 생각이 들면 그 녀석은 집으로

돌아올 것입니다.

그 머리에 상투가 아직 붙어 있다면 말입니다.

그래서 집으로 채찍을 맞으러 갑니다.

폭력은 간계를 낳고, 간계는

폭력을, 그리고 모르고 깬 첫 번째 컵은

일부러 깬 열두 개로 이어집니다.

그렇지만 누가 깼는가? 아무도 모릅니다.

컵들이 이젠 거기에 없다는 것 뿐, 벽의 못에도 선반에도.

스푼들이 사라집니다. 어디로?

그게 이젠 하인들에게 문제가 되지 않습니다.

늙으신 마님의 컵이었다는 사실. 루시 마님의 컵이나 스푼들.

그들은 마님을 사랑했습니다. 사랑하니까

옛 남부를 찬양하던 작가 T.N. 페이지˙의 말처럼 들리겠지만,

---

* 토머스 넬슨 페이지(Thomas Nelson Page, 1853~1922)를 가리킨다. 소설가, 수필가, 시인

현대적이라면 침흘리는 우리의 위장이 쉽사리 소화 못한다면,
그렇다면 이렇게 말하죠. 종속된 입장에 처한
흑인들 즉 사라져가는
노동제도의 희생자들(자, 우리가 "부도덕한 노동제도"라고
말할 순 없잖소, 현대적이지 않을 테니,
양쪽 다를 취하는 사람들을 빼고 말이오) ─그 흑인들은
감언이설에 속아 자기들을 상위 그룹의 대표와 동일시하도록
길들여졌다는 겁니다. 말하자면, 여주인을,
다시 말해, 그들은 "꽤~나"* 마님을 좋아했다는 거죠.
이런 말도 되지요. "어, 마님은 검둥이 맘을 이해하셨어."
그게 사랑이 아니면, 하여간 그 비슷한 것이지요.

그래요. 그들은 어둠의 세력과 사탄 자신으로부터
마님의 스푼들을 지켰을 겁니다.
싸워야 한다면† 응당한 충성심을 가지고.
그러나 이제 마님은 돌아가셨습니다.
그래서 그들은 마님을 증오하게도 되었어요,
컵이 돌에 부딪혀 반쪽이 난다든지, 스푼이 떨어져

이었다. 남북전쟁 이전 시기 옛 남부의 영화를 노래한 작가로 유명하다.

* 원문은 'tol-bul well'로 되어 있다. 'terribly well' 또는 'tolerably well'의 의미로 옮겼다.

† 원문은 "if it came to a tight"이나 'tight'은 'fight'의 오식으로 보임.

물 속 저 깜깜한 데에 가라앉아[*] 희멀겋게 비치는 그 순간에
그들이 이를 설명하려면 마님을 증오할 수밖에 없는 겁니다.

*

스푼, 컵 따위를 남자가 찾으러 다닐 수는 없지.
여자라면 몰라도. 리티샤가 아프지만 않아도.
그렇습니다, 여자라면 괜찮지. 리티샤가 불시에
설거지 때나 상 차릴 때 나타나 살펴본다 해도, 그래도
부엌에선 괴이하다 여기지 않습니다.
그들은 말할 겁니다. "아씨는 — 알잖아, 맨날 그렇지 뭐."

그렇지만 남자가 그러면
괴이하고 부자연스럽죠. 남자는
그런 게임의 규칙을 도무지 모르니까 말입니다.
한낮,
릴번이 그냥 낮술에 취했을 뿐, 아직 야밤 대취는 아닌데
(대낮의 취기—입가 왼쪽이
위로 살짝 경련하는 것으로 알 수 있는 단계),
부엌의 그 컴컴한 동굴 한 가운데,
흰 눈동자가 데굴데굴하고 번득이는 가운데,

---

[*] 원문 "Glimmers to die in the dark..."에서 'to die'는 'to lie'의 오식으로 보임.

와서 "내 어머니의 스푼들을 다 보고 싶다!"고 한다면,
언제나 한 개가 모자랍니다.

언제나 누군가가 다칩니다.

그러나 릴번이 제일 많이 다칩니다. 그는 무언가
끔찍한 일이 자기 어머니에게 일어나고 있다고 느낍니다.
무언가가 무덤의 맨흙 위에 잔디를 살아나게 하고 있습니다.
살이
어머니의 뼈에서 떨어져 나가서,
그 얼굴의 표정을 바꿔놓습니다. 맙소사, 내가 그걸 중단시켜
야지!
그러나 비밀의 손길을 막을 수 없습니다.
흰 도자기, 은 식기에 닿는 검은 엄지손가락, 단 하나의
검은 손가락이 괴팍스럽게 얼굴뼈에서 살을 뜯어냅니다.
그가 이러한 이미지들을 보는 것은 아닙니다. 다만, 그걸 느낍
니다.

그리고 몰래 살펴보는 시선을 느낍니다.

제퍼슨
살피는 거 맞아! 그놈들은 어두운 데서 샅샅이 살펴봐.

놈들은 요리를 가져다 놓고는 무표정한 얼굴로

외면하고 서 있어, 그러나 곁눈질로 자물쇠도 여는 그 검은 눈길은

비밀스런 당신의 약점을

긴장시키지.

그래, 놈들은 사람을 놀라게 해.

만찬 중에나 일을 볼 때나 색을 탐하는 순간에 말이지.

그래서 자신의 내면을 살피다 보면,

가장 내밀하고 추악한 순간에 우리는

묘한 비난과 내색하지 않는 눈초리를 대면하는거지.

물론, 곁눈으로.

R.P.W.

가만 생각하니

릴번을 위해 무슨 변명거리를 찾고 계시는 것 같습니다.

제퍼슨

이봐요, 우리는 그들의 기척을 느끼지 못하지. 왜냐면

놈들은 사뿐사뿐 기척도 없이 다니거든.

침묵보다 더 사뿐하게.

그리고 순수성은 아무 소용이 없어 ― 나는

순수하려 했지만, 저 눈들이 ―

R.P.W.

그 눈들이 보고 있었습니다. 그런데 당신은

최근 흉년시절에 ─ 당신이 훈련시켜놓길 잘했지요 ─

흑인 단순공들의 기술 덕분에

살았음을 잊지 마십시오.

글쎄, 주제넘은 얘기지만, 구름처럼, 산 높이 떠 있는

우리 자유의 꿈, 그 둥근 천장의 몬티첼로를 짓는데,

흑인의 땀이 꽤나 필요했습니다.

메리웨더

보세요! 저기 떠 있네요!

파란 하늘을 배경으로, 어르신의 꿈이 떠 있네요, 저 구름이!

제퍼슨

나는 세상을 살아보았어.

그건 사실이지. 그렇지만 내가 인간의 가능성을

마음에 그리려고 했다는 것도 사실이지.

R.P.W.

그러구 말구요. 사실입니다. 그렇지만

고향에서는 참기 어려운

교활한 눈초리를 하고

제임스 홉킨스의 농장(1862~63년경)

흑인 노예들이 고구마를 재배하고 있다

못 알아듣도록

쉬쉬한다는 걸 누가 모릅니까.

뭐가 어쩌고 어째?

저요, 주인님? 저 말입니까?

그럼 누구겠어?

저요, 주인님?

그래, 너— 대체 뭐라고 지껄였어?

주인님, 전 암말도 안 했는뎁쇼.

언제든지 아무것도 아니라지만, 언제나 뭔가 있습니다.

그리고 당신의 자아라는 깊은 그릇에 이제 찌들은

찌끼가 뒤섞이고 헝클어져 떠올라,

합리적인 순수의 영액을 뿌옇게 만들어 버립니다.

사람들을 공평하게 다루었다거나

인종 문제에 가장 진보적인 견해를 가졌다고 말하나 마나입니다.

종교 재판관이 그런 사소한 것들로

달라질 거라고 생각하십니까?

제퍼슨

나를 가르치려하는거요?

인간이라는 개념을 변호할 길이 없다고 하지 않았나.

그리고 릴번에 관해서는, 당신이야말로

그를 변호하려는 것 같소.

R.P.W.

아닙니다, 그 친구를 변호하진 않으렵니다. 아니죠, 그건 아닙
니다.

일단 그가 이리 된 이상, 운명을 탓할 필요는 없습니다.

그리고 나는 릴번이 어떻게

별들이 땀 흘리고 사랑스런 두꺼비가 제집에서 우는

그 시각에 이르렀는지 알고 싶은

병적인 호기심이 많은 걸요.

그런데 알다라는 단어보다는 추측이란 표현이 더 낫겠습니다.

릴번조차도 안다고는 할 수 없었을 테니까요.

행해진 행위 하나하나가 엄청나다는 것을 알았을 뿐입니다.

비현실감이 안개처럼 그의 주위에 피어올라

그 안개를 뚫고 세게 쳐서

실제적인 것과의 접점을 찾아내든지,

비명을 질러서라도 자신의 실체를 드러낼 어떤 것을 찾아야
합니다.

그래야 그 비명 속에서 마침내 불쌍한 릴번 자신의 실체를 확
인할 것입니다.

결국 우리가 원하는 것은 그것입니다.
리얼리티.

혹은 다르게 보자면—얼마나 우스운가, 정말로,
사랑을 가장 갈망하는 자가
사랑받는 것을 견디지 못하니 말입니다, 사랑은
오로지 죄과의 형태로 오니까! 그래서
남몰래 소망하며 꽁꽁 가두고 번뇌하는 고립을
끝내 성취하려는 자를, 사랑은
파멸시켜야 합니다.

이렇게 보면, 그는 이제 거의 끝난 셈입니다. 릴번 말입니다.
어머니와 아버지는 안 계시고, 리티샤는 아프고
그가 다가가면 미동도 없이 입술은 하얗고
캐트 유모는 실쭉샐쭉 깊은 슬픔에 잠겨 있고
노예들은 모두 병적인 증오로 느려터지고,
사냥개조차 아양을 떠는 달콤한 한때에도
릴번의 오른쪽 구둣발을 경계하는 눈초리를 보내고 있는 겁니다.

적어도, 릴번은 이렇게 생각합니다, 그리고
오른 다리에 신경과 근육의 경련을 느낍니다.
그는 그 놈을 밀쳐냅니다. 사냥개를 걷어차고 싶지 않은 겁니다.

정말로 그러고 싶지 않습니다.

그러나 그런 가능성이 괴롭고도 달콤하게 커집니다.

이제 사랑처럼 커져서, 그래서 그는 소리칩니다.

"술병 가져와, 존, 빌어먹을, 빨리!"

존이 옵니다, 곁눈질하며, 손은 어쩔 줄 모르고,

그리고 릴은 땀이 꼬부랑 머리칼을 타고 내릴 때까지 그를 노려봅니다.

그리고 기뻐 떨듯이, 속삭이듯이 말합니다.

"너 정말 느려터지구나, 궁둥인 질질 끌구, 굼벵이* 녀석."

그리고는 이샴을 봅니다.

이샴

그래요, 그래요. 형이 나를 보았어요!

내가 거기 앉았는데, 말하기를, "왠지 몰라,

난 저놈의 어슬렁거리는 검둥이 새끼를 참을 수가 없어.

내게 그냥 무슨 짓을 저지르는 것 같아

내가 참을 수 없는 무언가를." 그리곤 한 모금 들이켜요.

그리고 나는, 나는 아무 말도 안 해요.

---

* blue-gum: 미국 남부 백인들이 게으르고 일하기 싫어하는 흑인을 비하하는 속어.

R.P.W.

무슨 할 말이 있겠소?

이샴

그리고 릴 형이, 내가 아닌 듯이 나를 봐요,

그리고 말하길, "넌 그냥 거기 앉아 한 마디도 없구나."

그리고 나는, "그냥 아무 할 말이 생각나질 않아요."

그리고 그가, "누구 편이야, 너 지금, 저놈이야, 나야?"

그리고 나는, "아니, 형, 좀 들어보세요—이거 보세요 지금—"

그리고는 릴번, "나가 뒈져라, 그러니까 넌 그놈 편이구나."

그리고는 벌떡 일어나 식탁을 세게 쳤어요.

"아, 형!" 내가 말했어요. 그리곤 갑자기, 형이 가버렸어요.

R.P.W.

아직 그 옛날 술수를 쓰는구먼. 그렇지만 물론,

그가 만들어낸 술수는 아니지. 그런 술수는 전에도 보았어.

"너 누구 편이야?" 혹은 "너도 나를 반대하지."

그렇다면 더 기다려볼 건 없지.

이샴

네, 형도 때론, 야비했어요, 그렇지만 그게 릴 형이었죠.

내가 어렸을 땐 야비하지 않았어요. 우리는 씨름을 하곤 했지요,

그렇지만 후에, 한 번은, 내게 힘이 생겨가면서,

내가 형을 못살게 굴었을 때, 형을 거의 압도한 적도 있었죠,
그렇지만 형은

고양이처럼 그저 꿈틀했어요, 그러고는

교활하게 나를 잡았어요. 아뇨, 던지려한 게 아니라,

들어 올려서 동댕이치려고요.

그리곤 자기는 그저 웃고 섰지요,

말했어요. "넌 남자가 되려면

옥수수빵과 버터밀크를 좀 더 먹어야겠구나!"

저는 그냥 거기 누워서, 내 숨은

벅차고, 울 지경이었지요.

아파서가 아니라, 그냥 형이

나를 사랑하지 않아서죠. 그리고 티시가 제게 달려오니까. 형
이 말하길

"그놈 내버려둬, 자빠져 있게!

혼이 나봐야지."

그러고는 가버렸어요.

"형이 그러려고 그런 건 아니란다." 우리 어머니는 말씀하시겠
지요.

"그저 그 우울증이 온 거란다. 형은 그래도 너를 사랑하지."

그렇지만서도 ―

R.P.W.

그렇지만 뭐요?

이샴

정말 이해할 수가 없어요. 마지막에는요.

R.P.W.

마지막, 무어죠?

이샴

에이, 이제 와서 그 일을 말하는 게 무슨 소용이람.

그게 어떻게 서서히 다가왔는지를 말해야 해요.

그러곤 갑자기, 총성처럼요.

네, 그리고 형의 얼굴은,

그 얼굴은 계속 노려보고, 그런데 내 입술은 움직이질 않아

"아유, 형"이라고 하지도 못하지요.

그러나 이미 일은 벌어졌어요.

이미, 멀리서,

숲속 저 멀리서 어떤 쌍놈의 큰 새가

머리가 터지라고 미친 듯 노래하고,

내가 달리 할 일이 없어서

그 미친 새 머리 터지는 소릴 들어야 하다니.

하지만 숲에선 아무런 소음도, 찍소리도, 없어요.

잎새마다 고요하게 달려 있고, 그저 그 미친 새만.

나는 서 있고 형은 나를 쳐다보아요.

그리고 내가 만일 그 미친 것에 잠시라도 귀를 기울이면 아마도

그러면 아마도 아무 일이 안 생겼겠지요. 그렇지만 릴, 릴번 형이

형이 쓰러져요.

R.P.W.

순서대로, 더 체계적으로 이야기하자는 게,

바로 자네의 제안이었지.

그리고 빌어먹을 마지막 그 일이 무엇이든

끝까지 가자고. 내가 요약해볼까.

자, 시작은 이래.

루시가 죽자, 상황은 악화된다.

릴번은 스푼과 교양의 이름으로

노예들을 폭행한다.

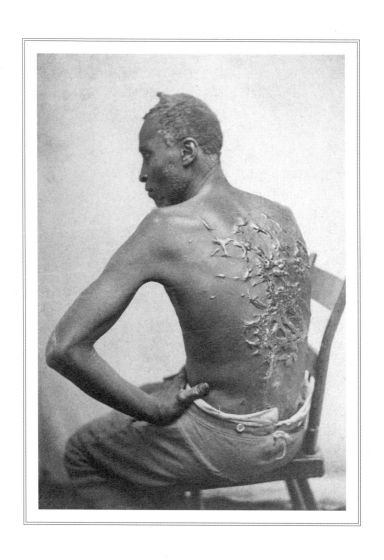

도망친 노예의 등에 나 있던 회초리 자국 흉터(1863)

어떤 병리학적인 가학성이 그에게 생겨난다.

존이 가장 힘들게 당한다. 릴번은 그를 견딜 수 없어 한다.

그런데 존은 그의 몸종이다.

존은 숲으로 달아났다가, 돌아오고, 또 얻어맞곤 한다.

술은 갈수록 심해지고—

자네는 자네가 그렇게 사랑하는 그 형과 단둘이 남아 있다.

이샴

그렇지만, 형을 아실 수 있다면, 형이 어떤 사람이었는지를요.

형은 대장부에요 그리고 정말이지 힘이 좋았죠.

우울하지 않을 때는 웃고 흥거워했는데,

"우리 이샤미 꼬마," 이렇게 말하곤, "우리 이샤미 꼬마"

그리고 부락에서 씨름을 할 때는

곰을 보는 듯 했어요. 당당하기가, 아 그게 릴이었지요.

살쾡이를 보는 듯 했어요, 교활하기가, 아 그게 릴이었지요.

기민하게 뛰고 또 뛰어오르는 표범˙

그리고 그건 릴의 웃는 얼굴이었어요.

이는 하얗게 빛나고, 크게 웃으며,

그 커다란 덩치의 싸움대장을 꽉 잡아 하늘만큼 들어 올렸어요.

땅이 갈라지는 소리가 들렸어요.

˙ 원어 'painter'는 'panther'의 변형.

그랬더니 사람들이 일제히 고함을 질렀지요.

형의 이름을 크게 부르며, 나는 더디 감동하는지라,

내가 아주 어려서—"어, 저거 우리 형이잖아!"

내가 기도하듯 했어요. 그저 쪼끄만 녀석이었던 제가요.

하나님께 나도 우리 형처럼 되게 해달라고 했어요.

그리고 형이 나를 사랑하게 해달라고, 그때 내가 형을 사랑했
던 것처럼.

R.P.W.

자, 그건 완벽한 준비였습니다, 물론.

그리고 자네는 꼼짝없이 릴번의

싸움의 상대로, 욕하고, 모멸주고 하는 대상이 된 거지,

절대 지나치진 않고, 꼭 알맞은 정도로만 말이지,

그리고 모두, 모든 행위는 사랑해서 그런 거라고.

고양이와 쥐지. 심장이

영광 속에 핏방울 꽃처럼 터지는, 할렐루야! 놀랍고도

진실로 눈부신 순간을 위해 자네 형은 자네를 아껴두었어.

그는 성령강림절 같은 성령 충만의 순간을 기다리는 거지.

그때가 오리라고 알고 말이오.

그래서 그 아름다움은 지속되고

그렇기 때문에 자네를 그저 아껴두고

고립 가운데 지냈지.

그러다가 자네를 다시 낚아채서,

끌고 가네,

자기 어둠의 세계로,

어둑해가는 덤불 속으로 더 깊이깊이.

그리고는 자네 앞에서 영영 사라져.

자네 앞에서 미소 띤 슬픈 얼굴로 손짓하면서,

미소 속에 연민을 띄고 입을 벌려

소리 없이 말하지,

"아, 이시, 사랑하는 이시."

그리고 자네 앞에서 사라지네. 가버려. 그리곤 다시 다가와.

그리고 더 컴컴한 숲이 저 너머 솟아올라,

자네가 몸을 던질 때, 죄처럼 가시가 자네를 찢고,

거미줄이 자네를 속박하고

그 약한 힘으로 굳세게 자네의 얼굴을 감싸네.

아, 더 깊고 깊게, 어둠은 중심도 없는가?

아, 더 깊게! 밤은

일격을 가하기 전에 잠시 멈추는 순간도 없는가,

희망이 행복하고 어둠이 축도처럼 드리우며

풀냄새를 맡아보는 그런 순간도?

어둠 속에서 풀잎의 이슬 냄새가 어떻든가요?

혹은 그게 그랬나요?

이샴

어떻게 일이 닥치는지
가늠할 방법이 없습니다.

R.P.W.

그리고 여름이 지났지. 질병이
나라를 떠돌았고, 밤바람 이동에,
자연은 낡은 헛간 문처럼 문설주를
삐걱거리게 했지.
그리고 온갖 재앙이 꽃피어 끔찍한 해가 되었네.
유성이 광휘를 뿌리며 왔다가기도 했어.
자, 1811년 12월 15일.
이날 정확하게 무슨 일이 일어났는지 기억되나요?

이샴

아, 아무것도, 아무 일도 일어나지 않았어요. 그냥 보통 날이었죠.
그러나 사흘 전이었죠. 일이 터졌어요.
존이었죠, 도망쳤다가 다시 돌아온 겁니다.

R.P.W.

아이쿠, 잊을 뻔 했네. 맞아, 릴이 존을 또 폭행했지.

이샴

보통 날인데,

그날 어둠이 내리깔리고,

세상이 지친 듯이 말이죠.

여러 해가, 세월이, 모든 것들이 다 지나갔어요.

이제 벽난로의 불길은 잦아들고요. 그럼 우린 장작을 지피죠.

형은 술병을 가져오라고 소리쳤어요.

R.P.W.

이제 밤이 드리우게 하시오

공포감은 시시각각 달라지겠죠.

한창 때 품었던 오만한 욕망과 착오는

절대성을 갈망하는 가운데 다스려집니다.

모든 생명은 그만의 이름을 높이고,

그 목적으로 정의되기를 열망하기 때문입니다.

그러니 어두워진 지금

릴번의 심장에서 영문을 모르는 자양분을 취하여

꽃처럼 피어나듯, 검붉은 불꽃이

긴 역사가 토해낸 엄청난 쓰레기,

오물과 더러움과 썩은 것과 인간의 고뇌와,

그와 함께 인간의 희망도 드러내게 하라.

그래, 이 최후의 팽창기를 맞아

살진 내면의 지하 감옥으로 부터

릴번으로 하여금 말하게 하라.

형이 뭐라든가, 이샴?

이샴

제가 우리 어머니를 진정으로 사랑했느냐고 물었어요.

R.P.W.

그래, 자네는 뭐라고 했는데?

이샴

언제나처럼 사랑했다고 말했습니다.

그리고 한 번은 밤에 엄마가 내게 노래해주는 걸 꿈꿨다고요.

그랬더니 형이 "그만!"하고 소리쳤어요. 그리고 의자에서 벌떡 일어났어요.

그러더니만, "너 지금 무슨 생각으로 그따위 거짓말을 내게 하는 거냐?"고 따졌어요.

그렇지만 저는 "진짜야, 엄마가 오셨어. 와서 노래했어.
엄마가 와서 내가 어릴 때처럼 몸을 숙이고는 —"

그랬더니 형이, "빌어먹을 거짓말, 너는 그런 꿈을 꾼 적이 없어.
나는, 나는 그런 꿈을 꾸지, 난 알아.
어머니가 오셔서 옛날처럼 미소를 지으시면
나는 어머니가 부드럽고 낮은 소리로 노래하시길 기다려—
그렇지만 아, 노랫소리도, 가사도 하나 없어, 그리고 얼굴은,
죽은 얼굴이야."

그때 형은 자기 얼굴을 가까이 들이대고,
"너 그런 거짓말 다시는 하지 마라!"
그런데 얼마나 불쌍하든지 내 마음이 아팠어요.
"아, 이시야, 이시, 어머니는 한 번도 내게 노래를 안 해주신다!"

그래서 제가, "하지만 봐요. 꿈일 뿐이잖아요."

그리곤 형이, "엄마는 돌아가셨어. 시커먼 흙이 엄마의 노래를
질식시키지.
그렇지만 네가 엄마를 사랑했다면."

그리고 저는 말했어요. "그렇지만 형! 엄마를 사랑해!"

그리고 형은 거의 속삭이듯 말해요. "저것들이 어머니의 스푼을 훔쳐가."

그리고 저는, "그렇지만 형—"

형이 내 어깨를 잡았어요.
"저것들이 어머니가 누워 돌아가신 홑이불을 찢어,
그렇지만 너는 상관 안 하지. 아, 너, 너는 엄마를 사랑한 적이 없어!"

그리고는 가까이 몸을 기대요.

R.P.W.
몸을 기댑니다. 밤에
틀림없이 무슨 일이 일어날 거 같습니다.
릴번은 지금이야말로
자네가, 자기의 귀여운 동생 이샴이,
진정으로 그를 사랑하여 그의 손을 잡아줄지를
판가름할 수 있다는 것을 아는 거지.

이샘

그러고는 선반을 가리키며,

말해요. "저기 꽃무늬 찻주전자 보이지,

금빛으로 빛나는. 어머니가 그렇게 애지중지하던 거.

대통령 오빠가 주신 거 말야.

그래서 어머니가 저걸 저 높이에 잘 보이게 놓으셨지."

나는 찻주전자를 보고 형의 얼굴을 봐요.

"봐," 형이 말해요. "다들 기다리고 있어. 기다리고 있다구!"

할 말이 없어요. 나는 형의 눈을 봐요.

형은 찻주전자를 내리곤 얼른 뒤로 물러서요.

"너는― 아, 네가 어머니를 사랑했다면―"

형은 찻주전자를 손에 쥐어요.

형은 노려보다가 머리를 홱 쳐들고 소리쳐요: "존!"

그리고 존은, 그 놈이 부엌에서 나와요.

불 앞에 쭈그려 앉아, 검둥이 버릇대로 그저 졸고 있다가.

발을 질질 끌며 와요.

이제 일이 묘해져요. 나는 존을 미워한 적이 없어요.

전엔 말이죠. 녀석은 검둥이일 뿐이니까.

그런데 이제 저렇게 연약한 모습으로,

연약해서 쓰러질 듯, 눈만 굴리는 걸 보는 것은,

그건 내 맘속에 증오만 일으켰어요.

저 검둥이 존을 증오할 수밖에 없었다구요.

녀석이 저렇게 빌어먹게, 야비하게 연약하니 증오하는 게

달콤한 기쁨이었죠. 그리고 형은

위스키에 섞을 물이 필요하니

샘에 가서 길어오라고 말하고 있었지요. 그때 나는 알았어요.

그리고 릴번은 주전자를 거기 존에게 내밀고 있었지요.

내 그럴 줄 알았어요. 존이 그걸 받았어요. 내 숨이

가빠졌어요. 내가 그냥

"이봐, 존, 그걸 받지 마!" 할 수는 없는 거죠.

아시죠, 그 아이가 받아들기를 바라는 거죠.

그리고 릴번의 목소리가, 저 멀리서, 말하고 있어요.

"그건 우리 어머니의 찻주전자야. 어머니가 아주 아끼셨지.

누구든지 우리 어머니의 찻주전자를 깼다가는——

더는 말하지 않으마.

자, 가 봐!"

존이 문께로 움직여갔어요. 그러자, "잠깐!"하고 형이 멈추라네요.
나를 보고, "자, 내 동생아,
우리 식구들을 깨워 불러오지 그래
(농가용)고깃간으로, 불을 지피라고 해.
우리 식구들이 여기 와서 감기 들면 곤란하잖아.
그리고 노래를 하라고 해, 주바춤*을 추든지.
존하고 내가 돌아올 때까지 그냥 시간을 좀 보내라구."

*

그리고는 돌아서 와요. "아" 하더니, 선반에서
권총 상자를 내려
내게 주며, "장전해"라고 말해요. "이놈의 검둥이들은—
맡아 둬, 애들이 흥분할 경우에 유용하지.
나는 존하고 같이 가겠어. 말이지,
저놈이 때론 어둠을 무서워하거든. 하지만, 존,
너 오늘밤은 괜찮아. 내가 바로 네 뒤에 있거든.
우리 불쌍한 존이 붉은 대가리 요괴 땜에 겁먹지는 않아야지."

---

* 콩고 노예들에 의해 미국의 사우스캐롤라이나로 전파되어 남부 농장지대에서 노예들이
모여 추던 춤이다. 손바닥으로 다리, 팔, 가슴 등을 두드리며 리듬감을 주는 것이 특징이
다.

둘은 갔어요. 형은 조용히 뒤따르고,
그리고 조용조용하게, "저 찻주전자 — 를 깼다가는 —"

R.P.W.

그래서 자네는 고깃간으로 내려갔나?

이샴

우리 식구들을 모두 깨웠죠, 캐트 유모만 빼고.
유모는 티시가 찾을 경우를 대비해서 본채에 있어서요.
모두들 불을 피우고 고깃간을 준비했지요.

R.P.W.

준비라니, 뭣 땜에?

이샴

뭣 때문이냐구요? 내가 알았더라면—
그게 된통 괴상하단 말입니다.
알건 알지 못하건 다를 게 없으니 말이죠.
일어날 것이
어쨌건 일어난다면, 그렇다면 무슨 소용이—
그렇지만 내가 알았더라면—

R.P.W.

자, 또 그러네.

저 버릇 또 나오네, 절망 타령 말이오.

"내가 만일 알았다면"이라니, 위대한 역사라는 기계는

인간의 후회라는 그 윤활유 속에

기어를 잘 물려서

돌이킬 수 없는 변증법으로 진행하거든. 말하자면,

"만일 알았다면"이 아니라면. 다시 말하자면,

앎 차체에 대한 더 새롭고 나은 정의를 우리가 가지지 않는 한
말이오.

이샴

글쎄, 알기란, 제길, 그냥 아는 거지 뭐,

뭐든지 하여간 아는 거.

R.P.W.

아니지, 알기란

아마도 일종의 존재일 걸. 그리고 자네가 알면,

뭔가를 완전하게, 정말 알 수 있다면,

그러면 자넨 달라지지. 그리고 아마도 모든 것

또한 달라지는 거지, 어쨌든.

아, 이거, 도움이 안 되네.

불이 높아서 탁탁 터져 굴뚝이 웅웅거리고,

빛과 그림자가 같이 춤추며 흔들리고,

자네의 손은 권총 방아쇠에서 땀을 빼고,

놈들은 벽 쪽으로 밀려 쭈그려 앉고,

자네의 입은 움직움직하는데,

말은 나오지 않아. 그때, 문이 열리면서 —

이샴

쓰러지듯 들어온 것은 존이었죠.

누군가가 밀친 듯이 무릎과 팔꿈치로 엎드러졌어요.

그런데 아무도 밀지 않았어요, 그냥 그 아이가 쓰러지듯 들어
온 거예요.

뛰고 뛰어서 간신히 도달하듯이.

또는 수영하다가 너무 멀리 간 사람이,

급류에 휩쓸리고 떠밀려서, 하늘이

높이 흔들리고 태양이 어두워지고 눈동자가 튀어나오지만,

마침내 해낸 것같이. 그 아이는 바닥에 쓰러져요.

그렇게 그 검둥이는 그냥 쓰러지듯 들어왔어요.

찻주전자의 손잡이, 그는 손에 그걸 쥐고 있었어요.

그런데 찻주전자는 없었어요. 정작 찻주전자는 거기 없었지요.

R.P.W.

그게 놀라웠나요?

이샴

아니요. 나름 자연스러웠지요. 놀랠 일은 아니었어요.
오래 전에 일어난 일처럼.

R.P.W.

그리고 존 자신은, 틀림없이,
오래 느껴온 어떤 기이한 일이 완성된 거라고 느꼈겠지요.

이샴

그리고 깜깜한 바깥에서 목소리가 들렸어요.
어두운 공중에서 나는 목소리 같았어요.
그러나 그것은 릴번의 얼굴이었습니다. 말했어요. "들어갓!"

존이 기어들어왔어요. 형이 문을 닫았어요.
"저놈을 묶어." 그래요, 그게 형이었어요.
아무도 움직이지 않았지요. 나도, 검둥이도 어느 놈도.
형이 말했어요, "정확히 일 분을 줄 테니 네놈들

버지니아 주 캠벨 카운티에 위치해 있던 그린힐 농장의 노예 경매 블록

저 망할 놈을 묶어." 두 놈이 나와 그를 묶었어요.
존은 눈을 찌그려 꼭 감고, 검둥이 미라처럼 누웠어요.

형은 그를 가로로 넘어갔어요, 마치 그가 거기 없는 듯이.
그리고 거기 정육도마가 있었지요,
큰 나무에서 잘라낸, 훌륭한 튤립도마죠.
가로 자른 조각이 손을 대면 반들반들하지요.
형은 손으로 탁 쳤어요. "저놈을 여기에 뉘어."
그리고 그 바보 검둥이는, 몸을 약간 둥글려서,
그 튤립도마에 누웠어요. 눈은 찡그려 감고.

그 바보 검둥이 녀석은 아마도
본 적도 없는 일이 진짜 일어날 수는 없다고 생각했나 봐요.
그래 눈을 그렇게 찌그려 감았죠. 형이 말했어요.
"이시, 저 백정도끼를 이리 줘."

그리고 나는, 시키는 대로 했죠.

사람들이 신음소리를 내며 벽에 붙었어요.
아마도 그 바보 검둥이 녀석은
형이 숟가락이며 시트에 대해 말하는 걸 전혀 못 들었든지,
혹은 "이게 내 어머니를 슬프게 할

마지막 검둥이 새끼의 손이지, 그러니 도우소서!" 하는 형의 말을
못 들었나 봐요.

도끼를 내리쳤어요. 형은 두 개의 손을 불 속에 던졌어요.

제퍼슨
됐어! 나머지는 다 알아.

이샴
그리고 도끼를
내리쳤어요, 그리고 달아나는 발을 내리쳤어요.
형은 그것들을 불 속에 던졌어요.
그리고 도끼—

R.P.W.
그래, 우리는 황당한 전체
도살 내용을 압니다. 헌데 한 가지 더.
존이 마침내 비명을 질렀습니까?

                    *

이샴
예, 그 바보 검둥이 녀석이 소릴 지르려고 입을 벌렸어요.

도대체 도끼질이 시작되면 소리를 질러야죠.
그런데 나는, 아무 소리도 못 들었어요.
마치 그 검둥이가 한껏 소리친다는 게 그냥 두꺼운
침묵 덩어리인 것처럼. 백정도끼가
살에 닿고, 베어 들어가, 덜커덩 소릴 내고, 도마 위에서 소리
를 낼 때
우린 듣질 못합니다.
그 덜커덩 소리가 또렷하지 않은 게 이상해요.
그래요, 도끼가 내려오는데,
소리는 하나도 안 나고, 그 검둥이는 입을 벌리고,
나는 긴장하며 애써서
들으려고— 아, 하나님, 그저 —
그러면 아마 무언가 종료되는 거지요.

또는 아마도 실제 일어나는 일이 아닌가 봐요, 안 들리니까 —
하지만 나는 알아요 —

제퍼슨
아, 그건 유일하게 실제 일어나는 일이야.
우리는 고통이 될지도 모르는 기쁨을 누리도록 태어났어.
우리는 고통이 될지도 모르는 희망을 희망하도록 태어났어.
우리는 고통이 될지도 모르는 사랑을 사랑하도록 태어났어.

우리는 고통을 겪도록 태어났어요. 그래서 끝없이 넘치는 가운데
우리는 남에게 고통을 주는거야.

메리웨더

그래요, 우리는 태어나길—

이샴

그리고 그 검둥이가 입을 그토록 넓게 벌릴 때

제퍼슨

아, 인류의 고통을 논하는데

검둥이 한 놈쯤 더 있은들 어떻다구?

그리고 릴번같은 피에 굶주리고 감상적인 미치광이

하나쯤 더 있은들 어떻다구?

그리고, 덫에 빠진 어리석은 이샴, 너같은

타락하기 쉬운 바보 하나쯤 더 있은들 어떻다구?

그리고 벽 쪽에 웅크린 그 자들 —

맞아, 그 자들은 신음했어, 하지만 그 자들이 그 존을 묶었다는

사실을 잊지 말아야지.

나는 짜임새를 말하는 거요, 그 안에선

고뇌의 이야기 하나가 모든 고뇌를 일깨우고
신경이 비명을 지르게 하며 하얀 덩굴손이
저 멀리 있는 별 너머 캄캄한 주변에 말려들게 하고—

*

R.P.W.

내가 들은게 사실이라면
물론 당신은 차마
가족의 스캔들에 대해 이야기할 수는 없겠지만,
당신은 계속해서 — 물론 일반적인 차원에서지만 —
당신의 인간에 대한 오랜 믿음을
선언하고, 그 호언을
앨버말의 산, 바위에 새겼던 겁니다.

제퍼슨

한 가지. 나이를 먹으면 다른 이들의
희망을 빼앗기가 어려운 법 그리고 늙으면,
삶의 중요한 것들을 내려놓기란 어려운 법이야.
내 희망도 버리기 어려웠지. 고백컨대
처음 들었을 때는
그저 충격이었지, 그때만 해도
희망은 희망을 먹이로 하는 줄 생각하지 못했거든.

뜨개질이 곧 우리의 인생과 철학이라고 하지 않는가.

단 한 가닥의 실, 혹은

종이카드 성곽에서 단 한 장의 카드가 뽑히면, 아니 그게

그렇지 않았지.

아니, 첫 번째의 극단적 충격에도 불구하고

내 희망의 전체 구조에는

즉각적인 손상이

없었지. 우리나라의 미래

아니, 내가 빠져든 곤경이라는게 낫겠네, 이에 대한 다음 걱정

으로

몸을 떨었을 때에도

이것은 그저 개인적 고뇌일 뿐이야.

R.P.W.

릴번이 혈육인 건 맞지요, 그러나 이제 장성해서,

당신이 언젠가

베개에 놓인 예쁜 살덩이라 했던 그건 이젠 아니죠.

혈연은 나이와 거리에 따라 옅어지는 법. 그러니

당신의 고뇌는 어찌 보면 지나친 듯 합니다.

제퍼슨

그렇지만 무슨 기준으로 과도하다고? 난 아들이 없었어.

아, 메리웨더가 아들 비스름했지.

나는 그 아이를 바르고 공평한 미래 사내대장부의 모습으로

그리곤 했어. 아무리 멀리 있어 아득해도 기다려볼 만한.

그렇지만 그 아이는 죽었어. 죽었다구.

사람들이 그러는데, 자기 손으로 그랬다네, 테네시에서. 나는

울었습니다.

메리웨더

울지 마세요!

*

제퍼슨

그렇지만 내 여동생에겐 아들들이 있었죠.

어쩐 셈인지 내 마음속에 오래 살아 있던 동생이지.

아이들은 요람에서나 난롯가에서나 유순했어.

나한테는 허락되지 않은 축복에 아픔과 동시에 행복을 느꼈어.

나는 아픔을 다스렸어. 항상 묘안도 짜냈고

더 큰 희망도 품을 수 있었지.

그런데 동생은 아들들을 두고 떠났어. 나는, 멀리 있는 그 애들이

습지나 위험한 숲 같은 데서 크고 있었지만

동생과 나의 공허한 마음을 채워주리라 믿었는데.

나머지는 아시지.

그러나 나는 그 사실을 인정할 수 없었어. 나는
편애나 실패를 넘어 마음을 다잡으려 했지.
그러나 아픔은 집요했고 무서운 생각이 파고 들었어.
내게는 친구의 미소도 위장된 찌푸림으로 보였어.
나는 내 앞의 음식이 어떻게 상에 오르게 되었는지 이해할 수
도 없었어.
굴의 점액, 섭조개의 수염, 돼지의 내장,
심지어는 일품 식품조차도 오물로 보았지.
나의 눈은 도움말 페이지를 떠나 두리번거리고,
나의 마음은 암퇘지 입 안의 병아리처럼 으스러졌어.

나는 다짐했지, 합리적인 희망을 더 굳게 붙잡아야겠다고.

그래 내가 속에 한을 품고 죽었을 때, 나는
오랜 비문을 돌에 새기도록 했지. 그것은
내가 인간들이 가진 희망을
강탈할 권리가 없었기 때문이었지. 그리고
우리가 거짓된 세상 속에서 사는 마당에 거짓말 하나 더 한들
어떻소?
그런데 그 후 오래 세월동안

희망나무 뿌리에 도끼가 놓여 있었던 거지.

그리고 이야기가 드러났을 때,

고깃간의 이야기가

세월이 감에 따라 채찍의 상처에서 피어나기도 하고,

팔려가는 엄마 노예를 찾는

아이의 마지막 울음소리 속에서 피어나는지도 보았지. 웃기지
도 않지만,

크리스찬 체로키에게

서부로 향하는 "피눈물의 오솔길"*에서 심장의 피를 어떻게
쏟았는지 물어봐요.

R.P.W.

인디언에 대해서는 스미스랜드 법원에

그럴듯한 기록이 하나 있습니다, 어느 토요일 밤

에디빌 주막에서

국가의 운명을 짊어진 영웅들이

어떻게 늙은 치카소 인디언을 발로 차 죽였는지, 재미로 말입
니다.

그리고 노예 한 명도.

---

* 1831년부터 1838년까지 미국 남부 원주민(여기서는 체로키 인디언)들을 서부—현재의 오
클라호마—로 강제 이주시키는 과정에서 수많은 사람들이 기아나 질병 등으로 사망했던
상황을 일컫는다.

210

제퍼슨

또 웃기는 건,

허영과 탐욕과 피 굶주림 등이 외설적이게도

도덕적 열망이니 성전(聖戰) 등으로 둔갑하는지를 보아왔다는

것이지.

그렇지, 그게 가장 웃기는 거야!

아, 항상 그렇다니까.

그리고 흙이 피를 빨아들이지.

그래서 블러디 앵글과 블러디 폰드* 같은 게 있는거지.

혹은 이봐, 불길이 산림지대를 뒤덮어 우지직 소리를 내고

파란 찔레가 타며 몰약 같은 냄새를 피우지만,

더 지독한 냄새는 몰약이 아니야,

고깃간의 냄새를 꽤나 상기시키는 그 냄새는.

희생자는 비명을 지르지. 그리곤 잠잠해져. 불길에 삼켜진 거야.

뭐, 비명 지르게 두지. 결국은 모두가 하나라니까.

그런데 많은 증거자료 가운데 몇 가지가 더 있어.

피츠버그의 핑커톤, 알지요? 폴란드계 노동자들†이

---

* 남북전쟁 당시 남군의 피로 물든 전장을 가리킨다. 이외에도 '블러디 런(Bloody Run)',
  '블러디 레인(Bloody Lane)' 등의 지명이 있다.

† 1892년 미국 노조 역사상 가장 심각했던 홈스티드 파업(Homestead Strike)과 관련되는 이

홈스티드 파업 당시 커다란 방패막 뒤에 숨어 핑커톤 구사대를 바라보고 있던 노동자

막다른 골목에서 피를 흘리고, 눈은 천천히 내리고,
헤이마켓 폭동*과 디트로이트 시위와 헨리의 구사대 폭한들†
등등,
아, 그만하면 됐지요? 이들 말고도 얼마나 많은가!
보스턴은 무심하고 필라델피아도 그래.
내가 한때 사랑했던 별이 빛나는 나라에서 잠은 쉽게 와요.
이제 만물이 안전하고, 별들은
늘 하던 형태를 유지하고 있지. 한 잔 마셔요. 잠을 자요.
잠들 수 있으면. 만일 당신에게
고깃간으로부터의 비명이 더 들리지 않는다면.

이샴

그 검둥이가 입을 벌려요, 그러나 맹세컨대
나는 아무 소리도 들을 수가 없어요.

름들이다. 당시 철강왕 앤드류 카네기(Andrew Carnegie, 1835~1919) 소유의 피츠버그
제철소 공장장이었던 헨리 프릭(Henry Clay Frick, 1846~1919)은 파업을 무산시키기 위
해 핑커톤전미탐정사무소(Pinkerton National Detective Agency)라는 사설경비 및 탐정
업체를 끌어들여 구사대로 삼았다. 이때 파업 대체 인력 대부분은 폴란드계 이민으로 채
워졌었다.

* 1886년 5월 4일, 시카고 헤이마켓 광장에서 파업 근로자 지지집회를 해산시키는 과정에서
  어디선가 투척된 폭탄에 많은 사상자가 발생한 사건을 가리킨다.
† 홈스티드 파업에서 헨리 프릭이 파업 세력에 맞서기 위해 끌어들인 사람들을 가리킨다.

제퍼슨

어, 그렇담 너는 운이 좋은 거야.

이샴

그러나 그게 문젭니다. 단 한 번이라도 그 비명을 들을 수 있다면,

그러면 잘 수 있을 것 같아요.

*

제퍼슨

검둥이 한 명이 더 있건 말건

하나면 다인 거지.

그리고 책임론이 다 번져나가지.

물속에 퍼지는 얼룩처럼 번지지.

R.P.W.

글쎄,

책임을 따지자 하신다면,

존 녀석에게도 묘하지만 책임이 있지요?

생각해볼 점이 없지는 않습니다.

214

제퍼슨

아, 그래, 그 찻주전자 ─ 가련한 나의 찻주전자.

R.P.W.

그 녀석이 결국은 바랐던 겁니다.

정육도마 위에 올라 무릎을 잡아당겨 몸을 웅크리고

눈은 가늘게 뜨고는 기대에 차서

도끼가 내리치는 순간의 달콤함을 알고 싶었던 겁니다.

그래요,

마지막 남은 곡식 한 다발을 묶을 때,

토끼가 소년이 던진 돌멩이 쪽으로 뛰어가는데

돌멩이가 그리는 포물선과 이리저리 달리던 토끼가 서로를 맞

추어, 그 맞춤이

하늘을 새까맣게 만들 만큼 큰

화음임을 보셨지요,

암탉은 컴컴한 닭장에서 달콤한 수술에 목을 내맡깁니다,

족제비가 세밀하게 꿰매듯 이빨로 목을 물고

은근히 흡입하면 암탉은

저절로 소리 없는 외마디 꺼억 소리뿐.

아침의 정욕을 느끼며 나오던 당신은

닭장에 흐트러져 비스듬히 놓인 희생자를 보았습니다,

매춘한 애인이 떠나간 후에

게슴츠레한 눈과 늘어뜨린 팔에,

내던져지고 흐트러진 모습으로,

긴 의자에 널브러진 영양 과다 상태의 유부녀처럼 말입니다.

제퍼슨

그래서 당신은 소위 매저키즘을 최후의 외설로 보는건가?

그 외설성 뒤에는 아무것도―

R.P.W.

아니요. 저를 책망하지 마십시오. 저는 그냥 개념을 말할 뿐입
니다.

피해자는

본질적인 공범자, 도발자가 되는 겁니다.

아니, 그 이상이오, 피해자는 주역입니다. 그리고 진짜 피해자는

손에 매를 들도록 운명적으로 선택된,

그러나 죄 없는, 그 자입니다. 그래서 옛 시의 한 줄,

"승자이자 희생자인 그의 희생을 보라" [*]

는 새로운 의미를 가집니다.

그리고 존은 릴번의 눈초리에 달콤함으로 몸을 떱니다.

---

[*] 제임스 셜리(1596~1666: 17세기 영국의 극작가)의 시, "우리의 희생과 국가의 영광The Glories of Our Blood and State"에서 인용.

가련한 릴번, 어찌 피할 수 있겠습니까?

제퍼슨

그만!

당신의 말에 진실이 있다면, 그리고 아,

진실이야 있겠지, 그러나

어두운 골목에서 똥을 밟듯이

뒤꿈치에 우연히 묻을 진실에 불과하지,

그러나 정상참작은 못하지만,

그래도 진실이긴 하네. 왜냐면 당신이

릴번을 희생자로 만드는 것은 단지—

R.P.W.

아, 그게 아닙니다.

나는 그저 의문을 물고 늘어지는 겁니다. 만일 릴번이

존의 피해자라면, 그건 말하는 방식에 지나지 않습니다.

우리 모두 서로의 희생자라고 말하는 방식이랄까,

가능성을 따지자면 말입니다.

제퍼슨

그게 뭘 증명하지?

대놓고 지르는 비명 앞에 무언들 뭘 증명하겠냐구?

R.P.W.

못합니다.

고뇌라는 산(酸)이 결국 녹이지 못할 금은 없으니까요. 그리고
도끼가 내려왔습니다.

그리고 릴번의 힘든 숨소리 외에는

아무 소리도 없었을 때라고 할까요,

도마에 있던 것이 불 속에 쌓였고,

뜨거운 석탄이 쉬쉬거리고, 불길이 가라앉았으며, 파랗고 하얗
게 흔들리더니,

착실하게 새로운 작업으로 돌입했고,

느릿느릿한 지글거리는 소리에

벽 주변에서 기도가 다시 시작되었지요. 다 타버렸을 때.

즉 탈 만한 것은요. 릴번이 말했습니다.

이샴

형은 벽난로에서 돌아섰어요, 검둥이들은 쭈그리고 앉았구요.

형의 얼굴에 솟아난 땀이 번들거렸어요.

말했죠. "너희 검둥이들, 소란 좀 그만 둬.

기도해야겠거든,

하나님더러 내 어머니의 스푼을 계속 셀 수 있도록 도와달라
는 게 나을 걸.

저 검둥이 존, 다들 봤지. 그래, 이제 알겠군."

그들은 조용히 일어나 소리 없이 벽에 기대어 움직여요.

형은 다시 돌아섰어요. 뭘 깜빡했다는 듯이.
둘을 다시 불렀죠. 놈들이 서서 땀을 빼요.
"저 빌어먹을 뼈다귀를 주워" 말하길, "그리고 구덩이를 파."
큰 구덩이가, 아니었어요. 그네들이 그 빌어먹을 뼈다귀를 쏟
아 넣어버렸지요.
검둥이들이 자리를 떴어요. 그리고 형은, 형은 발을 굴러 바닥
을 평평하게 했어요.

그리고는 숨소리처럼, 참으로 조용하다고 생각했어요.
달은 어찌 밝은지, 서리가 분명한 것 같아요.
"서리가 오려나 봐요" 내가 마치 아무 일도 없었던 듯 말했어요.
아주 자연스럽게 느껴졌어요. 눈물이 눈에 고였어요.
아주 자연스럽게 느껴졌어요, 마치 내가 세상을 사랑한 것같이.
나무들과 별들과 바위들과 모든 것을—
자연도 몸을 수그려 나를 사랑했어요.
그러나 그때였어요.

R.P.W.
그러나 그때, 정말로, 지진이?

이샴

예, 예, 내 심장이 커지고 연민으로 가득찬 바로 그때,
지진이 왔어요. 나는 땅에 넘어졌어요.

R.P.W.

아, 사람들 말이 네가 신음하고 기도하면서
하나님께 자비를 구했다는데. 그러나 릴번은,
릴번은 젤리처럼 흔들리는 땅에서 춤을 추었다고.
그리고는 달에게 꽥꽥 소리쳤다지,
"하나님 부르지마, 네 얼굴에 침 뱉으실라!
악마를 불러, 우리 둘 다를 사랑하니까!"

이샴

아, 아니, 그런 식은 아니었어요.

R.P.W.

나도 그렇게 생각지는 않았지. 그 이야기는
릴번 내면의 가장 깊은 성격과 상반되거든요.
릴번이 악마의 아들이 아니라는 건 우리가 압니다.
그의 체포영장 발급 때, 사람들이
릴번 루이스, 점잖은 신분으로
눈앞의 하나님에 대한 두려움은 없이,

악마의 사주에 의해
마음이 움직이고 유혹을 받아서
이런 저런 행위를 했다고 증언했다 해도 말입니다.

그래, 릴번은 악의 존재와 아무런 거래가 없었어요,
그가 한 모든 일은
어머니와 그 따스한 마음을 위해서 행해진 거였지요.

제퍼슨
그렇다고 덜 사악해지는 것은 아니지,
무슨 가면을 쓰거나 능글맞은 꾀를 낸다 해도,
사악함이 모두 선해질 수는 없는 것이지

R.P.W.
누가 그렇다고 했습니까? 내가 그러진 않았습니다.
자신의 악행을 선으로 삼으려는
가슴 깊은 릴번의 욕구는
선이 존재한다는 마지막 증거입니다.

제퍼슨
그게 다라면,
왜 악을 악이라 하지 않지?

유치한 모순으로 군말을 사탕발림하지 말고?

R.P.W.

현재의 내 주장이 너무 사소하다고
생각하시는 것 압니다. 그러나 어쨌건,
지구가 요동치고 떡갈나무가 사람처럼 신음소리를 내고
강이 냄비 안의 설거지 거품처럼 허비적거렸을 때
가련한 릴번이 악마의 이름을 부르지는 않았습니다.

이샴

형도 나처럼 넘어졌어요. 나는 땅에 누웠죠.
누웠는데 내 배가 죽겠다고 말하는 듯 했어요.
달이 빙빙 돌고, 빛이 파래지는 걸 보았어요.
종말이라 생각했죠.
방금 전만 해도 달이 아주 맑았었는데
그걸 생각하면 끔찍했어요.
그러나 땅은 요동쳤고 나를 내던졌어요. 그렇지만 나는 기도
따윈 안했죠.

좋은 일이 천천히 때지나서 와서는 당신을 모른체 하고 간다면
기도할 게 뭐가 있겠어요?
왜 오래 있을 수 있을 때 오지 않는 거예요?

왜 끔찍한 일이 일어나기 전에 좀 오지 않는 거예요?
아주 잠시 좋다가는, 땅이
요동을 치고, 사람을 내던지고.

R.P.W.
그래요, 하나님이 양탄자 털듯이 나라를 뒤흔들어,
일종의 경고로 미시시피 강을 일렁이게 했습니다.
그래, 만일 하나님이 그랬다면, 왜
겨우 릴번의 야비함을 핑계로 선택하게 되었단 말인가요?
하나님의 핑계야 많았고,
지금 당장 켄터크* 고향에서만도 많아지고 있습니다. 딱히 지
진이 없이도,
온갖 사건이 발생하는 올해 말고도 말입니다.
밤새, 포럼광장†에 있는
헤라클레스의 동상‡이 땀을 흘렸다든가,
코모두스 황제§가 똥을 먹었다든가 하는

---

* '켄터키'의 사투리 발음.

† 로마 시내에 위치한 광장이다.

‡ 방망이와 사과를 들고 있는 이 청동상은 기원전 2세기 작품으로, 15세기 로마 포럼 보아리
   움에서 발굴되었다.

§ 코모두스(Lucius Aelius Aurelius Commodus, 161~192): 마르쿠스 아우렐리우스(Marcus
   Aurelius, 121~180)의 아들로, 사사로운 욕심에 휩쓸려 통치함으로써 제국의 쇠퇴를 초래
   했다.

적절한 징후로 사람들을 놀라게 합니다.

지진이 났었습니다, 분명히. 그렇지만 당신은 일어나서
그럭저럭 살아나왔잖소.

이샴
사람이 살아가는 거,
숨 쉬고 날고기를 씹고 사는 걸 보면
아무 일도, 정말 아무 일도 일어나지 않은 거지요.

R.P.W.
그렇습니다. 생명이란, 결국,
오로지 생의 불연속성 때문에 가능하다고 말합니다.
통째로 사는 인생이나, 운명 혹은 정의가 아니라.
그래서 이샴은 살아서, 밤이면 밤마다 릴번과 앉았습니다.

어머니는 돌아가시고, 아버지는 떠나시고, 뼈는 묻었고,
리티샤는 머릿속에 비명소리가 가득한 채 떠났습니다.

리티샤
비명소리가 내 머리를 채웠어요. 그렇지만 나는 죽어라 매달
렸죠

말에 올랐어요. 마을까지 갔지요. 그들이 나를 내렸어요.
오빠가 왔지만, 내가 무언가
설명하려 했을 때, 말이,
말이 다 뒤범벅이 되었어요.

남자형제
정말 그랬어.
너는 암탉처럼 나불대었지. 움켜쥔 계란들을
놓지 않고 빨아먹는 스컹크였어.
그놈의 심장을 도려내느라
난 땅바닥에 넘어졌지. 그래,
너는 나를 아무것도 모르는 채
로키 힐까지 말 타고 온 바보로 만들었어.
그리고 그놈은 파이처럼 달콤하게
나를 "형님"이라고 했어. 그리고 그 검둥이,
이름이 캐트라든가는 내가 영 싫어했지
빌어먹게도 교활하고, "넵죠, 넵죠"하면서
절하고 꾸벅꾸벅,
그리고 검둥이라기엔 너무 깨끗하지, 아무렴.

릴이 그 검둥이를 불러들였어.
"자, 어찌 그리 됐는지 말해" 릴이 말했지, "어찌 티시 아씨가 떠났냐고."

"지진요" 할멈이 말하더군. "글구
누가 비명을 질렀다, 계속 비명을 질러댔다구 하더구만."
그러자 릴번이 할멈을 멈추게 하고, "유모두, 뭘 들었어?"
할멈은 눈을 아주 천천히 가늘게 뜨고는 묻데,
"아이, 뭘 물어보심, 나리? 내 아가?"

어떤 검둥이도 나를 아가라 부르진 못해.

그리고 릴번이, "유모 잘 들어.
유모가 어제 밤 여기서 비명을 들었냐고?"
"아유, 아가" 할멈이 말했지, 그리곤 눈을 가늘게 떴어.
"제가 들은 게 뭐든, 나리도 들었습죠."
"빌어먹을" 릴번이 말하죠. "잘 생각해봐,
그리고 이 신사분한테 가련한 티시 아씨가
혼동하시는 일이 있다고 말씀드려. 그런데 유모—무슨 소리를
들었어?"

그리고 캐트가 "하-눌님!—아, 하-눌님, 난 지금두 들려요,
그리구 무지 사납게 들리구, 또 들리구—"
"망할" 릴번이 말하는데 그 얼굴이 하얘졌어요.
그래서 내가 말했죠. "매제, 당신네 검둥이가 들었다는 게

226

도대체 뭔지 알고 싶네."

"부엉이요" 할멈이 말했어요, "그놈이 끼익끼익 하담요, 자꾸만."
그리고 내가 "올빼미가 새된 소릴 내면,
거 누가 대체 상관한대? 그놈 끼익거리게 둬."
"그게 또 끼익거리구" 할멈이, "그리고는 그게 또!"

"뭐가 또?" 릴번이 날카롭게 말했다. 할멈의 팔을 꽉 잡았다.

"아가" 할멈이 말했다, 아주 부드럽게, "어, 아가,
아 아무것도 아녀. 그 그 지, 지진말심."

R.P.W.
그럼 할멈이 이번엔 재미로 릴번을 괴롭힌 거군요.
폭로할지 말지의 문턱에서
마음을 잡고, "그 그 지, 지진말심"한 겁니다.
아냐, 재미로가 아니죠. 꼭 그건 아니고.
가련한 리티샤의 이야기를 위한 준비를 할지언정,
자신이 직접 말하는 건 아닙니다, 릴번이 자기의 아가였으니
까 —
리티샤의 이야기를 부인하는데, 그러면서
진실을 단언하는 겁니다.

남자형제

할멈은 아무것도 비치지 않았지, 그 멍청이 검둥이, 그저 말하길
"여기 로키 힐에선 벨 일 없었단 대두.
암것두 여기 로키 힐에선. 우리 서루들 사랑허니깐."

그리곤 릴번이 말했어요. "나가." 그래 나갔어요, 할멈은.

그리고 나서 그는 나를 돌아보았죠. 말하길, "처남,
검둥이가 여기서 뭐가 일어났는지 말하는 거 들었지.
굴뚝이 무너지고, 강이 포효하고—그게 다야.
그게 처남 동생, 내 사랑하는 아내를 겁먹게 한 거야.
그렇지만 동생이 돌아올 준비가 되면,
문도, 내 팔도, 활짝 열려있다고 말해요.
그리고 아내가 없어서 내 심장이 비통해한다고."
말이 그럴 듯했어요. 목사나 된 듯이.
나와 악수를 하고, 어깨를 탁 치고는
내게 술을 따라주길래, 나는 홀짝 마셔버렸지요.

그래, 너, 티시—나를 바보로 만들었어!

R.P.W.

그래, 나불거림이 가십을 발동시켰습니다,

그리고 치안관을 보내게 했습니다. 일종의 예방 차원이랄까,
위대한 루이스 가문과 명문 제퍼슨 가문에
잔뜩 주눅 든 시골뜨기.
검둥이 문제가 있다고 들었다면서.
릴번이, "그래요. 저 검둥이 존이죠.
검둥이들이 어떤지 알잖소. 고약한 놈에겐,
한 가지 방법뿐이잖소. 그래 그놈이 숲으로 달아났지요."

그는 으쓱하고, "그놈이 안 돌아왔으면 좋겠어."
그 으쓱은 서부 개척자 치안관에게 인상적입니다.
오백 달러짜리가 사라졌는데, 루이스 양반은 어깨만 으쓱하고
만다!

노예들은 말하지 않는다.

                    *

그리고 로키 힐에서 일상은 중단 없이 계속되고
고요의 단계로 들어간다.
그리고 릴번의 영혼은
어둡고 사치스러운 포만에 휩싸여,
가슴속에 축 늘어져 있다.
그의 영혼은 그늘지고 졸린 안이함 속에 왕다운 손발을 뻗는다.

그리고 우리의 눈은
편안한 어둠 속에서
조용히 번득이며,
눈을 감았다 뜬다.

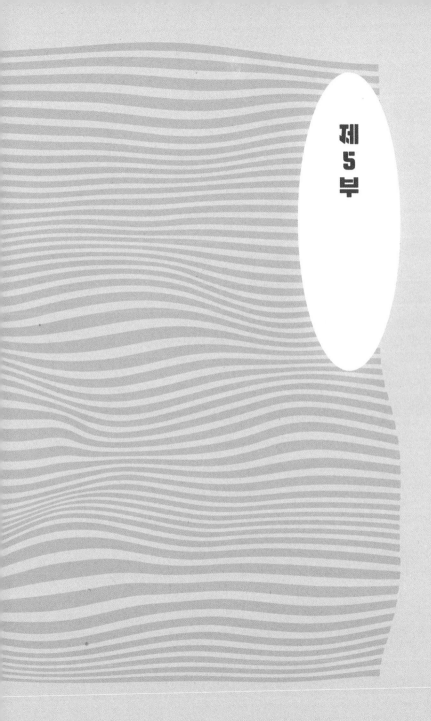

제
5
부

✝

R.P.W.

그래서 밤이면 밤마다, 그 둘은,
어둠을 들이쉬는 대륙에 동그마니,
앉아 있습니다. 컵은 이제 하나도
깨지지 않습니다. 스푼도 없어지지 않습니다.
집안에 질서가 서 있고 문명의
소산들은 이제 모두 안전합니다.
초상화들은 칭찬하듯이 벽에서 내다봅니다.
집은 황무지의 무질서에 대항하듯
곶 위에, 바위 위에 세워졌습니다.
릴번은 문명을 지키고 인류의 임무를
규정하고, 어둔 곳에 빛을 가져올 것이었습니다.
그러나 그가 지키는 것은 무엇인가요?

겨우 주전자 한 개라니, 빈약한 상징 아닌가.

릴번이 이 모든 것을 아는가?
그는 알지 못합니다.

겨울이 스러져갑니다.
세월이 드러납니다. 땅은
아직 흔들리는데, 인간의
마음은 끔찍한 사건에 둔감해집니다.

왜 안 그렇겠습니까? 오래 전,
그들은 인간이라는 사실에 자신을 적응시켰습니다.
그리고 세상만사는 계속됩니다.

빨간 봉오리는 태양의 자극에 정열을 내뿜을 것입니다.
단풍은 대기의 자극에 금빛 날개를 드러낼 것입니다.
떡갈나무 꽃가루는, 우화에서처럼, 나무꾼의 사슴가죽 셔츠를
금빛으로 입힐 것입니다. 번득번득 바람에 흔들리며, 까마귀들의
거친 합창소리는 습지대 주변에서 의기양양하게 들릴 것입니다.
홍관조가 노래하고, 빨간 날개를 휘젓고,
여우는 훌쩍거리며 흥분하여 덤불에서 짖어댑니다.
환희의 의식은 밤의 소리에서 확인됩니다.
그리고 지구 전체는 멍청하고 혼잡한 약속 —
환희를 반복합니다.

그러나 릴번은 밖에 나오지 않습니다.

그의 얼굴은 햇살 속에서나

잎새 무늬의 그늘에서나 보이지 않을 것입니다.

옥수수의 새싹이 세밀하게 시커먼 들판을 찌를 때에도

그의 마음은 빗장을 열지 않습니다.

그는 지금 달에서 캐어낸 현무암같이 변화가 없는

내면의 세계에 살고 있기 때문입니다.

그러나 릴번은 이제 어린 이시에게 온화합니다.

그 건강하고 힘 있는 짐승 같은 릴번이 온화한 얼굴을 하고 있

습니다.

그리고 집안사람들에게도 온화합니다.

때가 오고 있다는 것을

알기에 그는 지금 온화할 수 있습니다.

남자가 흔적을 따라 나섭니다.

보안관이 사냥개를 발견하고는, 뼈다귀를 손에 넣습니다.

사람 뼈다, 불에 그슬린. 그리고 약간의 살 조각이

불꽃과 사냥개의 혀가 의무를 제대로 하지 못한 곳에 아직 남

아 있습니다.

뼈다귀 자체가 증거가 되지는 않습니다. 그러나

이것을 보자 보안관이 모자를 푹 눌러쓰고, 말을 소리쳐 부른

몽크(Edvard Munch, 1863~1944) 作 〈저녁, 멜랑콜리아 Ⅰ〉(1896)

다면

우리는 소문이 어디까지 갔는지를 짐작할 수 있습니다.

병적인 리티샤가 나불거리는 중에

중대한 의심스런

이야기 어딘가에 보안관 자신이 이름을 끼워 넣었는지는 짐작

할 수 있으니 말입니다.

우리는 수군대는 것을 듣습니다. *"그래, 저자가 겁을 먹은 게야."*

목소리들, *"그래, 저자는 루이스라면 무엇이든 할 걸."*

목소리들, *"그래, 지가 뇌물을 받았겠지."*

그는 수근대는 것을 듣습니다, 듣고 머릿속에 담습니다.

그래서 벌떡 일어섭니다.

이삼

"저 봐! 사람들이 오네," 내가 말했어요.

"말을 타고, 그 작자하고 부하들이,"

형이 보더니, 속삭이듯

"보안관이다." 난 형이 겁이 난거라고 생각했어요.

그러나 형은 겁이 난 게 아니었어요. 형은 아니죠. 눈이 반짝이

고 있어요.

"자, 여러분" 형이 큰 소리로 말했어요. 적당하고 정중하게.

"말에서 내리세요. 잘 오셨습니다." 그 자들은 천천히 내린다.

"그리고, 보안관님" 형이 말했다. "한 잔하시면 영광이겠습니다!"

보안관, 그 친구는 가뜩 점잔을 뺐어요,

그리고는 날카롭게 공세를 취했어요.

"루이스씨, 좋은 술 감사합니다만,

저는 여기 임무 수행차 왔습니다.

집안 내 검둥이들을 불러주시지요."

형은 그냥 미소를 지었어요. "아, 보안관님, 물론이죠.

제 집에서 편히 계시지요, 누추합니다만."

그랬더니 보안관이, "당신네 대저택이

문제가 아닙니다. 나를 바보로 아심네까?"

그러나 형은, 미소를 짓고 말했다. 속삭임에 가깝게,

"아니, 보안관님, 그건

예의를 차리느라 말하는 방식이지요. 알 사람은 알지요"

"젠장" 보안관이 말했다, 그리고 상기되어 험악해졌다.

그는 분을 삭였다. 그리고는 조용하게, "검둥이들을 부르시죠."

그리고 형은, "아, 보안관님, 물론이죠 그래, 이시, 놈들을 불러라."

나는 검둥이들을 불러왔어요. 그들이 거기에 섰지요.

보안관이 자기 주머니에서 꾸러미를 잡아 꺼냈어요.

헝겊―아마도 자기 손수건―에 싼 것을.

그는 그것을 형에게 주었어요. "이걸 보시오." 그가 말했어요.

그리고 형이 그걸 끌렀어요, 천천히. 그것은 뼈다귀였죠.

그것은 턱뼈였어요, 남자 뼈, 불에 그슬려 까매진.

"그 뼈를 아시오?" 보안관이 말하는 소리가 들렸어요.
그리고 형이 "뼈다귀가 뼈다귀지, 뭘, 그리고 보안관 양반,
이 집에서 봐야 할 임무가 있으면,
일 보시고 가시지. 나는 달리 할 일이 있소.
당신이 주어오는 온갖 쓰레기를 다루느니."

그리고 그 뼈다귀를 바닥에 떨어뜨렸지요.

보안관이 그것을 집어 들었어요.

그는 검둥이들을 향해 획 돌아서서, 그걸 높이 쳐들었어요.
"이건 검둥이의 뼈다귀다. 그리고 너희들은 이게 누구 건지 안다.
나는 법이다! 나는 그 뼛조각들을 찾고 있다.
그걸 내게 가져와라 — 만일 그렇지 않으면, 너희는
겁먹고 웅얼대는 검둥이들일 뿐이다! 누가 사내답게 나올래?

*

보안관은 서서 기다렸어요. 형은 그냥 미소를 지었구요.
개똥지빠귀가 한 번 울었지만, 말은 한마디도 없었죠.

릴번이 미소 지으며 말하길, "거봐요."

만일 형이 아무 말도 안했으면, 아마도 오늘 날까지
그 검둥이들이 그냥 부루퉁하고 잠자코 있었을 겁니다.
그러나 형은, 웃었어요. "웅얼대는 검둥이라, 하!"

그리고는 돌아서서, 침을 뱉었지요.

그러자 일이 벌어진 겁니다. 아주 높은 목소리
아주 늙고 쉰소리 나는, 무슨 올빼미 같은 소리가 나는 거예요,
"뼈다귀들이 날아오를 거야!"하고 날카롭게 외치는군요. "뼈
다귀들이 일어날 거야.
그 뼈다귀들이 보이네, 하늘로 날아오르는 게!"

그건 캐트 유모였어요. 할멈은 바닥에 넘어져
마치 뼈다귀들이 나는 것처럼, 허공을 노려보고 있었습니다.

그러자 검둥이들이 한껏 소리치며 미친 듯이 나불거려요.
"저 뼈다귀들!" 그들이 소리치고, 그리고 하늘을 가리켰어요.
그리고 존을 묶었던 검둥이들 중 퍼런 잇몸을 지닌 자가
보안관에게 달려가, 그의 무릎을 부여잡고 쓰러졌어요.

"아, 하느님" 그가 소리쳤어요, "아, 골짜기, 아, 예호사밧!*

아, 백인 양반이여, 저를 구해주서요, 저가 뼈다귀들을 보여드
리지요."

R.P.W.

그래 그거였군. 또 캐트 유모야.

고자질했다고 해서가 아니야 ― 유모가

젖 빨려 키운 "이쁜 애기"를 배신할 리도

뼈다귀를 봬줄 리도 없지. 그냥 허공에서 뼈다귀를 본 겁니다.

그렇지만 하필 바로 그때? 하필 유모가 그 순간을 잡았지?

얼핏 추측컨대, 릴번이 침을 뱉었다는 겁니다.

오래 전 어머니가 돌아갔을 때

유모가 자기가 젖을 빨렸으니

자기도 릴번에겐 엄마라고 했을 때 ― 그때 릴번이 침을 뱉었
던 것 기억하죠.

유모의 젖을, 검둥이의 정체성 모두를, 뱉었던 겁니다.

그래 다시 릴은 오랜 고뇌의 빗장을 열어젖힌 거지요.

그리고 검둥이 뼈다귀가 하늘로 키스하러 날아간 거지.

---

* 「요엘서」 3장 12절에서 언급되는 내용으로, 여호와의 심판이 다가왔음을 의미한다. "민족
들은 일어나서 여호사밧 골짜기로 올라올지어다. 내가 거기에 앉아서 사면의 민족들을
다 심판하리로다."

술수가 아닙니다. 유모는 문자 그대로 뼈다귀를 보고
영광과 고뇌의 쉿소리를 내는 거지. 그러고 나서
정신을 잃어요. 그리고 자기의 "이쁜 애기"는
영영 떠난 줄로 알지요, 그래서 눈을 꽉 감고,
거기 누워서 인간세상의 혼란이
죽은 잎이 휘돌 듯이 불어 지나가게.

백인들이 자리를 뜨고. 흑인들이 유모를 들여갑니다.

이샵
그들은 뼈다귀를 파내어 자루에 넣었어요.
"자, 루이스씨" 보안관이 말했어요.
"괜찮으시만, 함께 타시죠."
"물론입니다, 보안관님" 형이 말하고, 웃었어요.

그래서 우리는 함께 가는데, 형은 내내 콧노래를 했어요.
"바비 알렌"이라는 곡이었어요.

R.P.W.
릴번이 벌써 맘속에 종말을 본 것인가?
아니야, 아닌 것 같아. 그냥
그가 일생동안 열망해왔던

그 자아의 완전한 확신을 향해
나아간다는 확실성을 느꼈을 겁니다. 절벽의 나무들은
예전 태풍의 흔적을 간직하는 법, 알 만한 가치가 있는 유일한
지식은 너무 심오하여 알 수 없는 지식입니다.

그래서 릴번은 확신을 안고 읍내로 갔습니다.
보석을 담보할 보증인을 찾았습니다.
우리는 그들의 이름을 압니다, 로저스와 볼런과 다이어와
캐년과 홀린세드 등, 모두 지금까지 훌륭한 사람들입니다.
죄 많은 마을의 훌륭한 가장들이죠.

그리고는 집에 돌아왔어요. 집에 돌아와 기다리는 거죠.
기소 배심에서 보내올 그 무엇을 말입니다.

릴번 루이스, 피고는
2달러짜리 도끼를
손에 쥐고, 의도적이고 악의적으로,
그리고 증오에 차서, 사망에 이르는 상해를 냈다.

그동안 세월은 지나, 공 모양의 축이 기울어
켄터키 주는 태양에 더 가까워져 따뜻해졌습니다.
화재 후 버려져 썩고 시커매진 나무줄기들 한가운데

밝은 옥수수가 칼 같은 잎으로 시커먼 흙을 가지 칩니다.
그러나 아직 숲은 성하고, 꽃망울이 터집니다.
아침이 밝아오면서 새소리는 더 멀리서 깨어나,
녹색 그늘에 졸린 음 하나는 곧 영광의 합창으로 퍼지고
노래는 황야를 지나 서쪽으로 어둠을 씻으며 나아갑니다.
여명은 서쪽으로 트고, 층층나무는 활짝 핍니다.

지금은 릴번이 잠든 시간,
꿈이 내면으로 접어들고, 심장을 찾아 더듬는 시간입니다.
그의 꿈은 심장을 찾아서 편한 자세를 취하고
그 불쌍한 몸은 퇴락한 침대에 널브러집니다.
거무스름한 얼굴은 새벽 이 시간 창백함이 드리워 있습니다.
한 팔은 침대 한 쪽의 빈자리로 내던지듯 한데
희미한 구토냄새는 콧구멍을 엄습할 겁니다.

보나마나 그는 잠에서 깨어나며,
순간 믿을 수 없는 감정에 휩싸여
"대체 그건 내가 아냐─오, 아냐, 나는 아냐!"라고 생각합니다.
그러나 곧 알지요. 그래도 냉담하게 인정하기 전에
딱 한 번, 빈 방에 대고 소리칩니다. "맙소사!"

그런 다음 자신에 대해 알게 되고 자기 자신이 되는 겁니다.

기쁨은, 차갑게 식어버린

지친 가슴 속에서, 살포시 일렁입니다. 기쁨은 에너지.

기쁨 속에 싹트는 것이 하나 있습니다. 그 이름은 비전.

그는 잘못을 깨닫습니다.

그래서, 이샴과 함께, 이제 차가운 난롯가에 앉아

4월의 밤이 깊어지는 것을 느껴봅니다. 열린 문으로

어둠이 들여다봅니다.

기억처럼 해마다 찾아오는 향기가

어둠 속에서 부풀어 진한 감각을 유혹하고,

멀리서 개구리들은 교활한 단음으로 밤을 찌르고,

별빛 쪼이는 골짜기 나무 숲에서

쏙독새는 마음 아픈 얘기를 합니다.

여기선 희미해서 잘 안 들리지만, 확실합니다.

*

아, 인간은 자신의 필연을 사랑해야 해.

그러나 그걸 찾기란 어렵습니다. 너무 어렵고 시간이 걸립니다.

마지막 단계는 진리의 인식입니다.

마지막 단계는 필연의 수용입니다.

마지막 단계는 자아와 운명의 만남입니다.

이샴

촛불이 잦아들면, 우리는 안에 들어가서 앉곤 했어요.

그런데 형은 밤에, 지금도 그러고 있는데, 계속 뭔가를 쓰고 있
었어요.

깃털 펜을 멈춘 채, 몸을 숙이고, 들여다보다가,

다시 쓰곤 했지요. 바르게 되도록 아주 천천히.

어느 날 밤 내가 물었더니, 형이 딱 잘라 말했어요.

"일이야, 애들은 몰라도 돼"하고.

그래서 나는 창밖을 보았어요.

강이 꺼매요. 별이 더러 빛나구요.

그리곤 멀리서 음악소리가.

나는 울고 싶었어요. 잔가지처럼. 외로웠어요.

그래서 "형!"해봅니다. 형은 끄떡도 없어요.

음악소리가 이제 더 가까워지고. 깡깡이 소리가 들려요.

그런데, 시커먼 강 아래로 미끄러지는 불빛이 보여요.

화물선이 미끄러지는 거지, 틀림없어, 배에 불을 피웠고.

그리고 멀리, 사람들의 노랫소리, 가사는

분명치 않아요, 그런데, 어둠이 내리면서, 더 분명해집니다.

강을 미끄러져 가네,

너도밤나무 노에 기대어,

쇼니타운까지 내내,

옛날 옛적에.

난 형에게, "아, 안 들려, 형?"

그러나 형은, "시끄러"했고, 나는

"사람들이 가고 있어. 자기들 가야할 데로!"

나의 눈이 젖어가는 동안 그들은 어둠을 타고 노래하며 가요.

그러고는 창 너머, 아주 조용한 숨처럼,

창밖 어두운 데서 그게 갑자기 나타났어요.

큰 초록빛 나방이, 이렇게 큰 건 보기 어려울 거예요.

무슨 살아 있는 유령 잎사귀처럼

창백한 초록빛의 큰 나방이,

뺨도 시원함을 못 느끼는,

부는 것 같지도 않은 미풍에 실려 온 건지

그게 아주 귀신같은 녹색으로 다가와

릴 가까이, 종이에 앉았어요.

형이 그걸 보았어요.

그리고 손을 들어 올렸지요—아, 천천히.

나방이는, 날개를, 아주 조용하게 천천히 움직였고,
릴은 그걸 노려보고. 그의 손이 올라갔어요, 천천히.

손이 올라가는 걸 쳐다보았어요. 그 손이요.
그 손이 손가락들을 좍 펴서 구부리고 표범*의 앞발처럼 확 덮
치는 날엔,
그러면 그건
무언가의 마지막임을. 빌어먹을, 말을 할 수가 없네,
그게 딱히 뭐라고.

그 짧은 순간, 얼음처럼 차갑게
나는 형을 증오했어요.

그것은 끔찍했습니다.
형을 증오하다니. 식은땀이 났어요.

손은 끝까지 올라가 멈추었지요.

나는 눈을 감았다, 떴습니다, 그리고 내가 본 것은─
손이 천천히 내려오고 있었지만, 겁주려는 것은 아니었죠.

---

* 원문 painter. 본래 "panther"를 잘못 발음한 데서 유래.

손은 부드럽게 소리 없이 가까운 탁자에 놓였어요.

멈추었던 내 숨이 돌아왔습니다.

그런데, 꿈처럼 천천히 그 푸른 게 움직였어요.
날갯짓은 전혀 없이, 천천히 기어요.
형의 손가락에 기어올랐구, 손가락은
까딱두 안 해요. 그 놈이 기어올랐어요.
거기서, 거기서, 날개를
아주 부드럽게, 약하게 젓고,
날려 하기보다는, 사람들이 볼 수 있게
펼쳐서 쇼를 할 생각이 있는 듯이 말이죠.
그때 가만가만, 형의 손이 높아졌어요, 손가락 위에 나방이 앉
은 채로.
아주 높이 뻗었고, 멈추었습니다. 나방은 겁먹지 않았어요.
겁이 없이, 천천히, 그것은 손가락을 벗어나 높이 날아갔습니다.
날개를 부치거나 날려고 움직이지 않았습니다.
마치 갈 곳에 갈, 그리고 작별할, 때가 왔다는 듯이
그냥 표류하듯 날아갔습니다.
그것은 우리 문 밖의 어둠 속으로 사라졌어요.

형은 허공을 바라보았습니다.

그리곤 성큼, 내게 향했죠.

"내가 뭘 썼느냐고 물었지, 귀여운 내 동생"

그는 말하고, 내 다정한 형답게 미소 지었어요.

"글세" 그가 말하길, "읽어봐라" 그리고는 종이를 내게 내밀었어요.

하나님의 이름으로 아멘 이것이 나의 마지막 유서다.

나는 글자를 보았어요. 오장육부가 얼어붙는 듯했어요.

"아니, 이건 형의 유서잖아" 내가 말했어요. 형은 히죽 웃었습니다.

"때가 되면," 형이 말하길, "유서를 작성하는 거야."

"그렇지만 형─" 내가 말했어요.

"그리고 때가 와." 형이 말했습니다.

"그렇지만 형─" 난 숨이 막혔어요,

악몽을 꾸고 깨어 일어나

목을 만져보고서야 꿈이었다는 걸 알게 되는

그런 밤처럼.

"아, 우릴 교수형에 처할까봐 겁내는구나." 나는 형이

마치 내 꿈 이야길 하듯 말하는 것을 들었습니다. 그러고는 픽

웃었어요.

"이보렴, 우리는 그 검둥이를 살해한 거잖니!"

내가, "그야 깜둥인데요 뭘"—그리곤 숨이 막혔어요—

"우리 엄마 맘을 상하게 한 검둥이 녀석일 뿐이라고 했잖아요!"

그는 내 무릎을 탁 쳤어요. "걱정 마, 이것아"하고 말했습니다.

"내 귀여운 동생을 목매달게 하지는 않을 테니."

그리고는 냉담하게, "계속 읽어봐."

나는 형이 적어놓은 걸 읽어내려 갔어요.

형이 헐리로부터 사들였던

흰 점박이 준마와,

자기의 라이플과 탄환가방과 지팡이와

그가 그토록 사랑했던 사냥개 네로를 모두

아버지에게 드리며,

그리고 사랑하는 아내는 몰인정하다고—

나는 그것을 내던졌어요.

써놓은 내용이 너무 이상하게 보였습니다.

형이 그걸 주워들었어요. "읽어, 계속" 형이 말했습니다. 읽었
지요.

이 땅 구덩이 안에 나와 내 동생이

같은 관에, 같은 땅에 묻히기를 바라노라.

그러나 땅이란 말을 삭제하고 나서

형이 써넣은 것은 무덤이었습니다. 나는 그 단어들을 보았습니다.

그리곤 갑자기 의미를 깨달았지요, 모두 다.

동생이라고 쓴 것을 보았습니다. 그리고 그것은 나라는 것을 알았습니다.

그건 나였어요. 이샴이었어요, 땅 속에, 무덤 속에.

소리쳤어요. "형―여기 이건 난데요!"

그리고 형은 아주 부드럽게, "아, 녀석, 그럼, 너지."

"그렇지만 형" 내가 말했어요, "형이 방금 그자들이 그리 못하게―"

"아, 귀연 이시" 형이 말했어요. "아, 나를 믿어."

"그렇지만 형―" 내가 말했습니다.

그랬더니 형이, "아, 귀연 동생아―혼자가 아니야."

"하지만 죽잖아요!" 내가 소리쳤어요.

형이 의자를 뒤로 차고, 벌떡 일어나 침을 뱉었어요.

"죽는 게 뭔데!" 형이 말했습니다.

"죽어서도,

숨 쉬고 먹고 자고

창자도 청소하고 옷 입고 돌아다닐 수도 있어."

그리곤 가리켰어요. "자, 사람들 좀 봐, 다 자기 옷들 입고 걸어
다니잖아!"

형은 마치 사람들이 거기 있는 양 노려봤어요.
그러나 나는 그들을 볼 수 없었습니다.
"자기들이 죽은 줄도, 옷에서 악취가 나는 줄도 모른다구!"

"그렇지만 형" 내가 말했어요. "우리는 죽는 게 아니잖아요!
내 말 들어요. 우리 어서 가요,
말 타고 가요 빨리 멀리.
오늘 밤, 미시시피로 또는 저들이 말하는 아칸소나,
아님, 메리웨더 형이 정탐하러 갔던 서부로, 멀리 사람들의 발
길이 닿을 만한 곳으로.
산들이 크고 대양이 있는 곳으로,
아, 신세계처럼 넓고 지극히 크고
공정한 나라로요!"

"신세계라!" 형이 말했다. 그리고 침을 뱉었다. "다 똑같아!
세상 어딜 가든 모두 똑같이 악취가 나."

그리고 나는, "그렇지만, 형, 우린 살아있을 거잖아요!"

252

키르히너(Ernst Ludwig Kirchner, 1880~1938) 作 〈두 형제〉(1921)

형의 얼굴이 노골적이 되었어요. "그래, 너는 떠나겠다!
벌떡 일어나 말 타고! 우리 어머니는 여기에 두고."
"그렇지만 형, 엄마는 돌아가셨어요!"
그리고 형, "어머닌 아직도 너를 사랑하셔,
   그렇지만 너는 어머닐 사랑하지 않아―아니지, 넌 밧줄이 무
서운 거지!"

형은 자기 목을 잡고, 마치 목 매달린 것처럼
혀를 내밀었어요. 그러나 갑자기 웃었어요.
"아, 귀연 동생 이시, 우리 동생을 목매달게 하진 않을게.
내 동생을 고양이처럼 밧줄에 묶어서
우리 귀연 동생이 발길질하고 움찔대고
모든 사람들이 웃는데 자기 바지에 지리게 하지는 않아.
아니지 아냐!"

몸을 숙여, 나를 꼭 안았어요.
나를 사랑하는 것처럼. 그리곤 웃음을 터뜨렸지요.
그러고는 오래 전에 우리가 어릴적 마루에서 놀 때처럼
나를 간질였고 나도 웃었습니다. 아무 일도 안 일어난 듯이.
우리는 마루에서 뒹굴고 웃었어요.
마치 우리가 어리고 세월도 지나지 않은 듯이.

그리고는 모든 게 조용해졌어요. 형은 의자에, 내 머리는
형의 무릎에 기대고. 내 머리가
무거웠어요, 마치 잠이 오듯이.
형의 손은 마치 그가 나를 사랑하듯이 내 머리에 놓여 있었지요.

R.P.W.

그래서 결국 당신을 거기까지 끌어왔군요. 그래요. 모두 그가
주도한 겁니다.
이제 그는 새벽까지 앉아 있을 수 있네요. 그의 마음이 아주
편해졌으니.

*

이샴

예, 예, 날이 천천히 밝아오는 동안 앉아 있었어요.
그리고 날이 밝기 전에 촛불이 꺼졌어요.
그리고는 잿빛이 창가에 그리고 문가에 서렸지요.
사냥개가 문가로 가서 공기의 냄새를 맡았어요.
사냥개가 돌아와서 형의 손을 핥았어요.

형이 일어나 내 어깨를 탁 쳤어요.
말하길, "이시야, 오늘이다.
아, 귀연 내 동생 이시야, 우리가 곧 길을 떠난다."

그러고는 그의 서류를 주머니에 넣었어요.

때가 왔을 때 그 서류들은 거기에 있게 말이죠.

R.P.W.

어머니의 무덤에서 당신들 서로가 서로를 겨루려는 겁니까?

이샴

예, 형이 열까지 세는 거죠.

R.P.W.

왜 셋이 아니고? 아니, 그건 너무 빠르겠군요!

그렇게 되면 당신을 보면서

내내 번민해오던 바를 즐길 수가 없었겠지요.

이샴

왜 형은 그렇게 천천히 세었을까요, 그리고 빤히 보았을까요?

R.P.W.

마지막 달콤한 한 방울을 취하려고. 그렇지만 모진 운세입니다, 릴은.

무덤에서 당신들이 서로를 마주할 바로 그때,

자기가 자기를 쏘는 사고를 냈으니. 그래서

쇼가 시작되기 전에 막이 내렸습니다.

이샴

하지만 좀 들어보세요.

R.P.W.

뭘 들으라는 겁니까?

이샴

사실요. 그게 전혀 그렇지 않았어요.

R.P.W.

아니라니, 왜 그렇죠? 그들이 당신을 체포하고
4월 11일에 존 다라가, 검시관으로서,
배심원에 불려왔고, 당신은
선서하고,
릴번이 잘 해보려다가
*실수로 자기 자신을 쏘았다—*고 증언했습니다.
그들은 당신을 믿었죠, 당신은 형을 죽인
주범이 아니라, 단순히
종범으로 기소되었기 때문입니다.

이샴

그렇지만 그건 사실이 아니었어요. 내가 맹세한 건 그게 아니
었어요.

R.P.W.

그럼, 뭡니까?

이샴

형은 거기 서서 천천히 세었어요,
내내 나를 계속 빤히 쏘아보면서요.
빤히 쏘아보며 세는데—
네엣하고, 다섯하고—

아니, 우리 형이 아니에요!

메리웨더

아냐, 네 형이야!

릴번

여섯!

이샴

그리고 저쪽, 숲에서 조리새* 한마리가 ―

릴번

일곱!

이샴

그리고 저쪽, 숲에서, 잎사귀들은요

릴번

여덟!

이샴

꼼짝 안 해요, 그런데 저 망할 놈의 새가
아, 형 ― 아, 저 놈을 멈추게 해요!

릴번

아홉!

---

* 새의 노랫소리가 '조리'라고 하는 듯해 조리새라 부른다. 워런의 시집 『*You, Emperors, and Others*』 수록된 시 'What the Joree Said, Joree Being Only a Bird' 참조.

이샴

— 그리고 나는 생각했어요, 만일
저 망할 놈의 새만 —

그리고 나는 거기 서서 나의 권총을 봅니다.
방아쇠에서 연기가 푸르스름하게 걸려 있지요, 마치 내가 꿈
꾸는 것처럼.
그리고 난 고함을 질렀어요. "아, 형, 그럴 생각이 아니었는데!"

그러나 형은 땅바닥에 쓰러져 있고, 그리고 피가 흘러요.

*

R.P.W.

아니, 이런 바보! 이제 알겠네!
릴번이 천천히 센 것은 당신이 그리 하도록 만들려는 거였습
니다.
릴번은 당신이 헤까닥 돌아서
마지막 배신자가 되고, 그래서
크리스마스 캔디 빨듯 달콤하게 불의를 음미하면서,
혼자, 혼자서, 그 달콤한 소외 속에, 그래요,
그로 하여금 완벽한 기쁨을 누리게 하리라는 걸 알았던 겁니다.
그리고 당연한 귀결로,

당신이 그를 사랑했기 때문에 그 또한 당신을 배신한지를 알
겠소?

그가 당신으로 하여금 그를 죽이게 하여,

"아, 귀연 내 동생, 결코 너를 목매달게 하지 않겠다!"고 한

자신의 엄숙한 약속을 깨었을 때— 당신을 배신했지요.

이샴

나도 내 자신을 쏠 수 있었는데—나도 할 수 있었는데—

R.P.W.

그렇지만 릴번은 당신이 절대로 그러지 않으리라는 걸 알았습
니다. 그래요, 당신을

잘 알았지요, 당신이 냅다 도망하리라는 걸 알았던 겁니다.

이샴

나는 — 아무것도 — 몰라요.

그러나 예, 내가 거짓말을 했어요 — 왜냐면 나는 사람들이

내가 형을 그렇게 사랑하는데 내가 형을 죽였다고 생각하는

게 싫었거든요.

R.P.W.

왜 형을 미워했다고 인정하지 않나?

루시

아니다! 아냐! 네가 형을 한때 사랑했다면
그 사랑은 아직 유효한 거고 이샴 네가
죽음의 세계로 가져와야 할 건 그게 다야.

제퍼슨

내가 내 손으로 직접 쐈을 텐데!

메리웨더

그래요, 제프 어르신, 제게보다는 좀 솔직하게요?

제퍼슨

넌 누구냐, 얼간이?

R.P.W.

맙소사! 메리웨더네요!

이샴

군인모자를 벗었네요, 예! 손에 들었어요.
보이죠! 머리에 부서진 커다란 구멍을 보아요!
그는 히죽 웃고, 가리키고 있어요.

　　　　＊

R.P.W.

뇌가 커다란 눈동자처럼 빤히 보네,

흐르는 핏속에 깜박이며.

메리웨더

아, 그래요. 뇌가, 그게

다 알고 있다는 듯 쳐다봐요. 그리고 만일—

이샴

보세요, 그가 웃고 있어요!

메리웨더

그래 제가 지금 멍청이라면, 제프 어르신,

어르신의 작품을 알아보셔야죠.

제퍼슨

내 작품이라니?

메리웨더

저야말로

어르신의 거짓말이 완벽하게 먹히든 그 멍청이 녀석이었죠.

아무렴요, 제가 꿀꺽 삼켰어요—어르신의 고상함을.

제퍼슨

아, 아들아.

메리웨더

네, 아들이었죠, 잠시 동안 그랬지요.

제퍼슨

그렇군, 지난 고통의 흔적이 보이네.

그렇지만 나는 자네의 행복 외에 다른 것은 생각하지 않았는데.

뭐가 잘못되어 테네시의 여명에 절망에 차서 찾아왔는지 모르

겠네,

　자네가 물을, 물을 뜨려고 빈 물통 속을 뒤웅박으로 더듬었을 때

서글픈 달은 서쪽으로 기울었고, 아무도 오지 않았어.

　그건 내가 한 일이 아니야, 아니고말고! 나도 전해 듣고 울었지.

내가 그랬다고 하진 않겠지.

메리웨더

진실을 말씀드리지요, 만일 제가

어르신이 내게 가르쳐준 거짓을 살았다면, 저는

진실을 알고 죽은 겁니다. 저는 제 머리를 쪼개서

거짓말이 널리널리 날아가도록 했습니다―보세요!

없지요. 구멍을 들여다보세요,

피투성이의 덩어리뿐인 진실이죠.

제퍼슨
아, 메리웨더!

＊

메리웨더
그래요! 어르신의 거짓으로 죽임을 당했어요.
저를 희망 속에 황야로 나아가게 한 것은
어르신의 거짓말이었어요.

제퍼슨
네가 원한 것이 편안함이었다면—

메리웨더
제가 왜 나아갔는지 아시죠.
어르신의 편지를 주머니에 넣고,
1803년 7월 4일
자유의 날에 쓰인 편지 말이죠. 거기에는,
도움을 베풀고자 하는 사람들이
더 온전히 만족하며 당신을 신뢰할 수 있도록,

나 토머스 제퍼슨,
미합중국의 대통령은
이 포괄적인 신임장을
친필로 적고 내 이름으로 서명하는 바다.
TH: 제퍼슨.

그러나 그게 저를 구원할 수 있었나요?

우리는 출발했지요.

나와 나의 좋은 친구 클라크, 그리고 마흔세 명의 남자들—
군인들, 프랑스 뱃사공들, 강인한 켄터키 친구들,
그리고 대륙을 횡단하며 부족들마다 자기 종자를 남긴
나의 착한 검둥이 요크가 같이 갔지요.
그리고 야만인들을 기쁘게 할 다량의 잡동사니와,
기저귀와 진홍색 천과 볼록렌즈와
빨간 각반과 담요와 메달들과 귀걸개 등을 가져갔어요.
오월이었죠. 우리는
늦은 오후 미풍이 불 때 출항하여 첫 번째 섬에 캠프를 세웠죠.
이렇게 해서 나는 내 삶의 길에 들어섰습니다.
나의 죽음의 길이었죠.

날개처럼 서쪽 하늘이 드리워진 대지에 들어섰어요.

우리는 대기가 충만한 대지에 들어섰어요.

일 년 내내 우리는 "빛나는 산"*에 자리한

대지를 향하여 이동했습니다.

그것이 그 산들의 이름입니다.

해가 길고 하루 종일 가도 그 이름입니다.

         *

우리가 꿀이 흐르는 땅을 떠난 건 오래 전입니다.

오세이지 강†을 건넌 이래 못 보았습니다, 하지만 꽃은 합당한
계절에 아름답고,

큰 유리새‡도 있었는데 이것을 우리는 이해할 수 없었습니다.

이해하기 쉽지 않은 것이 많았습니다. 산들이

오른 편에서, 우리의 북쪽에서, 서쪽에서,

종이 울리듯 우렁차게 울렸어요.

외로운 굉음 한 번, 그러고 나서 여러 번, 그런 다음엔 빠르게

---

* 『루이스와 클라크 탐험 일지』1805년 7월 4일자를 보면, "아마도 이 산들이 빛나는 산이
라는 호칭을 가지게 된 것은 산에 덮인 눈에 해가 어떤 방향에서 비칠 때 빛나는 외관 때
문이 아닐까 생각했다"는 구절이 있다.

† 미주리 주 중부를 흐르는 큰 강으로, 동쪽으로 흘러 미주리 강에 합류한다. 유럽 이주민들
이 이곳에 당도했던 당시 거주하던 토착 부족의 이름을 땄다.

‡ 독수리 같은 큰 새도 용감하게 공격하는 작은 새.

때를 잘 맞춘 포대로
3킬로짜리 포를 발사하듯이 울렸어요.
미너터리족*들이 그 얘길 해주었었죠. 우리는 거짓말하는 줄
알았어요.
그러나 그 종소리를 듣고도 우리는 이해하지 못하는 척 합니다.

그것은 철학이 정할 일입니다. 우리는 군인이었고,
단순했어요. 그러나 모든 날들을 기록했습니다,
작은 일과 큰일을.
우리가 늑대를 잡았을 때처럼, 오늘 누런 늑대를 죽였다.
겨울이 갔다, 단풍나무 수액이 마구 흐른다,
백조가 남쪽으로 이동한다.
5월이 다시 왔다, 기러기가 새끼들을 거느렸다, 고라니는
새끼를 낳기 시작한다. 영양과 사슴은
아직이다, 쏙독새의 어린 것들이
지저귀기 시작한다. 천둥은 거의 치지 않는다.
구름은 대체로 하얗고
바람만 몰고 온다.

---

* 미주리 강 유역을 근거지로 삼아 농경과 사냥을 하며 살던 인디언 부족을 가리킨다. 탐험
대와 조우한 이후 점차 그 세력이 쇠퇴해갔으나 지금도 여전히 자신들의 문화적 정체성
을 보존하려고 노력하고 있다.

러셀(Charles Marion Russell, 1864~1926) 作
〈콜롬비아 강에서 치누크 족을 만난 루이스와 클라크 탐험대〉(1905)

우리는 대륙을 가로질러 이동했습니다. 고생했지요.

고생 뒤에는 반란의 함성이 있어 제가 매질을 했지요.

동틀 무렵 매 자국에 비명이 올랐습니다. 그걸 보며 인디언들
이 울었어요.

제 마음도 울었을 겁니다. 잘 아는 아이니까요.

결국 우리들 중 누구도 그 아이나 같은 거죠,

머나 먼 여행길에.

우리는 가혹한 계절들을 견뎠습니다,

백로와 태양열의 계절도,

가혹한 세상에서 유일한 안락을 찾아 동면하는 계절도.

그리고 멀리 산봉우리의 눈은

쏟아지는 빛 속에 파랗게 이글대고,

헝클어지지 않은 하얀 고원 평야에는 짐승의 발자국도 없고,

높이 공중에는 날갯짓도 없으며,

번득이는 대륙의 침묵 속에서

또렷하게 뛰는 저의 박동소리를 들었습니다. 제가 말했지요,

이것이 기쁨인가? 이것을 기쁨이라고 하는가?

그러나 다리에 종양, 종기, 농양. 피를 토하는 자.

원주민 여자를 껴안아서 온 불결한 병.

원주민들은 로벨리아와 옻나무 뿌리 음료를 만들어요.

우리는 매독을 다스리려 그것을 먹었어요. 쓸 만했지만 특효
는 아니었습니다.

우리는 새로운 짐승들을 보면 자세히 적었어요. 우리는 커다
란 곰을 잡았습니다.

회색 머리의 무시무시한 그놈은 용서를 모르지요.

사람들은 모래벌판에서 그의 발자국을 보고 두려워합니다.

우리는 그놈의 색깔과, 그놈의 엄청 큰 불알이,

특이하게 배 밑에 매달려 있는걸 보았어요.

심장이 커서 죽음은 매우 더디 옵니다,

분노도 있지요. 우리는

개고기를 먹었어요. 즐겼습니다. 우리는 이상한 고기를 먹었지요.

저는 추장들과 담요에 앉았습니다.

하얀 고라니 가죽에 "꼬은 머리" 추장이 내게 지도를 그려주
었어요.

어떻게 강들이 서쪽에서 합류하여 물맛이 나쁜

커다란 호수로 향하는지를. 대양의 인디언 이름도. 그러나 아
무도

거기에 간 적은 없었습니다. 우리가 온 거죠.

우리는 비를 맞으며 매트에 누웠습니다. 대양의 우렁찬 소리
가 들렸어요.

다음 날 우리는 보았습니다.
그리고 내 친구 클라크는 이렇게 기록했어요.
아 대양이 보인다! 아! 이 기쁨.

인내의 자부심은
인간에게 거부되지 않을 것입니다.

아! 이 기쁨, 하고 클라크는 소리쳤지만, 오랜 동반여행의 기
쁨의 내면은
아직 밝혀지지 않았습니다.
돌아가서,
내 친구들의 얼굴이
내 시야에서 물러나고,
상상만이
우리가 공유한 경험의 진실을 이야기할 수 있을 때에
밝혀질 것입니다.

진실? 아닙니다. 마지막 망상이지요. 그러나 그건 나중 얘기고.
이제 11월이었지요. 우리는 그 물가에서 겨울을 나고
폭풍이 다가올 때 쾅하는 커다란 소리를 들었습니다.
돌아오는 길은 멀었어요,
돌아오는 길에 우리는 모든 계절을 겪었습니다.

그리고는 세인트루이스, 나는 교양인들과 식사를 했어요.
뭐, 나는
야만인이 김이 오르는 내장을 찢고,
피가 광대뼈에 흘러내리는 것을 보았는데,
거기서 뒹굴며 남아 있을 걸 그랬나 봐요!

어르신은 갈망하는 내 마음에 대고 설득력 있게 거짓말을 했
어요.
그리고 짧은 순간 나의 경험은
어르신이 말한 모든 것의 확인인 듯 했어요. 나의
상상 속에 밤의 대양의 소리가 남아 있어요.
나는 남자들끼리 오래, 형제들처럼, 여행하는 법을
아는 줄 알았어요.

그래 그 서부 중 하필, 루이지애나의 주지사라,
본부는 세인트루이스.
말라리아의 달에 개펄을 나는 작은 모기들처럼,
작은 거짓말들이 모였죠.
악한 마음에 똥이 가득한 저 베이츠[*]

---

[*] 제퍼슨은 프랑스로부터 매입한 루이지애나 영토에 메리웨더 루이스를 총독으로 임명
했다. 그러나 메리웨더가 그곳에 부임하기 전인 1807년 4월 베이츠(Frederick Bates,
1777~1825)를 장관으로 승진시켜 세인트루이스로 먼저 보내두었었다. 1808년 3월에서

그 베이츠가 미소를 지었어요. 햇빛 속에서 악취를 풍겨요.

그래서 나는 도망쳤습니다.

내가 가야 할 서쪽으로가 아니라, 동쪽으로,
또 증명을 위해 서류를 가지고.
당신이 취임했던 워싱턴 시에서,
거기서, 내가 정의를 찾으리라고—
위대한 배신자가 누구였는지 짐작도 못하고!

테네시로 왔습니다. 치카소에.
피커링 요새에서 취했어요, 평소의 나와 다르게.
나는 내가 왜 만취되었는지 이해할 수 없었죠.
그러는 황야에서 내치즈 도로*를 발견하고
도망쳤습니다. 내 친구들을 피하고,
그들의 목소리를 피했습니다.
나의 크레올, 나의 검둥이, 착한 닐리 소령도.
나는 인간의 얼굴과 미소를 피해 달렸어요.

야 임지에 도착한 메리웨더는 그간 사실상 주지사 역할을 담당해오던 베이츠로부터 여러
수모를 감내해야 했다.

* 미시시피 주 내치즈로부터 테네시 주의 내슈빌을 연결하는 도로로서, 1780년대에서 1830
년대까지 산업과 군 전략상 중요한 역할을 담당했다.

나는 정의를 향하여 말을 달렸습니다. 중상모략을 말살하려고요.
내가, 큰 별 아래서 잠들었던 내가,
참새가 똥을 쪼듯이 돈을 쫄 거라니.

밤에는 형편없는 여관으로 갔습니다.
그라인더라는 이름의. 일에 찌든 여인과 애새끼들.
남편은 출타 중. 황야에 달랑 두 채의 오두막집이더군요.
버려진 옥수수 밭은 불에 그을린 나무들과 얽혀 있어요.

나는 마실 걸 달라고 해서 마셨어요, 조금.
여자가 준 음식을 먹었어요, 조금.
나는 내 자신의 불안을 이해할 수 없었어요.
나는 문 밖에 앉아 저녁을 바라보았습니다.
"아름다운 저녁이군요," 여자에게 말했어요.
그 순간 나는 무한한 대지 너머 서쪽으로 움직여가는
저녁의 아름다움을 생각하고 있었지요.

이제 오두막에 여자는 내 옷을 펼쳐놓았습니다.
곰가죽과 버팔로 가죽이죠. 나는 누웠어요.
그러나 자고자 함은 아니었습니다.
나는 혼자 일어나 소리 내어 말하고 단언했습니다.
스산한 어둠 속에서 나는 단언했습니다.

갑자기 정의란 없다는 생각이 들었기 때문이었습니다.

인간의 마음은 그 인간다움 때문에 정의를 미워할 것이기 때문입니다.

인간이 결국 인간의 친구임을 믿지 않았더라면

그들과 같이 오래 여행하며

변함없이 즐거우리라고 믿지 않았더라면,

내가 어르신의 그릇된 신념을, 사랑하고 실천하지 않았더라면,

그러면 나는

안전장치도 없이, 마음을 다 잡지도 않은 상태로, 파견되지는 않았을 겁니다.

아, 황야는 문제없었죠!

그러나 결국 인간 심성의

변덕을 알게되다니!

그래서 뇌관을 달고 장전한 무기를 집어

한 방에 두개골을 파열시키고, 그릇된 신념을 내던졌죠,

날아가서 나로 하여금 영면하게 하라고.

헌데 죽을 수 없었습니다. 물을 찾아 소리쳤어요.

달빛에 기어가, 바가지로 물동이 속을 더듬었어요.

그러나 물동이는 비어 있었습니다. 그리고 아무도 오지 않았

습니다.

소리쳤어요. "나는 겁쟁이가 아니야,

겁쟁이라서가 아니라, 아주 건강해서 죽기가 어려워!"

그때 나는 큰 곰이 어떻게 죽었는지를 생각했습니다,

천천히, 분노하며, 자두나무 아래서. 나는 그 녀석을 이해했습니다.

새벽에 나는 죽었습니다.

나는 누가 나를 살해했는지 압니다.

나는 누가, 돼지가 뒤지거나 늑대가 쑤셔댈

구멍으로, 내 몸을 던져 넣었는지 알았어요.

여러 해가 지난 후 어느 학자연하는 바보가

나를 수식하기 위해 라틴어를 난도질하여

내가 말한 적이 없는 거짓말을 조각했어요.

내가 결코 말하지 않을, "오, 훌륭한 공화국이여, 영원하라!

내 잃어버린 세월이 너의 세월에서 더 행복하리라!"

어, 아니지. 그 훌륭한 공화국은 다른 사람들로 구성되었지.

그러니 자기들 세월을 살라구해요, 내 세월을 살지 말고.

나는 엄숙히 그들을 저주합니다.

그들이 사는 거짓과 그들의 손으로 행한 행동을,

그리고 어르신이 나를 죽였다면—

제퍼슨

아니지, 아냐, 내 아들!

릴번

아, 깜깜하다, 등불을 가져와!

루시

오빠, 이제 알겠어요—

제퍼슨

내 보니 알겠구나. 사악한 것.

루시

아, 어둠 속에 있는 릴의 손을 잡아줘요.

제퍼슨

네 스푼을 위해 하인을 백정질한 손!

루시

그 생각이 사뿐한 발길로 악몽이 되어 찾아오는 걸 상상할 수 있어요?

그렇지만 아니요! 그 애가 보호하려 했던 것은
어둠 즉 자기 자신에 대항하는 자신일 뿐이었어요.
그 애는 숲 전체에서 엄습해 오는 어둔 기운을 느꼈어요.
그 애는 그의 마음속에 숨고자 하는 어둔 공포를 느꼈어요.
그 애는 하얀 접시를 놓는 까만 손을 보았어요.
그 애는 가련한 존을 자신의 가장 어둔 자아,
그 애가 두려워하는 어둠의 가능성으로만 보았어요.
그리고 그 애가 원했던 것은 오로지—

제퍼슨

피였지.
나는 그 일에 대해 아무런 책임을 지지 않겠어!

루시

나는 내 사랑의 책임을 받아들여야 해요.
그 사랑이 표현되지 않아 잘못되었다 해도.
내가 책임을 회피하려 했고, 또
죽었다 해도. 아, 내가 저지른 죄를 반복하지 말아요.
그냥 그 애 손을 잡아줘요.

메리웨더

그래요, 잡으세요! 그래요,

인간이 다 고귀하지만
자신이 더 고귀하다고 증명하려 한 어르신의 살인적인 거짓말
보다,
한밤중 고깃간 도끼가,
적어도 더 정직하고,
더 명예롭다 하겠습니다.

제퍼슨

이봐, 그 손에 피가 미끄러운데!
너는 내 범죄를 더 중하게 만들려는 거냐?

루시

그렇지만 오빠가 그러시는 거죠! 거절하시니까요.
불쌍한 릴번이 광기와 오만 가운데 저지른 일을
오빠는 허영심으로 범하는 거예요.

메리웨더

아뇨, 두려움이죠.

제퍼슨

나는 어떤 인간도 두려워하지 않았어!

루시

그렇군, 그래요. 메리웨더가 맞아, 두려움이야!

제퍼슨

누구를 두려워 해!

루시

그의 이름은 제퍼슨.

메리웨더

그래요, 제프 어르신!

*

루시

예! 오빠의 깊고 깊은 두려움.
켄터키로부터의 보고서에서
가족의 혈육에서조차 무엇이 가능한지를 알고는,
그리고는 오빠의 두려움이 시작된 거죠.

메리웨더

당신이 인간이라는. 어르신도, 인간이라구요!

루시

오빠의 두려움은 시작되었고, 그리고 미덕과 병든 허영심으로
불쌍한 릴번을 내리치겠죠.

메리웨더

팔을 보세요, 팔이 들려져 있네요! 도끼를 쥐셨나요?
아, 미덕의 분노! 이제 여동생을 향해서.
동생을 치시렵니까?

제퍼슨

내 아들, 잠시 조용히 해.
만일 네가 말하듯 내 거짓이 너를 망쳤다면,
나도 망쳤단다. 나 역시
세상의 본질에 대해 준비되어 있지 않았거든.
그리고 고백하건대, 내 본심으로 인해,
진리가 오래 전부터 무시무시한 정의를 실천했지.
그러나 만일 허영이란 게 있었다면 ―

루시

오빠, 인간의 무죄성(無罪性)에 대한 신뢰는
인간의 죄성(罪性)에 대한 고민보다 책임이 커요. 만일 오빠가
무죄성을 신뢰한다면, 그렇다면

그 애의 손을 잡아줘야 해요.

제퍼슨

내 손을 봐. 허공에 늘어져 있어.
보이는군. 그 손이 치려는 거였을까?

메리웨더

어르신의 얼굴에 불꽃이 빨갛게 일렁여요!
땀이 흐르네요! 릴번의 이마에 맺히는
땀을 생각해보세요.

제퍼슨

루시, 네 말이 맞으면, 내게 남는 건 뭐지?

루시

가질 만한 가치가 있는 것은 다 남아 있어요.

제퍼슨

만일 내가 꿈꾸었던 모든 것이 단지 무언가의 반사작용이라?
무엇의? 허영의?

*

루시

사랑하는 오빠, 오빠의 꿈은 고귀했어요.

만일 그것에, 허영이나 두려움이나 속임이 있었다면,

그럼 어때요? 우리는 인간이고,

인간 조건의 그늘에서 일해야 하잖아요.

메리웨더

꿈은 남는다?

알겠네요—예. 그러나

아직 더 고귀한 꿈을 보세요!

루시

우리 모두가 공모자에요. 그래서

더 어렵고 냉엄하고, 그렇기 때문에

더 고귀한 거죠.

메리웨더

그 대가로 얻는 지식은,

그 자체로, 일종의 구원입니다.

제퍼슨

나한테 무슨 말을 하려는지 알 것도 같군.

어느 날 애덤스[*]에게 편지를 썼지.
그 옛날 우리 시절에
나의 적수이자 친구였던 애덤스에게,
그 괴짜 위인.

내가 편지에서 말했지.
미래의 꿈은
과거의 꿈보다 나은 것이라고.
아무리 끔찍하다 해도,
과거라는 사실 없이는 우리가 미래를 꿈꿀 수 없다고
말할 용기를 내가 어떻게 찾을 수 있을까?

메리웨더
미래가 만들어지는 걸
얼핏 보는 것 같아요.

제퍼슨
고뇌의 모루에 놓여
진리의 망치질로 만들어지는 미래!

---

[*] 제3대 대통령 제퍼슨과 제2대 대통령 애덤스(John Adams, 1735~1826)의 우정과 경쟁관계는 곧 미합중국 탄생의 역사를 조명한다. 두 사람 모두 프랑스 혁명을 지지했으나, 애덤스는 연방주의자로, 제퍼슨은 각 주의 권리를 중시하는 반연방주의자로 나선다.

루시

진리가 실종될지 모른다고 생각하면 아주 끔찍하지요.

그러나 앞으로 고뇌가 실종된다고 생각하는 건 더 끔찍합니다.

존

저는 세상에서 길을 잃었어요. 그리고 나무들은 높이가 아득
했어요.

저는 세상에서 길을 잃었고 어두운 습지대는 일렁였어요.

저는 저의 고뇌 속에 길을 잃었고 이치를 알지 못했어요.

    *

제퍼슨

이치? 그게 바로

내가 살면서 추구한 단어다. 그러나 아,

우리는 어둠 속에 길을 잃었던 거지, 그리고 나는

빛이 있다고 꿈꾸어왔지만 길을 잃었지.

너의 피가 흘러나왔을 때 내가 잃어버린

이치의 빛을 이제 네게 어떻게 보여주겠니?

그런데 그게, 그게

그걸 추구하도록 우리가 저주를 받은 걸까?

아, 나는 바보야.

루시

아니에요, 오빠. 저 아이를 잡아요. 릴번을 붙잡아요.

존

예, 지금이 기회예요! 그게 제가,
무지한 중에 아는 모두예요.

루시

저 아이가 잘 알겁니다.

존

아, 제발이요!

제퍼슨

손을 잡으라고! 잡으라, 그거냐?

그래, 봐라! 내가 손을 잡았다. 아, 우리가 찾게 되기를
아니, 이렇게 만들어가게 되기를—

루시

— 이치의 가능성을. 그래요,
그런데 그걸 가장 죄스러운 절망 가운데서

이끌어내야지요?

제퍼슨

그렇구나, 돌을
연마하는 쇠가
우리의 움츠러드는 어둠 가운데서
마음의 큰 빛 너울을 이끌어내기를!

메리웨더

춤추어 버팔로를 데려오라, 빛나는 대지여!
더욱 웅장한 유령춤을 지금 추라, 깃털을 흔들어라.
춤추어 광대하게 빛나는 서부 전체를 새로이 불러오라!

모두(노래하며)

춤추어 아침을, 독수리의 울음소리를 불러오라.
춤추어 빛나는 산을 불러오고, 빛나게 하라!
아침까지, 치켜 올린 눈 춤추라.
아침별을 지나 아침까지 춤추라.
그리고 우리가 살고 죽어야 하는 심장을 춤추게 하라.

제퍼슨

나의 루이지애나, 나는 그대와 춤추리라, 멀리 있어도!

메리웨더

우리가 가졌던 것도,
과거의 우리 모습도,
잃어버린 것은 없으니까요. 모든 것이
지식으로 보상되었습니다.

제퍼슨

그러나 지식은 가장 강력한 대가요.
쓰디쓴 빵이다.
나는 쓴 빵을 맛보았어.
기쁨 속에 나는 죽으리.

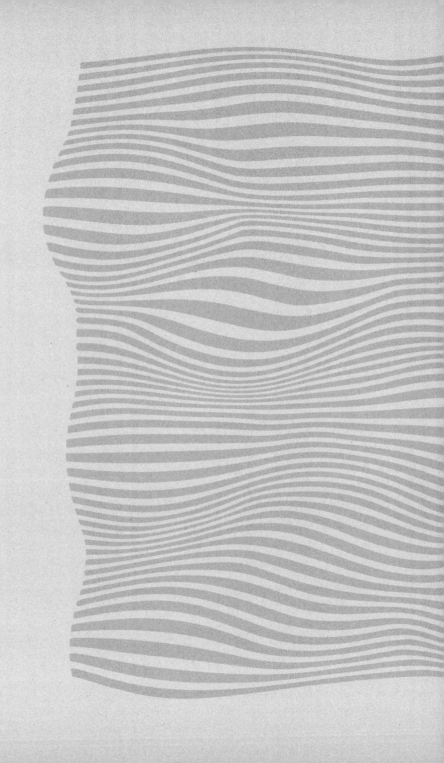

제
6
부

✝

R.P.W.

기쁘게 죽을 수 없었던 자들을 생각해보십시오.

잔뜩 웅크리고 아무 생각없는 도끼를 기다리는 존을,

혹은 너무 오래 살게 된 캐트 유모를 보아요. 혹은 리티샤를
보아요,

자기 이야기인데도 그게 무슨 의미인지 전혀 알지 못했습니다.

천천히 숫자를 세는 릴번을 생각해보십시오.

이샴을 보세요—그들은 종범이라 판단했고, 배심은

교수형을 선고했습니다.

그날은 다가왔고, 식욕은 현저히,

줄었죠. 새벽이 환해져서 휴일이 되었습니다.

그러나 뭔가 재미꺼리가 부족해—노래나 술, 싸움은 그렇고,

헌데 당길 밧줄이 없군. *아 제길, 집에나 가보셔!*

이샴이 어디론가 사라져버렸기 때문입니다.

멀리 수도 프랑크포트에서는

늙은 셸비 주지사가 깃펜을 찍어

썼습니다. 이샴, 생사불문

금화 오백달러. 이거면 잡혀올 테지.

그러나 이샴은 옥에 갇혀 침울하거나 머뭇거리지 않았습니다.

그는 도망쳐버렸습니다. 목매는 밧줄과 교수형과 악몽에 대한

편견을 가졌던 까닭에,

탈옥했던 겁니다.

이샴

아뇨, 저는 결코 탈옥하지 않았습니다.

그들이 저를 목매달까봐 겁을 내며 그냥 감옥에 누워 있었죠.

겁나는 게 수치스럽고, 또

제가 형을 죽였으니 그들이 나를 교수형에 처해야 한다는 건
알고요.

그런데 나와 감옥을 지키는 늙은 톰 테리가

어느 날 밤 와서 아주 작은 소리로 말하기를,

"지를 지금 때려 뻗은 채로 두고

도련님은 가서요. 말에 안장 다 채워

아래 버들 숲에 두었지요. 지 말임네다."

"뭐라?" 했더니, 그가 "다들 알구 있구만이,

도련님이 비열한 짓 한 건 아니잖아요."

그래 내가 소리 질렀죠. "그렇지만 내 형을, 형을 죽였어!"
그는 웃었어요, 말하길, "지가 목매다는 거를 봤습죠.
좋아하지 않으실 걸요, 도련님." 나는 그냥 빤히 보기만 했어요.

"지가 나이 먹었으니" 웃으며, "쎄게 때리지 마서요."

R.P.W.
그래 말을 잡아탔고, 조금도 머뭇거리지 않았군.

이샴
예, 줄행랑쳤지요. 제 이름에 똥칠을 했어요.
전 아무도 아니었고, 이제 이름도 없어요.
말했죠. "난 아무도 아니다, 아무 일도 일어나지 않았다."

그리고 줄행랑을 쳤어요. 하지만 하나 불편한 사실을 깨달았죠.
인간은 자기 자신을 버릴 수 없다는.
그러니 다 같이 움직인 거죠. 저 자신을 데리고 같이 줄행랑을
쳤습니다.
그리고 어둠 속에서 이렇게 말했죠. "아, 하나님, 저는 요거밖
에 안 되는군요!"
그러곤 뉴올리언스로—

R.P.W.

그럼 그게 사실이군. 총잡이들이

목화솜궤를 방패삼은 앤디 잭슨*과 큰 전투를 마치고

고향에 돌아와 들려준 얘기가?

아, 40보 거리에서 칠면조를 사냥하는 고향식과는 다릅니다.

뿌려놓은 곡물을 먹으려고 통나무 뒤에서

칠면조의 대가리가 쑥 올라왔다 다시 내려갈 때

칠면조의 대가리가

대문짝만하지 않습니다. 그리고 그 찰나가

딱 한 번 있는 기회랍니다.

이삼

아니요, 루이지애나는 달라요. 어느 바보라도 칠면조를 잡을
수 있죠.

칠면조의 키가 모두 6피트나 되고

느릿느릿 골골 울며 풀밭을 거닐고,

드럼을 쳐서 박자를 맞추고.

머리를 뒤로 피할 통나무도 없지요.

우리는 근사한 목화솜궤 방호벽 뒤에 아늑히 자리해요.

---

* '보통사람의 권리'를 주창했던 미국의 제7대 대통령 앤드류 잭슨(Andrew Jackson, 1767~1845)을 가리킨다. 미영전쟁의 와중에 뉴올리언스 전투(1815년 1월)에서 대승을 거둠으로써 일순 국가의 영웅으로 떠올랐었다.

뉴올리언스 전투

———

목화솜꿰를 방패막 삼아 미국군은 영국군을 물리치고 대승을 거두었다

멍청이들, 멍청이들 ─ 저렇게 예쁘게 행진하니,

마치 결혼식인 듯 빨간 옷을 빛내며,

그냥 우리를 향해 행진하는데 마치

우리의 조준이 그들을 뻣뻣하게 만드는 게 사실이라도 개의치 않

는 듯 하네요.

그게 우리를 화나게 하지요,

그렇게 용감해서 우리의 수고가 별 게 아니며,

죽는 게 별거냐며, 그들은 이를, 그리고 우리를 경멸해요.

그게 화나지. 왜냐면 우리는 우리가 저기서 행진하고 있다면

우리가 속으로 얼마나 겁먹고 있을지 아니까.

그래 조준을 하고, 저 바보를 죽여, 머스켓 총을 다시 장전해.

그냥 편하게 맘먹고, 총탄을 잘 헤아려.

그리고는 우리는 목화솜궤 방호벽에 대고 소리 지르고 있었어요.

그리고 "콜롬비아, 만세!"가 연주되고 있었구요.

나는 높이 뛰어올라 영광을 위하여 소리 질렀고,

소리 지르는 건 터키들이 멀리 바다 건너 와서

아주 예쁘게 행진했기 때문이죠,

탄환이 적중할 때까지 아주 예쁘게 행진하기 때문이죠.

---

* '콜롬비아'는 미국을 시적으로 표현할 때 부르는 이름이다. '콜롬비아, 만세!'는 1931년 현
재의 미국 국가(Star-spangled banner)가 정해지기 전까지 비공식적으로 불리던 국가였
다.

그리고 내 속 깊이 있는 무언가를 위해 소리 질렀어요.
마치 잠시 고향 사람들을 보니, 내가 다시 나 같았기 때문이죠.

그런데 내게 그게 명중해버렸어요.

저 멀리에서 어떤 빌어먹을 붉은 제복*을 입은 멍청이가
어떤 빌어먹을 마지막 남은 멍청이가, 주변에 그 같은 종자는
다 죽었는데,
천천히 장전을 하고 쏜 거죠
딱 한 번 더, 그 목화솜궤 방호벽에 대고.
그가 찾은 게 나였습니다.

우리 것과 같은 라이플 총구 마개, 그건 작고 충실합니다.
쉽게 박혀서 피가 많이 흘러나오지 않지요.
그러나 머스켓 총은, 제기랄—무얼 맞히면
뻥 구멍을 내고, 덩어리째 떨어져 나가요—지저분하지요.

그게 나를 엉망으로 만들었어요.

누군가 내 머리를 붙잡고 물을 주려 했지요.

---

* 미국 독립전쟁 당시 영국 군인을 가리킨다.

그는 날 보더니, 뚫어지게 쳐다보았어요. "제길!" 했어요.

그는 나, 이샴을 알았던 거죠. 그들은 내 이름을 알았어요.
고향 사람들이 붉은 제복의 군인들을 죽이러 여기 왔던 거죠.
그들이 내 이름을 부르는 동안 나는 아주 편하게 죽었어요.

마치 그들이 나를 용서한 것처럼—내가 내 형을 죽였을지라도.

*

R.P.W.
원고로서 주 정부가 살인죄로 작성한
고발장에 대해 우리는 이제 스미스랜드 법원에서
다음과 같이 이서된 것을 발견합니다

피고 이샴 루이스에 대해

동일 원고는

이 소송이 피고의 죽음으로 인하여

중지됨을 선고함.

그게 전부입니다.
중지되었어요. 이제 모든 것이 중지되었습니다.

중지되었지, 그리고 당신의 형은 이제
승리의 흙에 묻혀 잠자고 있어요, 쓸쓸히 혼자.
아니, 혼자가 아니라, 그의 모친이 가까이 누워 계시지.
그러나 둘 사이에 소통은 없습니다.
어떤 발소리도 그 둘의 침묵에 침입하지 않지요.
그리고 어치의 외침이 무관심의 지표입니다.
블랙베리의 극심한 엉킴이
그 자리에서 제왕 같습니다.

아무도 오지 않아요.

캐트 유모

나만 빼고. 오래 전,
하눌님이, 그 분이 나를 죽게 두기 전에,
세상이 내 마음의 따뜻함을 짓밟아버렸을 때.
아, 릴, 아, 아가, 내가 와 보고 말했지.
"우리 릴 어디 있지요? 이 땅 속에 있을 리 없어요.
아, 내 젖을 토하던 게, 나의 릴이 아니지!
릴은 아냐, 아니구 말구―건 어느 못된 모르는 늚이지, 교활하게
와서 너 이름을 훔치고는 외면하고
릴에게 미루는 게여. 세월과 세상이 끔찍하기도 해서,
식사에 바구미, 샘은 마르고,

사람들은 사랑 따윈 안 한다고—건 내 릴이 아니야.

그러고 나서 나는 우리 릴이 어데 있게 되었는지를 알았지요.

나의 릴, 그 아인 내 가슴 속에 찾아 왔고

모자를 걸고 편하게 앉아, 몽땅

내 마음은 노래하고 불은 환하게 춤추고.

노래하길, "릴!" 노래하길, "릴! 나의 쬐끄만 아기 곰."

노래하길 "릴, 이제 아무 염려 없지,

붉은 대가리, 붉은 대가리,* 내 애기 가차이 오지 말거라.

유모 맘에 안전한 아기, 문 닫아 걸고.

옛날 바람 불라 하지, 옛날 시간 지나라고."

애긴 안전히 잠들고. 아이 있을 곳은 내가 아는구먼.

---

* 동화 속에 나오는 무서운 요괴(Raw head and Bloody bones)를 가리킨다.

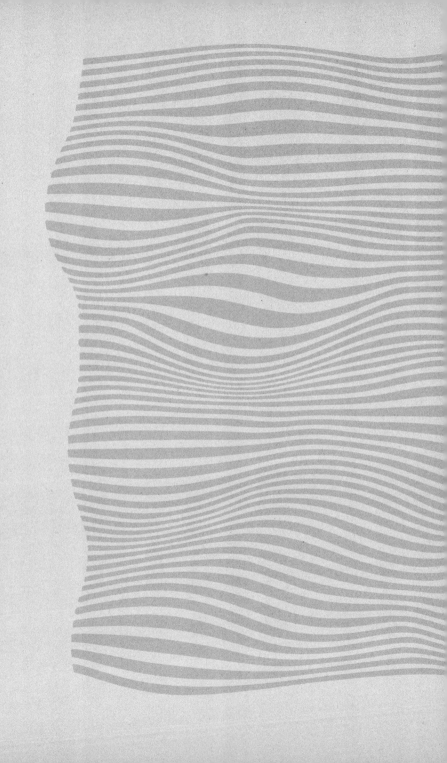

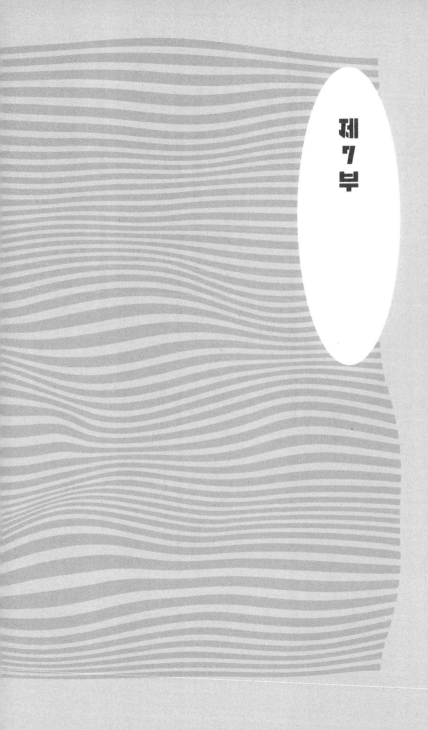

제7부

†

R.P.W.

릴번의 육신, 혹은 시신은

폐허가 된 루이스 저택에서

60보 가량 북서쪽으로 자리하고 있습니다.

나는 마침내 다시 찾아갔습니다.

때는 12월이었죠. 우리는 스미스랜드를 향해 떠났습니다.

창백한 레몬 빛 아래

지구의 심장이 안으로 잦아들어 고요했습니다.

그리고 누군가의 말소리, 아니면 개 짖는 소리가

들판과 농장을 지나 서글프게 완성되어

서리를 맞은 듯 고요한 의식 속에 전해집니다.

오늘 밤 뒤축이 쇳소리처럼 땅에 울리리라.

이제 우리는,

아버지와 나는,

아버지의 어린 시절 풍경을 지나
레몬 빛 아래서 움직입니다.
우리는 아버지가 태어나신 집이 서 있는 땅을 지납니다.
불에 검게 탄 돌의 잔재는 남아 있지 않습니다. 쟁기 날은
문지방이 있던 곳을 지나갔습니다.

내 마음속에서 떠올리는 집,
삼나무 옆, 석회암에 지어진, 사각형의 낡은 집은
내가 보았던 집이 아닙니다. 그것은
인간의 가능성이 허구였음을 나타냅니다.
지금은 숲이 된, 그 집이 있던 지점을 급히 지나갑니다.
할아버지의 무덤은 숲에 묻혀버렸습니다.
참나무 뿌리가 비석 아래로 더부룩합니다.

아버지가 말씀하십니다. "12월, 이때쯤,
내 아버지, 네 할아버지께서
노란 퍼쿤*과 뿌리를 뽑아 으깨고,
산초나무 껍질도 같은 방법으로 해서,
위스키를 부어 큰 통에다 마구 으깨시던 게 생각나."
"왜요?" 나는 물었다. "음료수에요?"

---

* goldenseal : 하얗고 여린 꽃이 피고 뿌리가 붉은 양귀비과 식물.

"아니, 약이야. 선반에 3개월을 두었다가,

봄이 오면, 그러면 아버지가 우리 사내아이들 —

사내들 모두 — 아버지는 아들 부자셨지 —

를 부르시곤 — 우리를 한 줄로 세우고, 밤낮으로 그걸 먹이셨
지."

"왜요?" 나는 여쭸습니다.

"마을 노인네들 말씀이지, 그렇지만 사실이라고 믿었지.

아버지 말씀이 겨울은 사내아이들의 피가 진해지고

나쁜 짓이나 야비한 짓을 하기 쉽게 만든다는 거였지.

그러니 아버님이 그걸 확실하게 손 보신거지. 퍼쿤이 혀를 씁
쓸하게 만들어놓거든."

"그런데 퍼쿤이 뭐예요?" 그러니까 아빠가, "아니, 녀석,

뭐였더라. 그냥 퍼쿤이야."

그래서 우리는 그 땅을 지나 그 신비를 경험했습니다.

우리는 세월이 주는 신비와 그 논리를 경험했습니다.

그리고 나는 여러 나라에서 타인이었습니다.

밤에는 내 침대에서 타인이었고,

타인과 함께 있어도 그랬습니다.

웨이터가 주문을 받으려 할 때 나는 타인이었습니다.
빵을 먹을 때 나는 타인이었습니다.
고립은 모든 인류를 하나로 만드는
공통된 운명이기 때문입니다.

스미스랜드.
아니, 지금은 샘 클레멘스[*] 당시의 읍내 같진 않아요.
물론, 감옥, 법원, 강은 있어도,
그래도 아직은 메트로폴리스는 아닙니다.
빨강, 파랑 신호등에,
주택엔 페인트칠, 새로 생긴 가게들에,
동네사람 청바지에 돈이 딸랑거려도 아직은 아닙니다.

누가 그런 구매력을 시기하겠습니까?
한밤중 공격에 한국의 어느 벙커에서 흘리는
검붉은 피와, 번영[†] 사이에
상관관계가 있다면 누구를 탓하겠습니까?
그래요, 누굴 탓하겠소? 위대한
역사의 손익을 따진다면, 어느 장부가 맞아떨어졌다 합디까?

---

[*] 작가 마크 트웨인(Mark Twain, 1835~1910)을 가리킨다.
[†] 한국전쟁과 이후의 한국의 발전상을 가리킨다.

*

좌우간, 보일씨는 오늘 집에 없습니다
크리스마스 쇼핑하러 파두카에 갔나 봅니다.
그런데 새 칠을 한 집이 하얗게, 햇빛을 받아 빛나고 있습니다.

나는 헛간 쪽으로 들어갑니다. 새로 달라진 것을 봅니다.
헛간에 지지대를 받치고, 소는 차갑고 밝은 햇빛을 받고 서 있
습니다. 스무여 마리.
면상도 하얗고. 턱은
느릿느릿 움직이고. 말간 침이 해를 받으며 떨어집니다.
그리고 빛나는 옆구리 아래에는 풍만한 살집이
육체임을 매우 기뻐하는 듯 불거져 나왔어요, 육체는
그 자체의 축복이자 고귀함이죠.

내가 왜 여기 있지? 어 저기 절벽이 있네. 올라가야지.

이거 이상합니다. 오늘은 그리 높아 보이지 않습니다.
처음 여기 왔던 때 같지 않습니다.
때는 칠월이었습니다. 나는 찜통더위와 찔레가시를 저주하면서
키 큰 참나무와 단단한 나무가 내뱉는 음울한 열기를 지나
보아구렁이만큼이나 큰 포도넝쿨이

308

정글처럼 본능적 환희를 나타내듯
덥수룩한 고리 모양을 달고 있는 데로
올라갔습니다.
그게 내가 기억하는 이 곳입니다.

어 아니, 꼭 그런 건 아닙니다. 적어도, 지금은 말입니다.
그리고 과거에도 그렇지 않았죠, 그저 내 머릿속에서 그러는
겁니다.
저기 포도넝쿨이 있습니다, 그래요, 큽니다.
그런데 마치 피곤한 듯이
잎이 다 지고 크지도 않은 나무에 걸쳐
늘어져 있습니다.
나는 저 너머에서 무얼 보게 될지 각오가 되어 있습니다.
폐허는 이제 무더기가 되었고
내가 경탄했던 그 멋진 삼나무들은
전혀 거기 있지도 않거나, 혹은 두엇,
거친 껍질을 흘려버리는 도토리나무와, 호두나무 두엇,
그리고 중간 키로, 보잘 것 없는 참나무뿐입니다.

그래서 겨울은 사물을 작게 만듭니다, 만물이 움츠러듭니다.

분명히 내가 잘못 기억했던 겁니다.

혹은 이야기에 적합한 세상을 꿈꾸었던 겁니다.
그러나 한 가지는 사실입니다. 늙은 뱀 옵솔레타가
그날 몸을 곧추 세우고, 태양을 배경으로 흔들흔들했습니다.
그러나 오늘은 아니구요. 그놈은 이 날씨에 칩거하고 있겠지요.
저 아래 바위 돌 가운데, 아마도, 둥글리고 안온한 자세와,
검디검은 모습으로, 어둠 속에 하얀 배를 빛내며,
살지고 늙은 옵솔레타는
돼지주둥이 같은 둔한 머리 속에
기분좋은 차가운 꿈을 꾸며
신경세포가 활동합니다.
겨울 내내.

겨울의 의지대로 만물은 움츠러듭니다.
눈은 얄팍하고 깨끗하게 덮여 있고, 나는 눈을 들어
절벽 너머 그리고 더 멀리 평지 너머
강이 어스레한 곳을 봅니다.
어스레한 빛은 차갑습니다.

그리고 나는 다른 절벽과 다른 강을 생각해봅니다.
낙엽을 덮은 눈도 생각합니다, 그리고 저 아래
북녘 강의 빛은 얼마나 차고 멀던가,
그리고 맞닿은 그녀와 나의 입술이

첫 키스에 얼마나 차가웠던가를 생각합니다. 우리는
희망과 필요라는 냉담한 논리 속에 키스를 했습니다.

몸이 흥분하는 걸 누가 망상이라 할 것인가?

그래서 다른 세월 다른 강가
저 멀리 켄터키에서, 나는 눈을 들어
살아가며 인간이 만들 궤적을 생각했습니다.
그리고 이리로 오는 것이 저리로 가는 것을 얼마나 모르는가를.
그 이후로 나는
낙엽에 내린 눈과 새로운 친구가 되었고,
그 이후로 나는
기쁨의 본질과 새로운 친구가 되었습니다.

나는 절벽에 서서 인간들이 어떻게
그 방만한 강을 타고 이동했는가를 생각했습니다—선한 자와
악한 자,
강한 자와 약한 자, 끌려온 자와 쫓겨 온 자,
운 좋은 자와 허약한 자, 수없이 강을 타고 오는 인간들
그리고 나는
그 차가운 빛 속에서 강을 시로 노래하고 싶은 충동을 느꼈습니다.

인간과 인간의 이동을 그대의 넓은 가슴에 싣고,

보트의 노, 화물선의 막대와 짧은 노, 큰 노와 외륜 노를

참아낸 강이여,

동 칼날 나사의 교란을 겪고

그 영원한 상처를

당장의 친절심과 힘찬 흐름으로 감싸 안은 강이여—

인간세상의 위업이 배출한 쓰레기와 오물을,

루이빌의 똥과 기름막을,

산속 동굴에서 떠내려 온, 퉁퉁 부은, 암소의 익사체를,

그리고 해 비치는 모래톱에 처박힌 쓰레기를 겪은 그대—

그대를

그 깊은 홍수의 이미지로 삼노라.

홍수는 우리의 역사,

매일의 새로운 날을 가능케 하고

우리를 서쪽 새로운 대지로 인도해가는데.

나는 그대를 우리의 일관적인 실패와

우리가 뿌리는 오물을 너머

어떤 믿음의

이미지와 확신으로 보노라.

그래서 나는 내 발 밑에 묻혀 있을 죽은 자를 생각했습니다.

어둠 속으로 빛을 비치는데 실패하고, 결국은 죽어,

이곳 그의 산에 묻힌 릴번.

그리고 저 멀리,

앨버말에 있는, 또 하나의 산,

거기에 릴번의 친족이 잠들어 있지요.

그리고 큰 강을 따라 여기까지 온

이름 없는 모든 사람들을 나는 생각합니다. 만일

우리가 신음하며 벽에 웅크리고 있던 검둥이들의 이름을 안다

면?

그래요, 우리는 법정의 요구에 따라

모든 사람을 명단에 올렸던 집행관 덕분에, 그 이름 하나하나,

나이, 성별, 몸값을 압니다.

그리고 메리웨더와 동행하여

야전매트에 누워 빗속에서 대양의 소리를 들었던 모든 사람들

의 이름을 압니다.

우리는 그 정도를 압니다, 그러나 내적인 감동이 없는 그런

지식이 무슨 의미가 있습니까?

세인트루이스로 돌아왔습니다. 해단했습니다. 급여를 받았어요,

점점 깊어지는 망각의 세계로 들어섰습니다.

몇 년이 지납니다. 그리고 어느 마을 벤치에서,

혹은 주막에서. 양초가 비계 타는 연기를 내며 수상한 사악함
을 발산하는데,
　늙은이가 만취 탓인지, 나이 탓인지
　무릎을 치고 탁자도 칩니다.

　그리고 말하길, "제길, 봤어, 게 있었거든!"
　그리고 사람들은, "얼씨구, 아부지, 조용히 해요, 또 취하셨어."

　그래요, 아부지, 그걸 보셨어요. 아부질 믿어요.
　우리도 거기 있었거든요, 보았어요, 그리고
　종이 울리듯이, 큰 산이
　외로움에, 붐하고 울리는 걸 들었어요. 지리학자들은 그게 가
능하다고 인정하지 않지만.
　우리는 큰 곰이 죽는 걸 보았어요.
　우리는 사랑과 정의를 부르짖으며 의기양양하게 고깃간 도끼
를 들어 올렸습니다.
　우리는 눈을 크게 뜬 작은 소년이 벽난로 앞에 서서
　자기 아버지의 손에서
　쓰디 쓴 퍼쿤 처방을 받는 걸 보았어요.

　우리는 마음속으로 영광스러운 인간의 노력이
　우리 것으로 되기를 열망했어요. 우리는

마음속에 악을 만들었고, 덕성에 대해 깊이 생각했어요.
우리가 어쩌다 정의로운 행동을 하게 되었고,
덤불숲에서 번득이는 날갯짓 같은
기쁨의 너울을 곁눈으로 겨우 보았습니다.

그래서 나는 곶에 서서
12월 그날의 기울어가는 마지막 햇빛 속에 흐르는 강을 응시
했습니다.
수많은 죽은 자들과 그들이 묻혀 있는 곳을 생각했습니다.
초라해진 폐허와 헐벗은 나무들을 보았습니다.
겨울은 모든 것을 작게 만들지요. 모든 것이 움츠러듭니다.

규모의 변동이 얼마나 마음을 자극하는지 신기합니다.

나는 폐허 위에 몸을 굽혀
아직 껍질째 있는 히코리 콩을 두어 개 집어 들었습니다.
그걸 호주머니에 넣었습니다. 나는 내려갔습니다.

*

아마도 다시는 돌아오지 않을 생각이었습니다. 나는
여기 무엇이, 적어도 날 위해, 남아 있는지 몰랐기 때문입니다.
그리고 오늘까지도 돌아가지 않았습니다, 그러나,

마음속에는 그 정경을 간직하고 있습니다.

나는 저녁 무렵 헛간마당을 지나,
주저앉은 문을 열었습니다, 그리고
행동하고 책임지는 세상으로 나갈 준비가 되어 있었습니다.
나는 오랫동안 행동하고 책임지는 세상에서 살아왔던 겁니다.
그러나 이제 나는 문을 지나

지는 해를 보며 확신 속에 희망보다 더 달콤한 세상으로 나아
갔습니다.

퍼반트(Carl von Perbandt, 1832~1911) 作 〈시에라의 겨울 오두막〉

80쪽

1785년 버지니아 주 리치몬드에 중앙청 건축을 총지휘하도록 지명된 위원회는 제퍼슨에게 자문을 구했다. 제퍼슨은 이 요청에 대한 답을 자신의 자서전에서 다음과 같이 기술하고 있다.

버지니아 주에 고대의 고전적 스타일 건축의 일례가 될, 그리고 현존하는 큐빅 건축물 가운데 가장 완벽한 모델로 간주되는 고대 로마 사원인 님(Nimes)의 메종 카레를 소개할 좋은 기회라 생각하면서, 나는 님 소재 유물들의 화집을 출간한 클레리소 씨*에게 치장 벽토 세공으로 만들어진 건물의 모형을 보내달라고 했다. 다만 코린트 스타일 기둥머리가 어려운 관계로 대신 이오니아 스타일로 주문을 바꾸었다 . . . . 외부 벽체를 우리 용도에 맞추

---

* 프랑스의 건축화가, 골동품 수집가, 화가였던 샤를-루이 클레리소(Charles-Louis Clérisseau, 1721~1820)를 가리킨다. 18세기 후반 신고전주의 건축 분야에서 남다른 역할을 담당했다.

기 위해 나는 입법, 행정, 사법 목적에 필요한 방을 갖춘 내부 모형도를 그렸다. 그리고 규모와 배치는 건물의 형태와 용적에 맞추었다. 이는 1786년에 감독들에게 보내져 집행되었다.

제퍼슨이 님에 있는 실제 건축을 본 것은 이듬해, 1787년 3월이 되어서였다. 라파예트의 사촌인 테스 자작부인에게 보내는 편지에서 제퍼슨은, 다소 유별나게, 자신의 원대한 건축적 열정을 서술하고 있다.

부인, 저는 지금 애인을 바라보는 연인처럼 메종 카레를 몇 시간이고 바라보고 있습니다. 주변의 양말 직조공들과 실크 방직공들이 저를 자기 역사의 마지막 장을 권총으로 쓰려는, 우울증에 빠진 영국인 환자로 봅니다. 제가 파리를 떠난 이후로 사랑에 빠진 게 두 번째군요. 첫 번째는 M.A. 슬로츠*의 근사한 조각품, 보졸레의 레 에피네† 성에 있는 다이아나 상이었습니다. 당신은 이것이 관습이라고, 여성적 미에 빠지는 것이 타당하다고 하시겠지만, 집과 사랑에 빠진다! 이건 전례가 없는 일이죠.

---

* 파리와 로마를 중심으로 로코코 스타일 작품을 남긴 조각가 미셸 슬로츠(Michel-Ange Slodtz, 1705~1764)를 가리킨다.

† Laye-Epinaye: 제퍼슨은 "가 본 중 가장 아름다운" 보졸레에 들러 이 성에서 식사를 한 바 있다.

『경이로운 해』에 실린 문단은 다음의 편지에서 나온 것이다.

1811년 서부에서는 많은 사건들이 일어나 경ᐧ이ᐧ로ᐧ운ᐧ 해라고 불
리울 정도였다. 연초 몇 달간 대부분의 큰 강들이 상당한 정도로
둑을 넘었고, 온 나라가 산에서 산으로 대부분 덮였다. 전례 없
던 질병이 뒤따랐다. 거침없는 변화의 영이 숲 속의 주민들을 압
도하는 듯했다. 셀 수 없는 다람쥐 무리들이, 그들에게 생명을
준 정령이나 알까, 아무도 알 수 없는 어떤 굉장한 우주의 충동
을 따라 다람쥐 특유의 활동적인 삶과 북쪽의 오랜 은거지를 뒤
로 하고, 깊고 든든한 동지애로 단결한 듯 수만 마리씩 남쪽으로
몰려가는 것이 관찰되었다. 어떤 장애물도 그들의 특이하고 일
사분란한 이동을 막을 수 없는 것처럼 보였다. 그들에게 앞으로
전진하라는 지령이 떨어졌고, 다수가 그들의 진로에 놓인 방대
한 오하이오 강에 빠져 죽어도, 그 명령에 복종했다. 그해 휘황
한 유성이 오랫동안 계속해서 숲에 땅거미를 뿌렸고, 가을이 끝
나감에 따라, 미시시피 강 전체 골짜기가 미주리에서 만까지 계
속되는 지진으로 중심부까지 흔들렸다.

C.J. 라트로브, 『북미를 다니다』

제1권(뉴욕, 1835)

내가 이 글을 볼 수 있도록 관심을 이끌어준 유도라 웰티 선생
께 감사합니다.

210쪽

리빙스턴 카운티와 켄터키 주의 검시의로부터 에디빌 읍 소재
제임스 레비 주택의 치커소 인디언 지미의 사체를 검시하도록
호출된 우리 부검참관인들은 상기 지미가 머리에 수차례의 타박
상을 입었으며 어떤 것은 머리 한곳에 한 개 혹은 여러 개의 몽
둥이로 여러 번 맞아 생긴 듯했다 두개골이 움푹 들어가 보였다
머리의 한 상처는 길이가 5인치에 이르고 또 다른 상처는 3인치
로 앞의 상처의 오른쪽이다 이 상처들은 분명히 두어 차례의 가
격으로 생긴 것이다 이외에도 우리는 그의 등에서 상당한 화상
하나를 발견했으며 그의 코도 심히 상했다 우리는 고인이 얼굴
주변을 심히 얻어맞았으며 이런 상처로 인해 상기 인디언이 생
명을 잃었고 그 상처들은 지금 이 읍의 감옥에 수감된 루빈 쿡과
이삭 러거슨에 의한 것이다[*]

---

[*] 원본 그대로. 구두점 없음. 이하 같음.

1812년 3월 19일

대배심이 몇 개의
기소장을 선고하고 석방.

릴번 루이스는 그의 서약 보증금이 소멸됨에 따라 법정에 출
두했다 대배심은 릴번과 이샴 루이스가 살인죄로 기소되었으며
상기 이샴 L.이 법정 출두 중이므로 그들은 구치소에 수감되었
다. 그러자 변호인단을 통해 피고들은 내일 아침 9시에 피고인
들에 대한 보석 신청과 내일 증인들이 출석하도록 승인하는 피
고인들의 신청에 대한 증거를 청취하도록 법정에 제의했다 각자
2백 달러의 부채가 있다고 인정한 릴번 루이스, 아치볼드 캐넌,
윌리엄 다이어 등은 내일 이곳에 출두하도록 조건이 제시되었다
법정은 내일 9시까지 휴정한다고 명함

하나님의 이름으로 아멘 이것이 나의 마지막 유서 1조 나의
모든 합당한 부채는 상환되고 부동산과 동산 모두 나의 자녀 제
인 W 루이스, 루시 I 루이스, 릴번 L 루이스, 엘리자베스 루이스,

로버트 루이스 그리고 제임스 R 루이스 사이에 동등하게 배분하는 것이 나의 바람이다 나의 사랑하는 그러나 몰인정한 아내 레티샤(Latitia) G. 루이스에게는 상기 재산의 합법적인 부분을 자연적 생명이 있는 한 유보한다. 2조 나의 사랑하는 아버지 찰스 L 루이스에게는 그가 생존하는 동안 내가 헐리로부터 산 승마용 말과 총과 탄환 가방과 내 지팡이도 소유하도록 하고 그리고 나의 사랑하는 누이들 마사 C 루이스 루시 B 루이스 그리고 낸시 M 루이스에게는 내 유언 집행인에 의한 장원의 부수입으로 예비로 필요하거나 혹은 다시 말해 나의 자녀들과 그들에게 온전히 공평하게 하여 평안을 누리도록 하라. 3조 이로써 나의 사랑하는 아버지 찰스 L 루이스 세일럼 샘 근방의 윌리엄 우즈 C 하크니스 제임스 M콜리 그리고 아치 퍼거슨으로 나의 집행인을 삼고 휴이 F 딜레이니가 제임스 러터 1세, 제임스 러터 2세, 제임스 영 그리고 토마스 테리에 대항하는 위법의 고소 건으로 나로부터 비용을 받았다는 것을 밝혀야겠다. 이것은 내 보증 하에 처리되고 지금까지 작성된 유서는 하나하나 모두 무효로 함, 일천팔백십이년 4월 아흐레 릴번 루이스

유의. 이로써 나의 개 네로는 나의 사랑하는 아버지께 증여합니다 L.D.

로키 힐 1812. 4. 9. 제임스 M콜리 나는 나의 사랑하는 그러나

몰인정한 리티샤에 의해 희생되었소 나는 천국에 있는 나의 전처와 합장되기를 희망하며 죽소 이 유서를 처리하고 이리로 오시오 그래서 우리가 제대로 매장되도록 안녕—L. 루이스

유의. 나와 내 동생은 같은 관 같은 땅 무덤에 묻어달라는 요청을 동봉합니다

로키 힐 1812. 4. 10. 나의 사랑하는 그러나 몰인정한 리티샤 이것을 당신의 친척들에게 주는 나의 용서의 서약으로 받으시오 심판의 날이 다가오고 있소 나는 당신에게 아무런 악의도 없으나 당신의 부재와 나의 사랑하는 아들 제임스 때문에 죽소 안녕 내 사랑
· 릴번 루이스

리빙스톤 카운티 SLC 메이 카운티 법정 1812 동봉 유서는 윌리엄 라이스 제임스 M콜리 그리고 릴번 루이스 부친에 의하여 릴번 루이스의 친필로 증명되었으며 그와 같이 기록되도록 시달
검증 이녹 프린스

우리 배심원들은 릴번 루이스가 자신의 농원에서 1812년 4월 10일 사실상 자살행위를 했고

이샴 루이스가 동석했으며 살해 ~~공범(共犯)~~ ^종범(從犯)^이라는 데 의견의 일치를 보았습니다

윌리엄 러터

배심원 단장

배심　　　선서하고

이샴 루이스가　　앞에서　　　자신과 릴번 루이스는 서로의 가슴에 총을 겨누고 발사! 하는 즉시 서로를 죽일 의도로 총을 쏘기로 합의했다고—그러나 릴번이 연습을 하려는 와중에 실수로 스스로를 쏘아 죽었노라고 말했다

1812. 4. 11

선서 _____

존 다라

검시관 L C

컬럼비아 강, 미주리 강, 로키 산맥을 처음으로 정확히 묘사한
루이스와 클라크 탐험대의 지도

　루이스와 클라크 탐험의 상세한 내용은 그들의 일지, 특히 다음의 날짜에 기입한 내용에서 추린 것이다.

　1804년: 2월 11일과 10월 14일
　1805년: 1월 5일, 4월 29일, 5월 5일, 5월 11일, 5월 17일, 6월 10일, 7월 2일, 7월 4일, 8월 16일, 8월 20일, 9월 22일, 11월 7일
　1806년: 1월 21일

　1805년 7월 4일의 기록은 산중에서 들린 굉음을 논하고 있다. 탐험대원들이 여러 차례에 걸쳐 그 소리를 들었고, 한 번의 종소리 같은 소리 혹은 3마일 가량 떨어진 곳에서의 대포 발사 같은 연속적인 소리. 동일한 현상이 블랙 마운틴스*에 사는 포니 인디언과 리카라 인디언들로부터도 보고되었다. 그리고 나도 원로 과학자인 토마스 너톨이 아칸소의 산중에서도 그러한 소리가 났다고 한 것을 읽은 적이 있다. 너톨은 『1819년 아칸소 영역으로의 여행일지』(필라델피아, 1881)을 출간했다. 저명한 지리학자에게 물으니 과학이 이러한 현상에 대해서 아무런 설명을 해주고 있지 않다고 말하며, 그 자신도 그 기록의 정확성에 대해 강하게

---

* 애팔래치아 산맥 최고의 산계(山系).

의심하는 편이라고 했다. 프랑스 뱃사공이 루이스와 클라크에게
해준 설명은 그 소리는 산속에 매장되어 있는 풍부한 은광맥이
터지면서 나는 것이라 했다.

277쪽

메리웨더 루이스는 내슈빌에서 약 75마일 남서쪽에 있는, 현
재는 테네시 주의 루이스 카운티라는 곳에서 죽었다. 1848년에
테네시 주 의회가 세운 그의 기념비는 좌대가 깨져 있으며 비문
은 다음과 같다.

(서면)

메리웨더 루이스

1774. 8. 18. 버지니아 샬롯스빌 근교 출생

1809. 10. 11. 사망, 향년 35세

(남면)

정규군 장교—1803~1806 오레곤 주 탐험대 대장—

루이지애나 테리토리 주지사

지금 이 기념비가 서 있는 곳에서 그가 슬픈 죽음을 맞이하였으며

여기에 그의 유해가 안치되어 있다.

late Gov.r of Louisiana   Copy

Meriwether Lewis, was born on the 18th of Aug. 1774. near the town of Charlottesville in the county of Albemarle in Virginia, of one of the distinguished families of that state. his father ... was a member of the King's council before the revolution. another of them Fielding Lewis, married a sister of Gen.l Washington. his father W.m Lewis was the youngest of 5 sons of Robert Lewis of Albemarle, the 4.th of whom Charles Lewis was one of the ... patriots who stepped forward in the commencement of the revolution, and commanded one of the regiments first raised in Virginia and placed on Continental establishment. happily situated at home with a wife and young family, & a fortune placing him at ease, he left all to aid in the liberation of his country from a foreign usurpations then first ... their ultimate aim. his ... good sense, integrity, bravery, enterprise & remarkable bodily powers ... him an officer of great promise; but he unfortunately died early in the revolution. the 2.d brother of his father ... Lewis commanded a regiment of militia in the successful expedition of 1776. against the Cherokee Indians, who reduced by the agents of the British government to take up the hatchet against us, had committed great havoc on our Southern frontier, by murdering and scalping helpless women & children according to their ... principles of warfare. the chastisement they then received closed the history of their wars, prepared them for ... receiving those lessons of civilisation ... by the present government of the ... have rendered them an industrious, peaceable and happy people. this member of the family of Lewis's, whose bravery was so usefully approved on this occasion was ... by his inflexible probity, courteous disposition, benevolent heart, & engaging modesty, he was the universal umpire of all the private differences of his ...

Mr. Paul Allen. Philadelphia.

메리웨더 루이스의 생애를 적은 토머스 제퍼슨의 서신(1813)

(동면)

제퍼슨의 말을 빌리면, "그의 용기는 꺾일 줄을 몰랐으며

그의 단호함과 인내는 어떤 것에도 굴할 줄 몰랐으며

불가능만이 예외였다. 엄격한 규율가이면서,

자기의 책임으로 맡겨진 자들의 아버지처럼 따뜻하고,

정직하며, 사심이 없고, 개방적이며

건전한 이해심과

진리에 대한 고지식한 충성심을 갖추었다."

(북면)

이마투루스 오비, 세드 투 펠리시오르 아노스

비브 메오스, 보나 레스푸블리카! 비브 투오스.*

288쪽

백인 정착민들이 처음 산을 넘어 힘으로 밀고 들어오던 18세기
부터 인디언들 사이에서는 그들의 옛 생활을 회복시켜줄 구세주
개념을 놓고 이따금 흥분이 일기도 했었다. 그러나 서부 인디언

---

* "나는 내 명을 못살았다. 그러나 오 위대하고 선한 공화국이여, 영원하여 내 명까지 다 하
시라"

들이 저항과 절망이 최고조에 달하던 남북전쟁 이후로 유령 춤이라는 종교가 나타났다. 창시자는—백인들에게는 잭 윌슨으로, 인디언들에게는 워보카라고 알려진—파이우테 인디언*으로 네바다주 메이슨 골짜기에서 태어난 예언자 타비보의 아들이었다.

워보카는 몽상가요 신비가로, 자신의 부족에게 춤을 선사했고, 언젠가 개기일식 때 황홀경에 들어 다른 세상으로 가본 바, 거기서 하나님과 사랑하던 고인을 모두 보았으며, 그들이 버팔로와 엘크가 넘치는 땅에서 옛 스포츠와 노동을 하면서 행복하게 지내는 모습을 보았다고 한다. 하나님이 워보카에게 땅으로 돌아가 사랑과 평화 그리고 근면과 진리의 복음을 설파하고, 인디언들이 복음을 따르면, 결국은 그들이 축복의 세계로 들어오게 되리라 가르치라고 말했다고 한다. 워보카는 이렇게 말했다. "태양이 죽었을 때 나는 천국에 올라가 하나님과 오래 전에 죽은 모든 사람들을 만났다. 하나님이 내게 말하기를 돌아가서 내 백성에게 선하게 살며 서로를 사랑하고, 싸우거나 도둑질하거나 거짓말하지 말라고 하라 하셨다. 그리고 하나님은 내 백성에게 주라고 내게 이 춤을 주셨다."

약속의 소식은 서부를 휩쓸었고, 여러 형태를 띠었다. 예컨대 샤이엔 족과 아라파호 족 그리고 다른 부족민들 사이에서는 새로 빛나는 지구가 서부로부터 늙고 닳아버린 지구로 미끄러지듯

---

* 유타, 애리조나, 네바다 및 캘리포니아 주에 살던 쇼쇼니(Shoshoni) 족을 가리킨다.

굴러 와서, 살아 있는 인디언들이 들어 올려지고, 그들의 머리에 꽂은 성스러운 춤의 깃털의 도움을 받아, 그것이 날개로 작용하여, 새 지구로 옮겨지게 될 것이라는 것이다. 어떤 이들은 새 지구 앞에는 불기둥이 있어 백인들을 쫓아버릴 것이라고 믿었고, 어떤 이들은 낡은 지구를 뒤흔드는 커다란 대격변의 요동이 있고, 아마도 홍수가 이어져서 인디언들만이 구조되어 빛나는 땅에서 행복하게 부활한 죽은 자들과 살진 버팔로와 함께 살게 되리라고 믿었다. 물론 수 인디언 족은 그 순간을 기다리지 않고 1890년의 폭동으로 문제를 자기들 손으로 해결했다.

춤 자체로 말하면, 그것은 느리고 질질 끄는 걸음으로 원을 이뤄 추는 춤으로, 노래를 동반하고 이따금 주술사의 훈계나 암송이 삽입되기도 한다. 댄서가 접신의 징후를 보이기 시작하면, 주술사는 그의 눈앞에서 독수리의 깃털을 흔들어 신들림이 최고조에 이르도록 하고, 댄서가 털썩 엎드려 새 세상의 비전을 만끽하도록 한다. 어머니들은 때로 접신의 경지에서 만날지도 모를 죽은 자녀들에게 주려고 장난감이나 옷을 가져오기도 한다.

유령 춤에 대해 더 알아보기 위해서는, 인종 사무국의 『제14회 연차보고서』 제2부에 실린 제임스 무니의 「유령 춤 종교와 1890년의 수 폭동」과 알렉산더 레서의 『포니 유령 춤 손 게임』(뉴욕, 1933)을 보라.

1815년 1월 8일, 웰링턴의 처남인 패크넘 장군*은 나폴레옹에 대항해 반도전쟁에 참전했던 베테랑 병력을 이끌고 뉴올리언스로부터 5마일 떨어진 샬멧 평원에서 테네시 국민군과 테네시와 켄터키 서부 변방의 소총사수들과 해적등으로 급조된 최하층민 군대와 맞섰다. 그러나 잭슨의 군대는 무엇보다 징발된 목화솜 꾸러 방호벽과 잘 손질된 대포의 지원을 받아 강력해져 있었다. 패크넘은 파도처럼 몰아붙이는 공격을 단행했으나 잭슨 군대의 단거리 사격과 조직적인 일제 사격으로 큰 피해를 입었다. 영국군의 손실은 전사자 700명, 부상자 1,400명, 포로 500명이었다. 교전 종반에 미국 측 밴드는 "콜럼비아, 만세"†를 연주하기 시작했다. 그들에겐 단 여덟 명의 전사자뿐이었다.

이 전투는 미영전쟁(일명 1812년 전쟁)을 종식시킨 겐트 협약‡이 체결된 뒤 단 두 주 후에 치러진 것이었다. 당시는 소통이 느린 때였다.

---

* 나폴레옹에 대항해 반도전쟁에서 전과를 올렸던 영국군 장성 에드워드 패크넘(Sir Edward Michael, 1778~1815)을 가리킨다. 미영전쟁에 참전해서는 뉴올리언스 전투에서 영국군을 지휘했으나 앤드류 잭슨이 이끄는 미국군에 패했으며, 전사했다.

† 즉 "미국 만세." 제6부에 나오는 각주를 참조할 것.

‡ 미영전쟁의 휴전 조약으로 1814년 12월 24일에 벨기에 겐트에서 체결되었다. 이 전쟁에서 미국은 항상 열세였다. 그러나 다행히도 영국은 나폴레옹 전쟁으로 군사적, 경제적으로 피폐해 있었으며, 빈 회의 이후 새로운 질서를 빨리 확립하고 싶은 의향도 있었기 때문에 휴전을 원했다.

<u>299쪽</u>

1815년 3월 20일 월요일

동일한 원고
대
피고 이샴 루이스
이 소송은
피고의 사망으로 무효임을 명함.*

*살인 기소장 이면.

<u>313쪽</u>

1813년 1월 2일

우리 지방 행정관들로 임명하여 망자 릴번 루이스의 영지에
속하는 노예들을 감정하고 상기 망자 릴번 루이스의 미망인 리
티샤 G. 루이스에게 상기 노예들의 삼분지 일을 할당하고자 하
는 리빙스톤 카운티 법원의 명령에 따라 우리는 상기 일자에 제
임스 러터의 집에서 만나 다음과 같이 상기 노예들의 값을 매기

334

었다 즉 시올리오 150불 윌리엄 110불 모슬리 325불 카터 235
불 애기 350불 아이작 275불 팻지 285불 아치 475불 매리 225불
그러고 나서 우리는 미망인에게 다음의 노예들을 할당하기로 진
행했다 즉 시올리오 윌리엄 프랭크와 어슬리[모슬리?] 오늘 우
리 필적과 위에 적은 날짜를 확인하시오

존 모트

S C 하크니스 행정관

조셉 라이스

로버트 펜 워런의
인간성 추구와 사회통합 비전

필자가 로버트 펜 워런(Robert Penn Warren, 1905-1989)을 처음 만난 것은 1974년 11월 20일이었다. 그때 필자는 박사학위 논문에서 워런을 미국문학의 비극 전통을 대변하는 작가로 분석하기 위해 19세기의 대가인 너대니얼 호손과 비교하려는 계획을 가지고 있었다. 당시 미국의 저명한 작가이자 예일대 교수였던 워런은 대학원생이었던 필자를 친절하게 맞이해주었으며, 그의 작품을 포함해 필자가 미국문학 전반을 이해하는 데 깊은 영향을 주었다. 그는 예일대의 희귀본 도서관인 바이니키 도서관에서 자신이 기증한 미출간 작품들의 원고 열람을 허가해주는 등 환대를 베풀었으며, 또 2차 인터뷰를 위해 버몬트 주에 있는 워즈보로 별장으로 필자를 초대하여 가족인 부인 엘리노어 클라크, 딸 로자나 워런, 아들 가브리엘 워런 등과 하루를 지내게 배려해주었다. 로자나 워런은 시인이자 현재 시카고대 석좌교수로, 가브리엘 워런은 조각가로 활약하고 있다.

워런은 인간사회의 통합을 위한 노력이 매우 중요하다고 생각

336

했으며, 미국이 지닌 원죄, 즉 인종문제에 대하여 진지하게 성찰하는 자세를 보였다. 필자는 각종 갈등이 고조되고 격화되는 최근의 국제사회에 워런이 피력했던 바를 알리고 공감을 얻어내는 것이 중요하다고 생각하게 되었다. 80여 년에 걸친 생애 동안, 워런은 인간의 본질적인 문제를 깊이 고민하며 자신의 작품에 담아냈다. 궁극적으로 그는 서로의 원죄를 인정하고 포용하며 더 나은 세상으로 나아가는 것이 인간사회에 주어진 유일한 행복의 길이라고 권하고 있는 듯하다.

1. 제퍼슨 미스터리와 워런

워런은 윌리엄 포크너와 함께 미국 현대 남부문학의 쌍벽을 이루는 작가다. 이는 그가 세계문학의 고전적 주제이자 19세기부터 이어져온 미국문학의 핵심적 주제들을 다루는 데 포크너와 동일한 비중을 지닌다는 의미다. 그의 관심사는 인간의 죄성(罪性), 악의 존재, 도덕적 타락, 자아 정립과 그 발견의 필요성, 그리고 인간 구원의 가능성 등이었다. 이는 너대니얼 호손 이래로 주류 미국문학에 내장되어 있는 비극적 전통의 근간이었다.

워런의 업적은 그가 소설과 시 두 분야에서 퓰리처상을 수상한 유일무이한 작가라는 사실로도 입증된다. 뿐만 아니라 그는 클레안스 브룩스와 함께 신비평의 전통을 수립하는 등 비평 분야에서도 화려한 족적을 남겼다. 그의 『평론 선집』(*Selected Essays*)에는 시와 소설을 바라보는 그의 예리한 시각이 잘 드러나 있다.

워런은 1920년대 남부 문예부흥의 어린 주역으로 활동했다. 켄터키 주 거스리 태생으로 엔지니어가 되려고 밴더빌트대학에 입학했지만, 룸메이트였던 앨런 테이트가 그에게 문학 지망생 그룹을 소개시켜주고, 교양영어를 가르치던 존 랜섬 교수의 영향으로 영문과로 전과한 것이 후일의 그를 만들었다. 테이트와 랜섬이 미국문단의 거장으로 활동했음을 감안할 때, 이는 당시 워런이 문학적 재능을 발견하고 키우는 계기가 된 기막힌 행운이기도 했다.

워런은 밴더빌트대학의 교수와 학생들로 구성된 '은둔파 시인 (The Fugitive Poets)' 워크숍에 참여하면서 창작 활동을 시작했다. 당시 비평가 헨리 루이스 멘켄은 그 유명한 「문화예술의 불모지」(The Sahara of the Bozart)라는 글에서 노예제도를 옹호하던 남부가 전쟁에서 패한 후 반세기가 지나도록 이렇다 할 문학 전통을 일궈내지 못했다고 맹렬히 비판했다. 그러자 이에 저항이라도 하듯, 은둔파 시인들은 이른바 남부 의식을 지니고 워크숍을 이끌어간 것이었다. 그 중심에 랜섬, 도널드 데이빗슨, 테이트, 그리고 워런 등 밴더빌트대학을 다닌 십여 명의 시인들이 있었다. 이들은 남부의 지식인 집단으로서 새로운 문학적 시도들을 수행했다. 각자 습작하고, 상대의 습작을 듣고 평하며, 그 결과를 『은둔 시인』(*The Fugitive*, 1922~1925)이라는 작은 시집으로 펴내면서 활발한 활동을 이어갔다.

지적 욕구가 왕성한 시기에 유례없던 남부의 문학운동에 가담한 청년 워런은 흑인 문제를 안고 있는 남부 특유의 상황에 직면하게 된다. 시간이 흐름에 따라 그는 흑인의 입장을 이해하고, 점진적인 흑백 통합의 이슈를 자신의 입장으로 정리하면서 여타의 남부 보수주의자들과는 다른 관점을 취해나간다. 즉, 그는 급진적 이상주의에 매몰된 해결보다 흑백 양측의 공감과 이해를 토대로 부작용을 최소화하면서 하나의 사회로 발전해가는 모델을 지지했다.

이런 맥락에서 워런이 1953년에 출간한 『악마의 형제들』은 국부(國父)로 추앙받는 토머스 제퍼슨 대통령 가문에서 돌출된 흑인 문제를 정면으로 다룬 시도였다. 사실 이때까지 워런은 퓰리처상을 받은 『모두 왕의 신하들』(*All the King's Men*, 1946)을 비롯한 다른 모든 작품에서 인종 문제에 침묵을 지키고 있었다. 이는 그가 당대의 뜨거운 쟁점을 외면해서라기보다는 이 문제가 역사적으로 미국인의 의식 속에 깊이 내재되어 하루아침에 해결하기 어려운 난제임을 그가 잘 알고 있었기 때문이었다. 워런은 이 문제에 섣불리 대응하지 않은 것뿐이었다.

그러나 마침내 워런은 그간 호기심 속에 오래도록 간직해왔던 제퍼슨 미스터리를 인종 문제와 결부시킴으로써 인간의 원죄라는 화두를 극적으로 풀어내 보여주었다. 이후 그가 인종 문제를 다룬 다른 작품들—『천사의 무리』(*Band of Angels*, 1955), 『격리: 남

토머스 제퍼슨의 초상

부 내부의 갈등』(*Segregation:The Inner Conflict in the South*, 1956)──을 연이어 발표한 사실로 볼 때, 그의 문제의식은 점차 깊어졌다고 판단하는 게 바람직할 것이다. 아울러 리처드 로가 말했듯이, 이 작품은 평등사상 위에 성립된 「독립선언서」 공표 이후 약 이백여 년 동안 전개된 미국인의 도덕의식의 양상을 저 어두운 과거에 비춰 결산해보려는 의도도 담고 있었다.

『모두 왕의 신하들』이 소설가로서 워런을 대표하는 작품이라면, 『악마의 형제들』은 시인으로서 그를 대표하는 작품이다. 저명한 비평가 브래드베리는 『악마의 형제들』을 "우리 시대의 가장 성공적인 장편 시"이자 "여러 면에서 가장 완벽하게 성공적인 작품"으로 평가한다.

이렇게 이 작품이 세간의 이목을 끌었던 데에는 몇 가지 이유가 있다. 첫째, 미국의 제3대 대통령이자 건국의 아버지인 토머스 제퍼슨의 잘 알려지지 않은 치욕의 역사가 이 작품의 소재이기 때문이다. 제퍼슨은 흑인노예제도가 필연적으로 백인의 타락을 초래한다고 믿고 있었음에도 그 자신이 수백 명의 노예를 소유하고 있었고, 여성노예와는 오랜 기간 내연관계를 맺은 사실도 있었다. 인간의 가능성은 무한하여 심지어 인간이 신처럼 될 수 있다고 믿었던 제퍼슨의 철학은 그의 조카들이 설명할 수 없는 잔인한 범죄에 연루됨으로써 도전 받는다. 둘째, 이 작품의 장르가 상식적인 정의(定意)를 거부하기 때문이다. 부제가 "시와 대화로 된 이야기(A Tale in Verse and Voices)"듯이 이 작품은 대화가 시의 형태를 취하고 있지만, 전체적으로 보면 이 이야기는 작중인물이 등장하는 드라마 형식이기도 하다. 셋째, 1953년 이 작품을 처음 발표한 워런은 무엇이 불만이었는지 사반세기 만에 이를 대폭 수정하여 상당히 다른 작품으로 재출간한다. 한 시인이 같은 작품을 재차 출간하게 된 까닭과 두 판본 사이에 존재하는 차이와 보완점은 독자들의 호기심을 불러일으키기에 충분했다.

그러나 아쉽게도 국내에서는 워런의 이 대표작이 일반 독자들 사이에서는 물론이거니와 문학계에서조차 거의 언급되고 있지 않다. 워런의 다른 작품들에 대한 연구도 상당히 부족한 편이다. 이는 무엇보다 그의 섬세하고 풍부한 감수성이 작품에서 정교하고 복잡한 표현으로 드러나 영어권 밖의 독자들에게 친숙하게 다가오지 않기 때문은 아닌지 짐작해본다.

2. 시인의 두 판본

25년이란 시간 간격을 두고 세상에 나온 『악마의 형제들』 두 판본의 차이는 결정적으로 그 길이에 있다. 저명한 비평가 블룸은 이 작품을 좋아하지는 못하겠지만 경의를 표하는 건 사실이라고 밝히면서, 216쪽이던 초판이 수정본에서 133쪽으로 줄었다고 언급하고 있다. 워런은 분량을 과감하게 줄이면서 자신이 전하려는 바를 보다 명쾌하게 만들었다.

두 판본의 서문을 비교해보면, 이러한 작가의 의도가 분명히 드러난다. 물론 두 서문은 작품의 배경적 지식—주인공인 루이스 가족의 소개와 당시 역사적 사건의 도입 관계, 실존 인물인 제퍼슨과 메리웨더의 작중 사용에 대한 문학적 해석, 가상 인물의 도입, 시와 역사와의 차이점에 대한 설명 등—을 담는 차원에서 서로 유사하다.

그런데 여기서 우리가 유의해야 할 점 두 가지가 있다.

첫째, 1953년 판에서는 작품 배경을 언급하면서 19세기 초 버지니아 주에서 켄터키 주로 이주한 찰스 루이스 대령을 대략적으로 소개하고 있는데 반해, 1979년 판에서는 이주 시점을 아예 1807년으로 못 박은 뒤 당시 대령의 두 아들이 사들인 개척지를 구체적으로 설명한다. 이는 이 작품이 막연한 사건이 아니라 구체적인 가문과 인물이 연루된 실제 역사의 한 단면을 다루고 있음을 보여준다.

둘째, 초판에서 간단하게 처리됐던 메리웨더 루이스가 새로운 판에서는 주제 차원의 설명과 함께 삽입되고 있다. 여기서 메리웨더는 단순한 제퍼슨의 청년 숭배자가 아니라 그 자신이 제퍼슨의 친족이며 제퍼슨의 조카 릴번 루이스와 사촌지간인 인물이다. 즉, 그는 인간의 선(善)에 관한 신뢰로써 자기 철학을 일구었지만 정작 인간의 실체를 경험하지 못했던 제퍼슨을 계승하는 의미가 있다. 그는 제퍼슨의 이상을 지니고 서부로 나아가 문명을 개척하려 했으나 좌절을 겪고 끝내 자살을 선택함으로써 제퍼슨의 이상이 비극적 결말을 맞을 수밖에 없음을 전달하고 있다. 워런은 메리웨더가 릴번과 함께 "문명의 선구자"로 서부 황야에 "빛"을 전해주러 갔다면서 작품에서 그의 역할을 분명히 해두었었다.

워런은 두 판본의 서문에서 역사가 아니라 시를 쓰려 했다고 강조했다. 이는 살인범 조카를 두게 된 제퍼슨 가문의 불명예에 집중하기보다 이 사건의 시사점을 작가의 문학정신에 비추어 고찰해보겠다는 뜻으로 풀이된다. 자연스럽게 워런은 역사적 사건을 작품의 테두리로 삼았으나 작품의 주제와 무관한 것들은 생략하기도 하고 새로운 것들을 창조하기도 했다. 예컨대 릴번의 자녀들을 등장인물에서 생략했으며, 찰스 루이스의 등장도 조정했는가 하면, 수정본에서는 주제상의 필요로 리티샤와 캐트 유모 같은 인물을 창조해내기도 했다.

워런은 역사적 사실에서 얻은 힌트를 예술작품 속에 담아내려 했다. 시간, 역사, 인간, 정체성 등의 관심사가 그의 마음속에 항상 화두로 자리하고 있었다. 국부 제퍼슨이 내세웠던 인간의 완전성에 대한 무한한 신뢰는 인간에게서 기독교적 원죄를 보아야 했던 워런이 받아들이기 어려운 신념이었다. 제퍼슨이 집안 내 살인사건에 어떤 반응을 보였었는지 그 기록이 전혀 남아 있지 않기 때문에, 결국 워런은 이 작품을 통해 제퍼슨을 등장인물로 삼아 그가 보였음직한 반응을 문학적으로 구현해낸 것이었다.

이렇게 작가 자신이 예전 판본에 미흡함을 느끼고 새로운 판본을 출간했기에, 본 번역은 1979년의 새로운 수정본을 번역 텍스트로 삼았다.

3. 드라마에 담은 이야기 시

이 작품의 장르에 대해서는 워런 자신도 모호한 발언을 한 바 있다. "나는 이 작품이 시라고 생각합니다. 이 시를 어떤 장르로 표현하든 상관없어요. 이 작품은 드라마 형태에 담은 '이야기 시(narrative poem)'라 할 수도 있지요." 시인이자 소설가인 워런은 시, 소설, 드라마 등 장르를 횡단하며 그간 여러 작품들을 통해 전달하려 했던 자신의 관심사를 이 작품에서 다시 한 번 그려내고 있다. 그가 두 번이나 이 작품에 공을 들인 걸 보면, 이 작품에 대한 그의 애착이 짐작되고도 남는다. 그러므로 이 작품은 순수한 시작(詩作)이라기보다는 "복합적인 문학적 혼성물"이라고 보아야 한다.

무엇보다 이 작품은 표현 방식보다는 다루고 있는 주제가 더 중요한 이슈다. 작가의 메시지는 그가 다른 작품들에서도 전하려던 예의 보편적인 주제, 즉 인간의 순진한 이상에 대한 전망은 타고난 죄악으로 인해 좌절될 수밖에 없다는 것이다. 수정본을 다시 내면서 많은 부분을 고쳤지만, 그 주제의식만큼은 달라지지 않았고 오히려 더 명료하고 뚜렷해졌다.

등장인물들 간의 대화에서도 특징적인 면모가 엿보인다. 실제로 워런은 역사상의 제퍼슨이 조카들의 살해사건을 이해하거나 받아들이지 못한 채 무시해버렸다고 추정한다. 하지만 워런은 그를 20세기의 유령으로 작품에 불러내었고, 그로 하여금 당시를 회상하며 사건 하나하나를 되짚은 끝에 자기 가문의 연루 사실을 받아들이게 만듦으로써 역사적인 과제를 마무리한다. 이때 작가는 직접 R.P.W.라는 인물로 등장해 제퍼슨 유령과 사건 발생 당시 배제됐던 지점들에 대해 서로 대화를 나눈다. 즉, R.P.W.는 현재 살아 있는 인물로서, 역사적 존재인 제퍼슨의 침묵을 깨뜨리고 마침내 과거의 죄악을 역사의 일부로 인정하는 과업에서 보완적인 역할을 맡는다.

그는 마치 그리스 비극의 형태를 가진 윌리엄 포크너의 『압살롬, 내 아들!』(*Absalom, Absalom!*, 1936)에 등장하는 코러스 역할의 인물 퀜틴과 흡사하다. 이해되지 않는 명제에 맞닥뜨리지만 사건을 통해 그 진실을 깨달아가는 제퍼슨 유령의 곁에는 질문도 던지고 때로는 코멘트도 덧붙이면서 그의 이해를 도우며 플롯을 이끄는 코러스 역할의 R.P.W.가 있는 셈이다. 이 작품의 주제 역시 이 둘의 대화를 통해 부각되기 시작한다.

‡ ‡ ‡

『악마의 형제들』은 7부로 구성되어 있다. 작가는 미국「독립선언서」의 주 저자이자 미국의 대통령을 지낸 토머스 제퍼슨의 조카 릴번 루이스가 자신의 노예 한 명을 도끼로 살해한 사건을 작품화하였다.

제1부는 작품 전체의 서문 격이다. 먼저 제퍼슨, R.P.W.로 등장하는 시인 자신, 살인자 릴번, 릴번의 어머니이자 제퍼슨의 여동생인 루시, 그리고 가족을 안정된 동부에서 미개척지인 스미스랜드로 끌고 온 루시의 남편 찰스 루이스 등 주요 등장인물이 등장한다. 그런데 특이하게도 R.P.W.를 제외하고서 이들은 모두 이미 죽은 사람들이다. 즉, 저자는 과거 사건에 연루된 인물의 혼령들을 현재 시점에서 불러들여 그들로 하여금 과거를 돌이켜 보도록 만듦으로써 역사적 사건을 재조명하려 한다.

작품의 주제는 첫 번째 연에서부터 드러난다. 그것은 제퍼슨의 혼령이 인간 본성에 대한 근본적인 질문을 던지는 모습으로 제시되어 있다. 그는 「독립선언서」를 작성하면서 지녔던 인간의 무한한 가능성에 대한 신뢰가 그 어떤 경험으로 인해 흔들리고 있다고 말한다. 나아가 인간의 어두운 정욕과 연관된 그리스 신화의 한 장면을 인용하면서 자신이 인간의 죄성에 눈이 멀었었음을 고백한다.

제2부에서는 사냥개의 상징성이 언급되고, 살인사건 당일의 상황과 범행 당사자인 릴번과 그의 아내 리티샤의 대화가 주로 다루어지고 있다. 제3부에서는 어머니 루시의 사망 후, 릴번이 느끼는 외로움이 부각된다. 이 외로움은 별다른 이유 없이 흑인

노예를 처참히 살해해버리는 릴번의 심리적 공황 상태를 이해하는 열쇠가 된다.

제4부에서는 릴번을 중심으로 한 가족관계사가 드러나면서 작품은 절정으로 치닫는다. 릴번은 세상을 떠난 어머니에게 여전히 병적일 정도로 지극한 애착심을 가지고 있다. 부부관계나 형제관계도 그에겐 그 어떤 위로나 안정감을 주지 못한다. 그는 흑인 유모에게도 애틋한 감정이 없으며, 자기 곁을 늘 지키고 앉아 있는 사냥개조차 눈에 들어오지 않는다. 결국 그의 이러한 심리적 불안감은 만만한 흑인 노예 존에게 폭력적으로 분출되고, 때마침 일어난 지진이 그의 격정 분출에 배경을 이루면서 한밤중의 노예 살해로 이어진다.

제5부에서는 릴번이 자살을 결심하고 유서를 준비한다. 사냥개의 발치에 굴러다니는 인골에서 실마리를 얻어낸 경찰이 릴번의 집에 다녀간 뒤다. 이때 릴번이 동생 이샴과 나누는 불통의 대화는 둘 사이에 아무런 신뢰도 없음을 보여준다. 또 한 번 이 형제관계에서 노출되는 인간의 악한 본성은 제퍼슨식의 인간에 대한 환상을 비판하며 곧이어 등장하는 메리웨더에게로 이어진다.

제퍼슨식의 희망과 전망에 힘입어 서부 개척에 뛰어들었던 메리웨더는 문명의 밑바닥에서 당했던 고통을 쏟아내며 제퍼슨에게 원망을 퍼붓는다. 그러나 루시는 오빠(제퍼슨)의 비전은 여전히 고귀한 것임을 강조하면서, 그렇기 때문에 희망을 버리지 말고 범죄를 저지른 릴번의 손을 잡아줄 것을 간청한다. 이로써 시는 제퍼슨을 원망하던 메리웨더도, 죽임을 당한 존도, 환멸에 괴로워하던 제퍼슨도 함께 쓴맛을 보았으되 소득은 있었음을 노래한다.

제6부에서는 전투에서 목숨을 잃은 이샴이 유령으로 등장하여 자신의 죽음을 읊어대고, 릴번을 향한 유모 캐트(할멈)의 애정이 확인된다. 제7부는 R.P.W.의 내레이션으로 이루어져 있는데, 그는 과거를 더듬으며 스미스랜드를 다시 찾아와 역사를 상기하면서 "행동과 책임의 세상"으로 나아가리라는 각오를 다진다.

4. 인간의 원죄의식과 『악마의 형제들』

워런은 이 작품에서 미국의 한 명문가가 연루된 역사적인 범죄 사건을 재조명함으로써 자신의 작가적 관심이었던 인간의 보편적 죄악성을 탁월하게 통찰해냈다. 미국인의 의식과 삶에 지대한 영향을 끼쳤던 정치인 제퍼슨을 유령으로 등장시켜 실제로 그가 느꼈을 충격과 이로 인해 인간(성)에 대한 무한 신뢰 위에 서 있던 그의 철학이 수정될 수밖에 없었음을 강조한다.

작품의 첫 장면을 채우고 있는 제퍼슨의 고백에는 배신당한 자기의 신념과 생애를 앞에 두고 고통스런 시간을 보내고 있는 그의 심경이 잘 드러나 있다.

나는 제퍼슨. 이름은 토머스. 나는

한 생을 살았고. 죽었네. 그러나

죽었어도 영면할 수 없네

어둠 속에. 죽어 있으나 시커먼 강물에

내 입을 대고

내 속을 모두

털어버릴 수 없네. 못해. 그럴 수 없어, 그 마지막 갈증 속에

무릎을 꿇고 얼굴을 수그리면, 번득이며 떠오르는

하얀 무엇, 흑암의 저 깊은 곳에서 떠올라오는 게 있네.

그것은 내 얼굴. 인간에 불과해.

번민 속에 갈등하고 있는 제퍼슨의 이 모습만으로도 인간성을 긍정하던 그의 의식과 태도에 변화가 생길 것이란 암시가 느껴진다.

제퍼슨의 점진적 인식 변화는 작품에서 다음과 같은 단계를 거친다. 변화의 첫 번째 단서는 제퍼슨이 「독립선언서」 작성 과정을 회상하는 가운데 그리스 신화 속 인물인 파시파에 (Paciphae)를 연상하는 장면에 담겨 있다. 이는 그가 건국 초기 지녔던 순수한 열정 속에도 파시파에의 욕정 같은 인간의 죄악성이 숨겨져 있었음을 인정하는 단계다. 두 번째 단계는 그가 조카 릴번과 이샴 형제의 끔찍한 범행을 대화 속에 재현하면서 역사의 실체를 확인할 때다. 세 번째 단계는 그가 아들같이 여겼던

젊은 메리웨더의 처절한 경험으로부터 나오는 이야기를 통해 인간에 대한 환멸을 간접적으로 경험하는 때다. 끝으로 마지막 단계는 제퍼슨과 상관없이 작가 자신인 R.P.W.가 범죄가 일어난 장소를 찾아 그곳에서 뱀과 대면한 내용을 이야기함으로써 사건이 역사화되는 때다.

제퍼슨의 혼령은 R.P.W.를 상대하며 인간에 내재된 악의 현현을 차례차례 목도한다. 그리고 마침내 릴번의 범죄를 인지하고, 이를 진실로 받아들이는 성숙의 차원으로 들어서게 된다.

워런 역시 미제 사건이던 제퍼슨 수수께끼를 과거 재현의 과정을 통해 재조명함으로써 역사의 일부분으로 재정립해낸다. 과거를 부인하고서 현재는 있을 수 없으며 미래 역시 존재하지 않는다는 사실이 재확인된다. 미온적이었던 제퍼슨의 태도는 워런의 역사의식을 도발했고, 워런은 과거를 여행함으로써 허구의 세계에서나마 제퍼슨의 마음을 열고, 미국의 역사를 바로 잡는 계기를 마련한 것이다.

이제 제퍼슨 회심의 각 단계를 좀 더 자세히 살펴보자.

첫 번째 단계

욕정에 눈이 멀어 자신을 직시하지 못했던 크레타 왕비 파시파에의 신화는 「독립선언서」를 기초할 당시 인간과 세상에 대한 순진한 희망과 낙관에 빠져 현실을 몰랐던 제퍼슨과 그 일행의 사정을 상징한다. 제퍼슨의 혼령은 당시를 이렇게 회고한다.

그러나 내가 말하고자 한 것은 우리는 그저 연약한 인간일 뿐이
기에
우리 자신의 욕정과 권태로 찌들고, 갈 바를 모른다는 거지.
우리 개개인 모두, 세월의,
또는 자아의
막다른 골목길, 눈 먼 땅에서.

그들은 우연히 국민의 대표가 되었고, 자신들의 정체성조차
제대로 알지 못했다. 환언하자면, 그들의 실체는 망토를 벗으면
원숭이요, 구두를 벗으면 짐승에 불과하다. 파시파에의 신화는
바로 이 대목에서 연결되면서 작품의 주제의식을 강화한다.
파시파에는 맹목적으로 황소와 사랑을 추구했다. 그녀는 자신
이 누구이며, 왜 자신이 이렇게 갑작스런 욕정에 휩싸이게 되었
는지 따져보지 않았으며, 수단과 방법을 가리지 않고 자기 만족
만을 추구했다. 필라델피아에 모인 건국의 아버지들도 자신들이
꾸며낸 「독립선언서」에 정신을 빼앗겨 눈이 멀었었다. 이상에
취해 제 모습을 보지 못했다. 그리하여 파시파에가 반인반수의
미노토를 낳았던 것처럼, 그들만의 "미노토"를, "아름다움으로
가장한 야수를" 낳게 된 것이었다. 제퍼슨의 혼령은 상기한다.

때가 되어, 우리는 서류에 서명하고, 귀가했어.
나는 그 눈부신 유령의 눈을 보지 못했던 거야.

지올리오 로마노(Giulio Romano, 1499~1546) 作
〈다이달로스가 만든 나무 황소 안으로 들어가는 파시파에〉(1530)

「독립선언서」

나는 빛으로 인해 눈이 멀었던 것이지.

나는 그 눈이 멀었다는 것을 알지 못했던 거야.

건국의 아버지들은 지상의 가치인 자유와 진리는 추구하는 대로 얻어지며, 인간은 누구나 그 가치를 추구한다고 믿었다. 제퍼슨은 파시파에의 신화와 자신들의 역사를 대비시키면서 그녀의 이해할 수 없는 욕정의 파도가 인간의 조건임을 인정한다. 인간은 완벽하지 않으며, 설명되지 않는 비합리적인 행위를 저지를 소지가 있는 존재라는 것이 파시파에 신화에 내재된 인간관이다. 릴번의 범죄도 바로 이 맥락에서 이해된다.

두 번째 단계

제퍼슨의 인간성에 대한 신뢰를 뒤흔드는 것은 그의 여동생의 아들 릴번의 범죄다. 비평가 맥도웰이 분석했듯이, 릴번은 여러 측면에서 생전의 제퍼슨과 유사하다.

워런은 제퍼슨의 심리가 릴번의 심리와 매우 유사함을 보여준다. 두 사람 모두 자신이 정한 개념으로 인간을 정의하고, 두 사람 모두 그에 합당한 순수성을 주장하려 한다. 두 사람 모두 구체적인 현실 감각이 대체로 부족하며, 압도적인 비전에 종속되어 있다. 두 사람 모두 있는 그대로가 아니라, 원하는 대로 다른 것으로 변형시키려는 경향을 지녔다는 점에서 낭만적이다.

제퍼슨이 현실과 동떨어진 이상과 인간성을 꿈꾸었듯이, 릴번 역시 현실감 없는 관념에 집착하는 성향을 보인다. 그에게는 어머니 루시가 자연이자, 우주며, 또한 자신의 정체성이었다. 현실의 복합성을 인지하는 능력을 가지지 못한 릴번에게 어머니를 잃는다는 것은 세상이 송두리째 무너져버리는 무질서나 혼돈과 마찬가지였다. 어쩌면 죽은 어머니에 대한 릴번의 집착은 스스로 정체성을 회복해 삶의 질서를 다시 세우려는 의도적인 몰입으로 이해되어야 할 정도다.

그는 식구나 주변 사람들이 자신만큼 비탄에 빠지지 않는 것에 배신감을 느낀다. 안정된 버지니아 주에서 돌연 황량한 개척지로 가족을 이주시켜 어머니를 죽게 한 아버지는 집안을 아들들에게 떠맡긴 채 무책임하게 떠나버렸다. 어머니의 사랑을 듬뿍 받았다고 알고 있는 동생 이샴도 이렇다 할 슬픔이나 애틋함조차 표출하지 않는 것처럼 보인다. 릴번에게는 이것이 불만이다. 그는 "아, 네가 어머니를 사랑했다면—"이라고 이샴을 몰아세우며 힐난한다. 그리고 존재의 중심이 사라진 대저택에서 릴번은 작은 이야기나마 함께 나눌 상대도 없이 외로움이 덮쳐오는 것을 느낀다.

그의 외로움과 간절함은 어머니가 남긴 유품에 대한 광적인 애착으로 나타난다. 어머니가 덮던 시트, 쓰던 컵과 숟가락, 대통령이던 오빠에게 선물로 받아 애지중지 여기던 주전자 등을 그는 매일의 일과처럼 점검한다. 특히 아름다운 꽃무늬가 새겨진 금빛 주전자는 그에게 세상 떠난 어머니의 분신과 다름없다.

이 유품들이 하나둘 사라지거나 부서지는 것을 그는 곧 살아 있는 자들이 어머니의 존재를 척결하려는 적대적 행위로 해석한다. 그가 유품을 함부로 다루는 노예들을 증오하게 된 가장 중요한 이유가 바로 여기에 있다. 그에게 어머니의 유품은 목숨을 걸고 지켜내야 하는 자기 정체성이자, 세상의 질서 그 자체다.

릴번은 스스로 규정해놓은 범주 안에서 자신의 개념이 좌절되는 데 불만을 품는다. 제퍼슨에게 도덕적·심리적 가치의 복합성, 즉 도덕성은 필연적으로 모호하며, 그 진실은 경험으로 검증되어야 하고, 인간의 이상은 실제와 맞물려 조정되어야 한다는 사실이 납득되지 않았듯, 릴번에게도 지향하는 이상과 현실과의 접목이 어렵다는 사실은 충분히 이해되지 않는다. 더욱이 우주의 중심인 어머니를 여읜 후, 릴번은 술과 섹스와 음침한 생각에 골몰하는 모습으로 변해버린다. 제퍼슨의 원초적인 착오가, 개인이 책정한 도덕의 코드는 타인들과의 관계 속에서 자아를 이해할 때만 그 비중을 가진다는 점을 보지 못한 데 있다면, 릴번의 착오 역시 같은 맥락에서 이해될 수 있다.

외곬의 순수를 지향하는 릴번의 면모를 아내 리티샤는 초면에 알아본다. 그녀는 그의 남다른 모습에 첫눈에 매혹되었었다.

그의 왼손은 허리에 그리고 오른손은 그냥

암말의 둥근 목에 얹고, 갈기를 만지작거리고 있었죠.

그리고 말이 안정을 잃고 춤추듯 하자,

릴번의 허리는 유연하게 그에 맞추어 움직였죠,

그런데 그의 얼굴은 거무스름하고 아름답고 평온했어요.

릴번은 무리 가운데서 영웅의 모습으로 리티샤의 눈에 띄었다. 자연스러우면서도 세련되고, 편해 보이면서도 순발력이 있으며, 아름다우면서도 강인함을 지니고 있어 보였다. 동생 이샵과의 관계에서 도드라지던 그의 양면성이 조야한 환경에서 성장한 리티샤의 눈에는 자연스러운 순수함으로 보였다. 그에게는 낭만적인 면모도 있어 보였다. 그는 태양보다 더 황금빛으로 빛나는 소합향나무 잎을 따서 그녀의 머리에 꽂아주면서 천사의 모습을 구하기까지 했다.

그러나 그는 아내 리티샤를 학대하기 시작하면서 타락의 길로 빠져든다. 자신을 낭만적으로만 바라봐주었던 리티샤에게 어머니 없는 이 세상은 "지옥만도 못한 돼지우릿간"이라며, 하늘에서 내려온 천사라면 어서 천국으로 돌아가라고 사납게 충고한다. 그의 느닷없는 폭력적 태도는 상대의 마음을 뒤흔들고 절망에 빠지게 만드는 것이었다. 그가 남긴 짤막한 웃음은 악마의 웃음과 다를 바 없었다.

릴번의 악마성은 아내를 성적으로 학대하면서 절정에 이른다.

리티샤는 이 엄청난 행위를 어떻게 표현해야 할지 모른다.

그런데 그이가 그짓을 했어요.

그건 끔찍한 거였어요.
그 이름이 무언지도, 혹은 들어본 적도 없는,
깡그리 잊고 싶을 만큼 —
사람이 그렇게 끔찍한 짓을 한다는 게 끔찍했어요.

그런데 릴번의 사악함은 이 "끔찍한 짓"조차 뛰어넘는 것으로 재차 리티샤를 덮쳐온다. 이튿날 그는 그녀에게 애정을 표시하면서 낭만적인 분위기를 조성하는 것처럼 보인다. 그러다 리티샤가 달콤함에 빠져들던 순간 미소를 지으며 낮은 소리로 "어젯밤"에 대해서 이야기할 것을 강요한다. 사탄의 것을 방불케 하는 릴번의 협박에 리티샤는 충격으로 심장이 멎는 듯하다.

그렇지만 말이 되어 나오지 않았고 제 답답한 가슴은 커지더니
무언가 터지는 것같이 아파서 소리쳤어요.
"난 말 못해요, 못해!"

결국 위협에 못 이겨 기억나지 않는 내용을 리티샤가 읊었을 때, 릴번은 더욱 악마적인 태도로 그녀를 억누른다.

"천사야, 내게 다 말했는데

하지만 한 마디 더

그때 당신 좋았지?

지금 내게 말하면서두?

릴번의 모욕은 여기서 그치지 않는다. 그는 어제 천사였던 리
티샤에게

"이제 보니 천사들도

지구에 내려오면 우리처럼 똥을 밟고,

또 그 짓을 좋아하는구먼"

이라고 크게 웃으며 말한 뒤 사라져버린다.

이렇게 폭언과 폭행으로 아내를 괴롭히던 릴번의 악마성은 노
예를 토막 살해하는 데서 극한에 이른다. 그는 존이 어머니의 특
별한 주전자를 실수로 깨뜨리자 흉악한 짐승으로 변해버린다. 그
는 이샴에게 노예들을 모두 집합시키라고 이르고, 존을 묶어 도
마 위에 뉘어놓고는 도끼로 검둥이 노예의 손을 내리쳐버린다.

제퍼슨의 혼령은 이 엄청난 사건의 전모를 들으면서 자신의
혈통에 인간의 원죄가 스며들어 있음을 인정하지 않을 수 없었
다. "내 여동생의 몸에서 태어난, 내 혈통"이 상상조차 어려운 극
악무도한 행위를 저질렀다는 사실이 "내면의 충격"과 함께 "본

질적으로 내 마음을 흔드는 사실"이 돼버렸던 것이다. 그러나 제
퍼슨은 릴번을 자기 가문의 일원으로 받아들일 수 없다고 말한
다. "나는 릴번의 피를/ 거부하고, 부인하고,/ 내 혈통으로부터
짜내"버린다. 갓 태어난 조카의 쭈글쭈글한 얼굴을 처음 대하고,
가슴 설레며 인간의 가능성을 떠올렸던 제퍼슨. 평생 의지하고
기도했던 약속을 확인하던 그 순간을 떠올리면서 제퍼슨은 이미
아무것도 바꿀 수 없다고 잘라 말한다.

세 번째 단계

여전히 인생의 실체를 인정하지 않으려던 제퍼슨은 자신의 수
하였던 메리웨더의 고백과 죽음을 통해 상상조차 못했던 생의
이면과 맞닥뜨린다. 제퍼슨 스스로 자신의 "아들"이라 부르는
메리웨더는 그의 '연장된 자아'다. 제퍼슨은 그간 이론으로만 알
고 있던 사실을 메리웨더를 통해 간접적으로 경험하게 된다. 위
런은 제퍼슨의 이상에 도취되어 그가 명령하는 대로 서부 개척
을 떠났던 메리웨더의 혼령으로 하여금 제퍼슨에게 원망에 찬
비판을 쏟아놓게 만든다.

저야말로
어르신의 거짓말이 완벽하게 먹혀든 그 멍청이 녀석이었죠.
아무렴요, 제가 꿀꺽 삼켰어요—어르신의 고상함을.

말하자면, 메리웨더는 제퍼슨의 고상한 거짓말에 넘어가 인생을 망치고 객지에서 죽게 되었다는 것이다. 하늘같이 존경하던 제퍼슨의 친서를 품고, 메리웨더는 친구 클라크 등 마흔세 명의 남자들과 함께 탐험대를 꾸려 미 대륙을 횡단하고 탐험했다. 『루이스와 클라크 탐험 일지』(*Lewis & Clark Expedition Journal*)에 적혀 있듯이, 그들은 이 모험을 통해 자연과 인간을 알게 되었다. 그러나 메리웨더가 낯선 곳에서 경이로움과 장대함만을 느끼는 데 머무르지 않고, 인디언과 야만인을 비롯해 온갖 사람들과 다양한 일을 겪어야만 했던 것도 제퍼슨이 제시한 세계가 허상임을 드러내는 과정이었다. 메리웨더는 제퍼슨을 통해 접한 바와 달리 거짓과 받아들일 수 없는 것들로 가득 찬 세상을 목격하고 난 뒤, 결국 환멸에 사로잡힌 채 스스로 목숨을 끊고 만다.

> 진실을 말씀드리지요. 만일 제가
> 어르신이 내게 가르쳐준 거짓을 살았다면, 저는
> 진실을 알고 죽은 겁니다.

요컨대 메리웨더가 본 진실은 "인간 심성의 변덕"이다. 그는 자신을 감동시켰던 제퍼슨의 가르침을 거슬러 정의에만 매달리는 것이 얼마나 허망한 일인지 격렬하게 설파했고, 이후 제퍼슨도 그간 자신이 세상의 본질을 너무 몰랐음을 인정하고 만다. 인간(성)에 대한 그의 관점은 그렇게 변해갔다.

5. 장소의 의미와 뱀의 상징성

인간의 원죄를 상기시키는 이 작품의 핵심 사건이 발생한 장소는 당사자(릴번)의 아버지(루이스 대령)가 안정된 생활을 누리던 곳(버지니아 주 앨버말)을 떠나 새로 찾은 개척지에 지은 집(로키 힐)이다. 과거 문명세계를 도망치듯 떠나오면서 루이스 대령은 저항하듯 살아온 삶의 징표들, 그 유형과 무형의 것 모두를 가져온다. 즉, 대령은 물리적으로는 가족들을 이끌고 멀리 떠나왔지만, 정신적으로는 과거 죄악의 유산을 모두 가지고 온 셈이다. 이는 그가 "조상에게서 물려받아/ 부시 제퍼슨의 사궁에 심어/ 임신하도록 한/ 감춰진 광기와 흉악한 분노의 표징"임을 고백하는 데서도 알 수 있다. 그는 개척지에서 새로운 무엇인가를 재창출할 수 있으리라 믿고 있었다.

그러나 아이러니하게도, 미국 서부가 상징하는 새로운 탄생과 환상의 복원을 목표했던 대령이 세운 것은 정작 인간의 원죄를 확인하게 될 공간이었다. R.P.W.가 답사한 그 집터는 잡풀이 우거진 산길을 한참이나 올라가 쉽게 접근조차 어려운 곳에 자리 잡고 있었다. 그런데 폐허로 변해버린 그 살인의 현장에서 R.P.W.이 만난 것은 악의 상징인 뱀이었다.

그러나 그때,

돌무더기 가운데 깊은 구멍 속에

두 눈이 어둠 속에 번득이는데,

갑자기 머리를 불쑥 내밀고 살찐 까만

몸체가 액체처럼 흘러나왔습니다. 마치 그 바위들이

대지의 내면의 어둠을 대낮으로 피흘려내듯이,

마치 마개가 그 내향성을 더 견디지 못하고 터진 듯이,

원초적 지구의 결합된 암층 밑을 괴롭히는 것을

이렇게 집약하고 축약해서 이제 드러낸 듯이,

이렇게 그것은 미끄러져 갔습니다. 그리고 혐오스런 비늘 덮인 배는

바윗돌을 스쳐 곧추 섰습니다,

제왕의 여유로움과 흔들거림 속에.

나는 희끄무레한 배가 부풀고

그리고 근육이 이완되면서 양쪽의 검은 비늘들이

희미한 노란 테두리와 흰 곡선 무늬를 드러냄을 보았습니다.

R.P.W.과 뱀과의 만남은 워런의 문단 선배인 포크너의 「곰」("The Bear", 1942)에서 주인공 아이작과 뱀의 만남을 연상시킨다. 아이작은 곰 사냥 의식 훈련을 통해 자연과 대면하며 진리를 터득해나간다. 깊은 숲속에서 진리의 현현은 뱀과의 우연한 조우로 그려진다.

　　[뱀]은 아직 또아리를 틀진 않았다 . . . 단 한순간의 빠른 수축이

있었을 뿐이었다... 머리는 [아이작]의 무릎보다 더 높이 치켜들고 그의 무릎 높이만큼 떨어져 있으면서... 나이 먹은 녀석, 대지를 돌아다니도록 저주받은 태곳적 존재, 치명적이고 고독한 존재다.

이 뱀은 태곳적 자연을 상징하는 오래된 존재다. 아이작은 이 뱀에게 경의를 표한다.

『악마의 형제들』에서 릴번의 범죄 현장을 찾은 R.P.W. 앞에도 갑자기 뱀이 등장한다. 이 뱀은 혐오스런 비늘로 덮인 배를 하고는 "제왕의 여유로움과 흔들거림 속에서" 위엄 있고 곧추 선 높이로 인간을 제압한다. 그러나 R.P.W.에게 이 뱀은 마치 "우리 인간의 불쌍함을 이해하고/ 모두를 용서했다는 듯이" 보인다. 이렇게 인간의 죄악을 알면서도 이해하고 용서한다는 차원에서 이 뱀은 아이작으로부터 "대장", "조상님"이라 존경 받은 포크너의 뱀과 유사한 것이다.

6. 우리는 모두 죄인

이 작품은 19세기에 일어났던 토머스 제퍼슨의 조카 릴번 루이스의 살인사건을 재구성한 범죄극이다. 워런은 여기에 인간은 모두가 죄인이라는 자신의 문제의식을 통합시킨다. 즉, 범죄의 책임을 단순히 릴번 한 사람에게만 집중시키지 않고, 함께 등장하는 가족 대부분이 이 비극에 직간접으로 가담하거나 이를 방조하고 있음을 보여준다. 포괄적으로 정리하자면, 희생자나 희생자 집단 그리고 가해자와 가해자 집단, 심지어는 내러티브를 주도하는 R.P.W.와 독자들까지 모두 이 사건에 운명적으로 관여되는 것으로 서사는 진행된다.

첫째, 제퍼슨은 조카를 살인자로 인정하고 싶지 않았겠지만, 실상은 릴번에게 추상적 개념에의 집착이라는 유산을 물려준 셈이었다. 인간(성)은 완벽하리란 환상을 버리지 못하던 제퍼슨은 모성에 집착하는 릴번으로 다시 재현된다. 비평가 클라크가 말하듯, 릴번은 제퍼슨의 '어두운 자아'로서, 제퍼슨이 출중한 자기의식과 가치를 주장하기 위해 제거하려는 악마라고 볼 수 있다. 이렇게 릴번의 살인 행위는 제퍼슨 성향의 연장선상에서 일어난 일이다.

둘째, 릴번의 남동생 이샴은 살인의 공범이다. 그는 살인을 말릴 수도 있는 위치였으나 판단을 유보하고 침묵해버린다. 그는 릴번이 존에게 샘물을 떠오라고 하면서 어머니가 아끼던 주전자를 쥐어주었을 때 본능적으로 존에게 받지 말라고 하고 싶은 충동을 느꼈었다. 그러나 그는 침묵한다. 오히려 내심 한 편에선 존이 주전자를 건네받기를 바라는 자신을 발견한다. 그의 마음은 이렇게 현장을 떠나버린다. 현실을 도피하는 것이다. 그곳에서 이샴은 눈앞에서 벌어지고 있는 일이 실제가 아니며, 얼른

지나가기만을 기다린다. 그에게 이 일은 저항할 수 없는, 예정된 일로 받아들여진다. 인간의 죄성이 그의 마음속에서도 작용하고 있었기 때문이다.

셋째, 릴번이 유서에 썼듯이, 리티샤도 "아름답지만 몰인정"하여 "그녀의 냉정함이 모든 것을 초래했다"는 점을 주목해볼 수 있다. 그녀는 폭력성을 지닌 릴번을 포용하지 못하고 냉대함으로써 그를 소외시키고 결국에는 그가 극단적인 행동을 하도록 내버려둔 셈이었다. 물론 릴번을 소외시킨 것은 리티샤만이 아니다. 애당초 릴번은 철저히 혼자였다.

> 그래서 릴번은 이제 혼자로군요. 가족들이 이제 그를 떠났으니,
> 아버지와 어머니, 아내, 그리고 늙은 캐트 유모.
> 아내와 유모가 집에 있어도,
> 그들은 외면하고 지나간 그림자처럼 떠다니니,
> 릴번은 자기가 배척당하고 있다는 것을 아는 겁니다.

넷째, 심지어 희생자인 존도 보기에 따라서는 눈앞에서 진행되는 일의 불가피성을 감지하고 미리 포기한 것처럼 보인다. 이 샴의 관찰에 의하면, 존은 벌어지는 일이 실제가 아니라고 여기는 듯, 릴번의 진행 지시를 반항 없이 따른다.

어쩌면 이 작품의 등장인물들은 모두 어떤 보이지 않는 운명의 힘이 있다고 느끼는 듯하다. R.P.W.도 존이 당시 상황을 "오

래 느껴온 어떤 일의 기이한 완성"으로 생각했을 것이라 짐작한다. 작품 전체를 잠식하고 있는 이런 운명적인 분위기로 미루어 보건대, 도리어 릴번이 도구로 쓰였다고 볼 수 있는 여지가 이로써 생겨나는 것이다. R.P.W.는 이렇게 전혀 다른 시각에서 상황을 재설정한다.

피해자는
본질적인 공범자, 도발자가 되는 겁니다.
아니, 그 이상이오, 피해자는 주역입니다. 그리고 진짜 피해자는
손에 매를 들도록 운명적으로 선택된,
그러나 죄 없는, 그 자입니다.

가롯 유다가 예수를 팔아넘기도록 일은 이미 정해져 있었듯이, 릴번에게도 존을 죽이는 임무가 주어진 것이라는 이 해석은 모든 것이 거역할 수 없는 운명이라는 이론을 받아들이게 만든다. 릴번이 악행을 저질렀다기보다 "그가 한 모든 일은/ 어머니와 따스한 마음을 위해 행한 것"이기 때문이다. R.P.W.는 이 맥락을 따라 다음과 같은 결론을 도출한다.

자신의 악행을 선으로 삼으려는
가슴 깊은 릴번의 욕구는
선이 존재한다는 마지막 증거입니다.

릴번의 악행 동기가 세상을 떠난 어머니에 대한 애틋한 정 때문이라는 주장은 곧 선을 위해 악을 저지른 셈이 되기에, 결국 이 악행은 선의 존재를 인정하는 행위로 볼 수 있다는 것이다.

7. 문학과 역사 사이

워런은 『악마의 형제들』을 출간하면서 문학과 역사의 상관관계를 이렇게 정리했다.

> 역사성과 문학성은 서로 모순되어서는 안 된다. 시가 우리가 만들어내는 작은 신화라면, 역사는 우리가 살아내는 거대한 신화이자, 살면서 계속 다시 만들어내는 것이기 때문이다.

정작 문학과 역사는 서로 같은 듯 다르다. 예컨대 시인이 역사 자료를 시의 소재로 삼을 때 주된 목표는 자료들 속에서 인간 실존에 관한 진리를 이끌어내는 것이지 역사적 진실 그 자체에 만족한다고 볼 수는 없다. 시는 문학(성)을 통해 역사(성)를 회복할 수 있는지 먼저 고민한다.

『악마의 형제들』이 이룬 업적도 바로 여기에 있다. 워런은 불편한 역사적 사실 앞에 아무런 심경 기록도 남겨두지 않은 국부 제퍼슨을 떠올리며 미국의 역사는 미완의 상태라고 생각한 듯

하다. 대통령 가문의 치욕을 시의 소재로 삼는다는 것 자체가 시인에게는 상당한 부담이었을 테지만, 그럼에도 불구하고 시인은 국가 발전과 군사력과 국가적 도덕성에 대한 무한한 신뢰가 도리어 대단히 위험할 수 있다는 사실을 꿰뚫어보며, 낙관주의를 표방하되 인간사에 드러난 실상과 결점들을 항상 역사의 전제로 둘 것을 잊지 않고 있다.

✟ ✟ ✟

참고 문헌

Bloom, Harold. "*Brother to Dragons*." in *Modern Critical Views: Robert Penn Warren*. Ed. With an introduction. Harold Bloom. New York: Chelsea, 1986. 146.

Bradbury, John M. "Warren as Poet." *Robert Penn Warren's* Brother to Dragons: *A Discussion*. Ed. James A. Grimshaw, Jr. Baton Rouge: Louisiana State UP, 1983. 70-76.

Brooks, Cleanth. "Experience Redeemed in Knowledge." *Robert Penn Warren's* Brother to Dragons: *A Discussion*. Ed. James A. Grimshaw, Jr. Baton Rouge: Louisiana State UP, 1983. 13-17.

Clark, William Bedford. "Canaan's Grander Counterfeit Jefferson and America in Brother to Dragons." *Robert Penn Warren's* Brother to Dragons: *A Discussion*. Ed. James A. Grimshaw, Jr. Baton Rouge: Louisiana State UP, 1983. 144-152.

Dooley, Dennis M. "The Persona R.P.W. in Warren's *Brother to Dragons*."

Robert Penn Warren's Brother to Dragons: *A Discussion*. Ed. James A. Grimshaw, Jr. Baton Rouge: Louisiana State UP, 1983. 101-111.

Ealy, Steven D. "Robert Penn Warren's Encounter with Thomas Jefferson in *Brother To Dragons*." *The Mississippi Quarterly*. Mississippi State: Winter 2009. Vol.2. 62. 95-115.

Faulkner, William. *Go Down, Moses and Other Stories*. 1942; New York: Penguin, 1960.

Garrett, George Palmer. "The Function of the Pasiphae Myth in *Btother to Dragons*." *Robert Penn Warren's* Brother to Dragons: *A Discussion*. Ed. James A. Grimshaw, Jr. Baton Rouge: Louisiana State UP, 1983. 77-79.

Heuston, Sean. "Anybody Raised Down Home-Down South: *Brother to Dragons* and Warren's Southern Ethnography." *The Mississippi Quarterly*. Mississippi State: Winter 2004/2005. Vol.58. 1/2. 347-372.

Law, Richard G. "*Brother to Dragons*: The Fact of Violence vs. the Possibility of Love." Ed. James A. Grimshaw, Jr. *Robert Penn Warren's* Brother to Dragons: *A Discussion*. Baton Rouge: Louisiana State UP, 1983. 125-143.

Lee, Young-oak. "Interviews with Robert Penn Warren." *After the Fall: Tragic Themes in Hawthorne and Warren*. Seoul: Hanshin, 1993

McDowel, Frederick P. W. "Psychology and Theme in *Brother to Dragons*." *Robert Penn Warren's* Brother to Dragons: *A Discussion*. Ed. James A. Grimshaw, Jr. Baton Rouge: Louisiana State UP, 1983. 46-69.

Vanouse, Allison. "Always the truth, and always the lie: Language as symbol in *Brother to Dragons*." *RWP: An Annual of Robert Penn Warren Studies*. 9., 2012. 111~119.

Watkins, Floyd C. "A Dialogue with Robert Penn Warren on *Brother to Dragons*." *Conversations with Robert Penn Warren*. Ed. Gloria L. Cronin and Ben Siegel. Jackson: UP of Miss., 2005. 170-188.

Warren, Robert Penn. *Brother to Dragons: A Tale in Verse and Voices*. A New Version. 1953; Baton Rouge: Louisiana State UP, 1979.

Warren, Robert Penn. *Brother to Dragons: A Tale in Verse snd Voices*. A Parallel Text of the 1953 and 1979 Editions. Ed. John Burt. Backmatter 2017: unpublished

지은이·**로버트 펜 워런**(Robert Penn Warren, 1905~1989)

미국 남부 켄터키 주 거스리에서 태어났다. 엔지니어가 되기 위해 밴더빌트대학에 입학했지만, 당시 문단에서 활발하게 활동하고 있던 존 랜섬, 앨런 테이트 등의 영향을 받아 자연스럽게 문학의 길로 들어선다. 이른바 '남부 의식'을 지닌 시인과 비평가들이 중심이 되었던 '은둔파 시인(The Fugitive Poets)' 그룹의 일원으로 활동하면서 창작 활동을 시작했다.

20세기 미국 문단을 대표하는 시인이자 소설가로서, 그는 섬세하고 풍부한 표현 속에서 윤리적이고 형이상학적인 주제들을 탁월하게 형상화해내곤 했다. 그가 너대니얼 호손 이래 미국문학의 비극적 전통을 계승하며 인간의 본질적인 문제들을 밀도 높게 탐색해온 작가로 꼽히는 이유다. 정치문제에 휩쓸려 들어가는 인간의 모습과 그 도덕적·심리적 갈등 양상을 그려낸 소설『모두 왕의 신하들』(*All the King's Men*, 1946)과 시집『약속』(*Promises*, 1957)은 그의 대표작으로, 그에게 두 번이나 퓰리처상이란 영예를 안겨준 수작들이다(현재까지 시와 소설 두 부분에서 퓰리처상을 수상한 이는 워런이 유일하다). 1985년에 작가는 미국 최초의 계관시인으로 지명되기도 했다.

밴더빌트대학을 졸업하고 캘리포니아대학(버클리)에서 석사학위를 받았으며, 이후 예일대학을 거쳐 로즈장학생으로 옥스퍼드대학(뉴칼리지)에서 수학했다. 그리고 구겐하임 펠로십을 받아 무솔리니 집권기에 이탈리아에서 연구하기도 했다. 밴더빌트대학, 사우스웨스턴칼리지(현 로즈칼리지), 미네소타대학, 예일대학, 루이지애나주립대학 등에서 교수로 있었으며, 클레안스 브룩스와 함께 당시 대학 문학교육에 큰 영향을 미친『시의 이해』(*Understanding Poetry*, 1938)를 집필하기도 했다. 특히 루이지애나주립대학

재직 시절에는 문학 계간지 『서던 리뷰』(The Southern Review, 1935)를 창간하고 발행했으며, 브룩스와 함께 신비평의 전통을 수립하는 등 비평 분야에서도 화려한 족적을 남겼다. 그의 『평론 선집』(Selected Essays, 1958)에는 시와 소설을 바라보는 예리한 시각이 잘 드러나 있다.

『모두 왕의 신하들』과 『약속』 외에도, 『복면 기마단』(Night Rider, 1939), 『충분한 세계와 시간』(World Enough and Time, 1950), 『천사의 무리』(Band of Angels, 1955), 『동굴』(The Cave, 1959), 『홍수, 현대의 로맨스』(Flood: A Romance of Our Time, 1964) 등의 소설과 『인종차별』(Segregation: The Inner Conflict in the South, 1956), 『남북전쟁의 유산』(The Legacy of the Civil War, 1961) 등 깊은 통찰이 담긴 에세이들이 전한다.

옮긴이 · 이영옥 (Lee Young-Oak)

이화여자대학교와 고려대학교에서 영문학으로 학사와 석사를 마치고, 하와이동서문화센터 장학생으로 선발되어 하와이대학에서 미국문학의 비극적 전통을 연구해 박사학위를 받았다. 이후 성균관대학교 영문과에서 오랫동안 교수로 재직하다가 2012년 정년을 맞았다. 재직 시 한국영어영문학회 · 한국현대영미소설학회 · 한국영미문학페미니즘학회 등 주요 학회의 회장을 역임했으며, 번역 · TESOL 대학원장과 대외협력처장을 맡아 일선에서 일하기도 했다. 2003년부터 안중근의사숭모회 이사로 활동해왔으며, 정년 이후 안중근 의사의 홍보대사로서 그의 숭고한 평화사상을 알리는 데 앞장서고 있다. 최근까지 안중근의사기념관 관장으로 봉직했다.

헨리 제임스, 윌리엄 포크너, 토니 모리슨 등 주요 미국작가들에 대한 연구를 꾸준히 진행해오면서 『젠더와 역사: 소수인종문학의 이해』, 『미국소설과 공동체의식』, 『N.호손과 R.P.워런』(영문저서) 등의 저서를 상재했으며, 국내외 학술지에 이와 관련한 여러 논문들을 발표했다.

로버트 펜 워런

상상서사
想像敍事 02

악마의 형제들

1판 1쇄 인쇄 2019년 6월 1일
1판 1쇄 발행 2019년 6월 10일

지은이 | 로버트 펜 워런
옮긴이 | 이영옥
펴낸이 | 신동렬
책임편집 | 현상철
편집 | 신철호·구남희
마케팅 | 박정수·김지현

펴낸곳 | 성균관대학교 출판부
주소 | 03063 서울특별시 종로구 성균관로 25-2
등록 | 1975년 5월 21일 제1975-9호
전화 | 02)760-1252~4 팩스 | 02)762-7452
홈페이지 | http://press.skku.edu

ISBN 979-11-5550-310-2 03840
값 25,000원